Doña Perfecta

Letras Hispánicas

Benito Pérez Galdós

Doña Perfecta

Edición de Rodolfo Cardona

DECIMOCUARTA EDICIÓN

CATEDRA

LETRAS HISPANICAS

1.ª edición, 1983
14.ª edición, 2010

© Editorial Hernando
y Herederos de Benito Pérez Galdós
© Ediciones Cátedra (Grupo Anaya, S. A.), 1983, 2010
Juan Ignacio Luca de Tena, 15. 28027 Madrid
Depósito legal: M-26.270-2010
ISBN: 978-84-376-0372-8
Printed in Spain
Impreso en Huertas I. G., S. A.
Fuenlabrada (Madrid)

Índice

Introducción

A Steve y Teresa Gilman

I

El año 1873 marca un cambio radical en la vida de Galdós. Abandona casi por completo su actividad periodística, su afición por el teatro y las tertulias, y se dedica de lleno a escribir novelas. Es como si, de pronto, hubiese encontrado su misión. Ese mismo año publica los cuatro primeros tomos de la que sería su «primera serie» de *Episodios nacionales*, la serie de novelas históricas que había concebido con la idea de trazar el curso de la historia inmediata de España con el propósito de descubrir, para beneficio de sus paisanos, las causas de los males presentes que afligían al país. Más que un interés por la historia como el de los novelistas anteriores de estirpe romántica, Galdós se acerca a ella con la idea clásica de la historia como *magistra vitae*[1]. Con pasmosa regularidad produjo un episodio cada tres meses hasta completar las primeras dos series, es decir, veinte volúmenes. En estas dos series, en vez de presentar episodios o anecdotarios aislados, nos da un cuadro muy completo y desarrollado de la historia de España partiendo de la batalla de Trafalgar (1805) y terminando con el final de la Guerra de la Independencia, cuando las fuerzas españolas ayudadas por Wellington y su ejército inglés, vencieron a Napoleón en la batalla de los Arapiles (1812). La segunda serie se ocupa de los sucesos ocurridos en España después de la derrota de los franceses y, princi-

---

[1] Ver Clara Lida, «Galdós y los *Episodios nacionales*: una historia del liberalismo español», *Anales galdosianos*, III (1968), págs. 61-77.

palmente, del periodo de opresión bajo Fernando VII y la lucha interna entre liberales y absolutistas. La segunda serie termina con la muerte del rey en 1833 descrita en el último *episodio* titulado *Un faccioso más y unos frailes menos*, escrito en 1879, es decir, casi medio siglo después de los hechos históricos.

En abril de 1876, sin embargo, cuando apenas había terminado el tercer episodio de la segunda serie, *La segunda casaca*, y, posiblemente antes de iniciar el cuarto, *El Grande Oriente*, cuyo manuscrito está fechado en junio de 1876, apareció *Doña Perfecta*, la primera de sus novelas sociales. A partir de esa fecha y hasta 1879 se dedicó a escribir novelas históricas, los seis *episodios* que completan la segunda serie, y novelas de crítica social (los dos tomos de *Gloria* y los de *La familia de León Roch*), más un interludio filosófico-moral, *Marianela*, publicado en 1878. Es evidente, como ha sugerido el profesor Stephan Gilman [2], que Galdós sintió en un momento determinado la necesidad de reconstruir modelos contemporáneos de la sociedad española que pudieran proporcionarle una comprensión más profunda de las causas de las calamidades que afligían a su país. Los *episodios* le permitían solamente seguir el curso inevitable de la historia de España partiendo del pasado —1805 como hemos dicho— hasta el presente. Observa Gilman que el momento exacto en que Galdós decidió embarcarse en esta nueva experiencia novelística no se puede determinar, pero sí se puede suponer que ocurrió durante la composición de *La segunda casaca* (completada en enero de 1876) y en abril de ese año, cuando apareció la primera versión de *Doña Perfecta* en la *Revista de Es-*

---

2 Stephen Gilman en su reciente estudio *Galdós and the Art of the European Novel: 1867-1887*, Princeton, 1981, ofrece la explicación más coherente del cambio que se operó en Galdós hacia abril de 1876 que le llevó a la interrupción de su segunda serie de *episodios* para escribir *Doña Perfecta*, la primera de las tres novelas sociales de su llamada «primera época». Como el libro es tan reciente y no ha sido traducido al castellano, daremos un resumen de sus ideas indicando el número de la página donde aparecen entre paréntesis.

paña (pág. 49) (más adelante daremos cuenta de los curiosos avatares que sufrió esta novela en sus primeras ediciones). La descripción que se encuentra en ese episodio de los absolutistas Carlos Navarro y don Miguel de Barahona, abuelo de su esposa Genara, representa un intento excelente, aunque no completamente satisfactorio, de comprender sus convicciones ideológicas, indudablemente sinceras (pág. 70). A don Miguel de Barahona, por ejemplo, lo describe de la siguiente manera:

> Otro más celoso por la causa del Rey y por la monarquía absoluta no nació de madre. En su amor inmenso, en su fervor entusiasta y en su religiosa devoción por la patria inmutable, no había sutilezas, ni distingos, ni cabían transacción ni arreglo alguno. Para él la templanza era traición. Miraba al liberalismo como una especie de horrenda herejía, más digna aún del fuego que las de Lutero y Calvino. Juntaba la religión con la política, haciendo de todas las creencias una fe sola o un solo pecado, y había amalgamado dogmas y opiniones, haciendo un Evangelio, en el cual Elío no era menos que un apóstol. Comprendía que el sol se ennegreciera; pero no que sus principios pudieran variar. Según él, la sociedad estaba perfectamente arreglada tal como entonces la conocíamos, y constituida en virtud de leyes tan inmutables como las del mundo físico [3].

Tenemos aquí el retrato de un proto-orbajosense cuyo refinamiento llevará a Galdós a la concepción de doña Perfecta. La explicación que este tipo de absolutistas (Navarro y Barahona) nos proporcionan es verdadera pero incompleta, como indica Gilman al citar las palabras de Pipaón a Monsalud, «siempre creí que España era un pueblo de costumbres absolutistas» (*La segunda casaca*, pág. 266). Es decir, que la culpa cae sobre la tota-

---

[3] Cito por la primera edición de *La segunda casaca*, Imprenta de José María Pérez, Madrid, 1876, págs. 11-12, modernizando la grafía. Elío, el «apóstol» mencionado, se refiere al general a quien los *serviles* consideraron su campeón en el derrocamiento de la Constitución de 1812 de las Cortes de Cádiz.

lidad de la nación y no sobre sólo una de las dos ideologías contendientes (pág. 70). Galdós, según Gilman, había identificado el problema al escribir *La segunda casaca*, pero le faltaba comprenderlo en profundidad. Pero, ¿dónde buscar la solución? En esas sociedades herméticas donde las costumbres no habían sido aún adulteradas por la historia. El propio Monsalud le había indicado a Galdós el camino a seguir al indicar la necesidad de examinar «los pueblos del campo y las pequeñas ciudades». Sólo en éstas se podía experimentar «la nación desnuda y entregada a sí misma obrando por su propio impulso» (*La segunda casaca*, pág. 302). Es posible, en efecto, imaginarnos a Galdós, en un momento determinado de su redacción, interrumpir *La segunda casaca* para meditar sobre la necesidad de iniciar unas novelas sobre la sociedad española contemporánea. Era urgente hacerlo a menos que, como sugiere Gilman, sus paisanos empezaran a aceptar la estéril componenda de la Restauración como si en efecto se tratara de una nueva y prometedora era para España (pág. 71). Es así cómo inició Galdós su nueva serie de novelas dedicadas a contestar la pregunta ¿qué tipo de sociedad puede proponerse seriamente y con férrea determinación desafiar a la historia? Los lectores de Galdós, continúa sugiriendo Gilman, «podrían ahora contemplar la consciencia hostil de sus adversarios, aquellos que, como Genara y doña Perfecta, estaban dispuestos a resolver problemas humanos con la simple orden '¡Mátale!'» (pág. 71).

II

Como habíamos indicado previamente, la primera versión de *Doña Perfecta*, terminada en abril de 1876, se publicó por entregas en la *Revista de España* de ese mismo año[4]. Hubo también dos ediciones en forma

---

[4] Para la historia completa de las «primeras» ediciones de esta novela el lector debe consultar el artículo del profesor C. A. Jones,

de libro publicadas ese mismo año: la primera, habiéndose agotado en junio, dio lugar a otra que se agotó en diciembre. La segunda de estas dos ediciones fue publicada por La Guirnalda, con cuyo propietario había firmado Galdós un contrato de sociedad con el propósito de editar sus propias obras. Esta edición, publicada después de junio de 1876, se presenta como si fuera «la primera edición», y la de 1878, también impresa bajo la editorial La Guirnalda, se describe como «segunda edición». La primera que se publicó en forma de libro, inmediatamente después de que apareció el texto en la *Revista de España*, y con muy pocas alteraciones que la diferencien de éste, muestra sin embargo cambios significativos al compararla con la edición de 1876 publicada por La Guirnalda, que afectan sobre todo al final de la novela.

Para resumir, podemos indicar, con la siguiente tabla, la secuencia de las ediciones partiendo del manuscrito firmado en abril de 1876:

Manuscrito, abril de 18/6
Revista de España, núms. 194 a 198, marzo a mayo de 1876
Primera edición, agotada en junio de 1876
«Primera edición», La Guirnalda, 1876
«Segunda edición», La Guirnalda, 1878

Un rápido examen del manuscrito revela el mismo patrón que otros estudios de manuscritos de Galdós nos han mostrado ya[5]: la existencia de, por lo menos, dos

«Galdós' Second Thoughts on *Doña Perfecta*», publicado en *Modern Language Review*, 54, Cambridge, 1959, págs. 570-573, del cual tomamos los datos esenciales arriba mencionados.

[5] Los que se han estudiado hasta el momento son: el de *Miau (The Miau Manuscript of Benito Pérez Galdós: A Critical Study*, por Robert J. Weber, California, 1964; el de *Gloria (Etapas preliminares de «Gloria»*, por W. T. Pattison, Barcelona, Puvil, 1979; y el de *Fortunata y Jacinta* (tesis doctoral, todavía sin publicar (!), de la señorita Diane Beth Hyman, de la Universidad de Harvard, cuyo título es «The *Fortunata y Jacinta* Manuscript of Benito Pérez Galdós»). Mi alumno Ricardo Gil escribe actualmente su tesis doctoral sobre el manuscrito de *Doña Perfecta* y el cotejo de las ediciones arriba indi-

versiones en los comienzos de la novela y muchos titubeos con respecto a títulos de capítulo y a nombres de personas y lugares, además, claro, del cambio sustancial del final de la novela a que nos referiremos más tarde. Después del «falso comienzo», el manuscrito de la versión completa tiene sólo treinta y dos capítulos. La primera versión impresa tiene también, en apariencia, sólo treinta y dos capítulos; pero esto es porque el largo capítulo XVI del manuscrito, que fue luego dividido en dos, aparece en la versión impresa en forma de *dos* capítulos, pero ambos encabezados por el mismo número, XVI, de manera que resulta que la primera versión impresa coincide con el manuscrito en el número total de capítulos. Cuando se corrigió este error en la que conocemos como «primera» edición de la novela, el número de capítulos coincide con el que vemos hoy día, es decir, treinta y tres.

La siguiente lista muestra las variantes en los títulos de los capítulos:

El capítulo I de la primera versión en manuscrito se titula *El apeadero*. La segunda, y aparentemente versión final, del manuscrito, lleva el título que conocemos: *¡Villahorrenda! ¡Cinco minutos!*

El capítulo II se llamó primero *Un viaje por el interior de España* en el que la palabra *interior* ha sido tachada y cambiada por *centro;* sin embargo, en todas las versiones impresas aparece el título que aparecerá siempre, *Un viaje por el corazón de España*. El cambio, creemos, es significativo dado el tema de la novela.

El capítulo III, que originalmente se tituló *Antecedentes*, cambia a *Pepe Rey*.

Los capítulos IV y V llevan el mismo título que conocemos, *La llegada del primo* y *¿Habrá desavenencia?*

Puesto que las páginas 60-72 faltan en la copia del manuscrito que hemos examinado, no podemos saber si hubo cambio de título para el capítulo VI.

cadas que compara con el texto de la décima edición de 1902, última corregida por don Benito antes de quedarse ciego, y que debemos considerar como canon.

El capítulo VII tiene el mismo título que tiene ahora. El capítulo VIII, sin embargo, no tiene título en el manuscrito. Aparecen sólo las palabras *se continuará* al principio de la hojuela, como indicación para el impresor o el linotipista de que la entrega terminaba con lo que ahora es el final del capítulo VII. La novela, como se sabe, fue publicada primero por entregas.

Los capítulos IX, X y XI llevan los mismos títulos que llevan ahora.

El capítulo XII, que originalmente se llamó *Sigue creciendo*, se cambia primero a *Las Troyas* y más tarde a *Aquí fue Troya*.

El capítulo XIII pasa de *La discordia sigue creciendo* a *Un casus belli*. El primer título se usa más tarde para el capítulo XIV.

Al final del capítulo XV encontramos de nuevo las palabras *se continuará*, esta vez seguidas por la firma de Galdós.

El capítulo XVI tiene el mismo título que ahora *(Noche)* sólo que, como se ha indicado más arriba, incluye el presente capítulo XVII. Así que, de este momento en adelante, no hay una correspondencia entre los números romanos que encontramos al principio de los varios capítulos y los que encontramos en las versiones conocidas. Los títulos de los capítulos XVII, XVIII, XIX y XX del manuscrito corresponden, entonces, a los capítulos XVIII, XIX, XX y XXI en las versiones impresas.

El capítulo XXI del manuscrito no lleva título. La indicación de que un nuevo capítulo debiera empezar en ese lugar parece haber sido una decisión posterior puesto que no hay interrupción en la narración. Cuando Galdós decidió comenzar allí un nuevo capítulo, tuvo que tachar las palabras *un poco de fuego dentro*, las últimas del capítulo XX, para copiarlas de nuevo al final de la página anterior.

Los títulos de todos los capítulos que siguen coinciden con los que conocemos ahora si tenemos en cuenta la disparidad explicada dos párrafos más arriba, excepto por unos pequeños detalles, a saber: el capítulo XXIII del manuscrito lleva simplemente el título de *Confesión* en vez del de *La confesión* que lleva hoy; y el título del capítulo XXVI del manuscrito, *El tormento de un an-*

ciano sacerdote, se cambió al de *El tormento de un canónigo*, título más objetivo e impersonal.

Con respecto a los titubeos y cambios de nombres de personas y lugares, los siguientes se destacan al examinar las páginas del manuscrito que pueden identificarse —sin lugar a duda— como correspondientes a la primera versión de la novela. *Villahorrenda* se llamó primero *Villahórrida*. No tardó mucho don Benito en darse cuenta de la cacofonía de este primer nombre, así que, rápidamente, lo tachó y escribió el que conocemos. También *los Alamillos de Bustamante* se llamaron primero «los olivillos de Bustamante». Al *Tío Licurgo* se le llama consistentemente *el tío Tardío* en todas las páginas que quedan de la primera versión manuscrita. El nombre *Tardío* aparece tachado y reemplazado por el de *Licurgo* en muchas páginas del manuscrito final, un hecho que indica que Galdós incorporó varias páginas de la primera versión en la segunda y final. Pero aún en las nuevas páginas de la versión final Galdós titubea. Hay un momento, por ejemplo, en que se lee en el manuscrito: «*Me llamo Pedro Lucas* (hay una palabra tachada que no se puede leer) *pero me llaman el tío Lucas y más Licurgo.*» Galdós tachó las palabras *Lucas y más...* y dejó simplemente *Licurgo*.

A Rosario Polentinos le llama primero Solita —el nombre que utilizó Galdós para la heroína de la segunda serie de *Episodios nacionales* (1875-1879), un error comprensible ya que escribió *Doña Perfecta* simultáneamente con los primeros episodios de esta serie. Además, cuando Rosarito aparece por primera vez en la versión en manuscrito, no está acompañada por don Inocencio, el penitenciario, como en la versión que hoy leemos, en la cual, cuando Pepe ve a su prima por primera vez en el jardín de su casa, ella está sentada al lado del sacerdote. Pepe Rey se llamó originalmente *Pepe Novo;* es decir, el «hombre nuevo»[6]; y su padre, también un famoso abo-

---

[6] Curiosamente Henry James bautizó con el nombre de Christopher Newman al protagonista de una de sus primeras novelas, *The American*,

gado, como en la versión actual, se llamaba *Don Baltazar Novo*. El apellido *Novo* en vez del de *Rey* persiste, como en el caso de *Tío Licurgo-Tardío*, durante muchas páginas, siempre tachado con el nuevo nombre añadido encima.

No hay, sin embargo, ningún titubeo con respecto al nombre de doña Perfecta ni con el título de la novela que, desde un principio, aparece escrito en la cabecera de la primera versión manuscrita.

Hay innumerables tachaduras de palabras y párrafos a través de todo el manuscrito, lo cual demuestra una vez más lo cuidadoso que era Galdós en escoger palabras y en organizar su narración. Hay muchas variantes que pueden notarse incluso durante un examen rápido del manuscrito, pero esta edición no pretende hacer un estudio tan detallado de éste. Debemos mencionar, sin embargo, que este manuscrito corresponde a la versión publicada originalmente en la *Revista de España* y en la primera edición en libro mencionadas más arriba. Esta primera versión contiene el final grotesco que Galdós, con mucho tino, cambió más tarde por el final que conocemos hoy. El manuscrito que yo he examinado no tiene ninguna página que corresponda al final más conocido de esta novela, hecho que confirma la teoría del profesor Jones de que Galdós cambió de parecer después de haber publicado la novela dos veces: por entregas, primero, y luego en forma de libro.

Damos, a continuación, el texto de dos de las cartas de don Cayetano Polentinos, las últimas, que nos dan el final que originalmente concibió Galdós para su novela y que continuó utilizando en las primeras dos versiones impresas de la misma (ver tabla más arriba):

> Perfecta me encarga muchas expresiones para V. Se ha reído mucho con la especiota de su casamiento. La verdad es que en nuestro pueblo se dice también. Ella lo niega, y ríe mucho cuando se le dice. En caso

---

novela que en muchos sentidos presenta una situación similar a la de *Doña Perfecta*.

de que esto tenga visos de formalidad, yo le negaré mi aprobación porque Jacinto tiene veintidós años menos que ella, y aunque Perfecta se conserva muy bien y ahora ha echado carnes y se ha puesto muy guapa, no creo que tal unión pueda ser provechosa. Si he de decir la verdad, no veo al chico muy entusiasmado. Su madre, doña María Remedios, es la que me parece que se dejaría cortar ambas orejas porque este anteproyecto fuese siquiera proyecto. / Una sensible noticia.

El profesor Montesinos comenta irónicamente, «El momento era como soñado para "echar carnes" y "ponerse muy guapa". Aparte el asesinato de Pepe Rey, que no dejaría de impresionarle, pues tanto impresionó al penitenciario, ya había ocurrido el internamiento de Rosario en un manicomio»[7]. Y, finalmente, la última carta fechada en Orbajosa el 23 de diciembre:

Mi carísimo amigo: escribo a V. a toda prisa para decirle que no puedo remitir hoy las pruebas. Acaba de suceder en mi casa una desgracia espantosa... Me llaman... Tengo que acudir... No sé lo que es de mí.

Era cierto el proyecto de casamiento de Jacinto con mi cuñada. Esta mañana estaban todos en casa. Se había matado el cerdo para las Pascuas. Las mujeres se ocupaban en las alegres faenas de estos días, y viera V. allí a Perfecta con media docena de sus amigas y criadas, ocupándose en limpiar la carne para el adobo, en picarla para los chorizos, en preparar todo lo concerniente al interesante tratado de las morcillas. Entró Jacinto, acercóse al grupo, resbaló en una piltrafa y cayó... Horrible suceso que por lo monstruoso no parece verdad!... El infeliz muchacho cayó violentamente sobre su madre María Remedios, que tenía un gran cuchillo en la mano. Por un mecanismo fatal, el arma se envasó en el pecho del joven, atravesándole el corazón.—Estoy costernado (sic)... ¡Esto es espantoso!... Mañana irán las pruebas. (Sigue el texto conocido.)

---

[7] Galdós, I, Madrid, 1968, págs. 176-77. Cito a Montesinos porque como se ve hacia el final de mi «Introducción», se ha puesto en tela de juicio su interpretación, que coincide con la mía, del final de Doña Perfecta.

III

La acción de la novela se desarrolla en Orbajosa, una ciudad episcopal inventada por Galdós para presentar la vida de una típica ciudad provincial durante la segunda mitad·del siglo XIX[8]: sin vida intelectual, con una economía deficiente (como se nota por la gran cantidad de mendigos), y una vida social que gira alrededor de pequeñas tertulias en donde no se habla más que nimiedades. Nunca sucede nada de importancia en este lugar. Los orbajosenses, sin embargo, están satisfechísimos con esta vida estancada. Viven aislados del resto del mundo y no quieren averiguar nada de lo que sucede fuera de su pequeño círculo. De hecho, los orbajosenses sufren de un complejo de superioridad y creen firmemente que su modo de vida es el único posible y, en resumen, que ellos poseen *la verdad*. A esta ciudad llega Pepe Rey, un joven ingeniero con una visión del mundo mucho más amplia y más moderna. Ha venido a casarse con su prima, Rosario, la hija de doña Perfecta, una viuda rica, de mucha influencia, una de las «fuerzas vivas» de Orbajosa; don Inocencio, su guía espiritual, canónigo penitenciario de la catedral, y su sobrina, María Remedios, con su hijo Jacinto, completan el reparto de los personajes principales de la novela. Es casi superfluo mencionar que el forastero se mete en camisa de once varas tan pronto como se atreve a poner en tela de juicio las ideas reaccionarias de los orbajosenses. La novela tiene un final trágico con el asesinato del joven ingeniero en manos de un lugarteniente de Doña Perfecta. Si resu-

---

[8] Benito Madariaga, en su comunicación, «Ambientación santanderina en *Doña Perfecta* de Galdós», presentada durante el I Coloquio Internacional de Literatura Hispánica en Santander, sugiere la posibilidad de que Galdós refleje en Orbajosa el espíritu integrista con el que se encontró durante sus primeras visitas a la ciudad de Santander. La idea de Madariaga es plausible siempre que no se trate de establecer una ecuación de igualdad entre la ciudad ficticia y la ciudad real.

mimos así el argumento de la novela, nos huele inmediatamente a folletín.

No cabe la menor duda de que Galdós empezó a escribir *Doña Perfecta* como una novela tendenciosa comprometida con el urgente pero explosivo problema de la intolerancia. Cuando Galdós puso manos a la obra había ya sido testigo del desastroso efecto producido cuando las fuerzas de la reacción empezaron a gobernar de nuevo durante la restauración borbónica (1875). El problema religioso que había empezado a preocupar a los intelectuales españoles a partir de la revolución de 1868 —y que se refleja en las *Novelas de la primera época*— se había agudizado con «la rabia reaccionaria de los primeros años de la Restauración»[9]. La base del problema surgía de dos maneras diametralmente opuestas de ver el mundo: de un lado estaba la visión europeizada, liberal, con su espíritu igualitario, y que se centraba y estaba encarnada en la metrópolis; del otro lado, la visión tradicionalista, regional de la provincia, aferrada a su primitiva fe religiosa y opuesta, a veces con fanatismo feroz, a cualquier idea nueva que pudiera resultar en cualquier cambio en sus veneradas creencias[10]. Como ha afirmado el profesor Casalduero, *Doña Perfecta* es una «interpretación fiel del estado de espíritu de la sociedad teocrática y anquilosada que dio lugar a las guerras civiles[11], y de la sociedad liberal y ausente de la ciencia, que también existía [en España], y de la cual Galdós formaba parte»[12].

[9] Juan López Morillas, *El krausismo español: perfil de una aventura intelectual*, México-Buenos Aires, Fondo de Cultura económica, 1956, página 98.

[10] Ángel del Río, «Introducción a *Torquemada en la hoguera*», *Estudios galdosianos*, Zaragoza, Biblioteca del hispanista, 1953, página 107.

[11] Las guerras civiles mencionadas aquí, como en otras partes de la novela («facciones», «partidas», etc.) son las guerras carlistas, la primera de las cuales, conocida con el nombre de «guerra de los siete años», se menciona en el capítulo XVIII. La segunda guerra carlista empezó en 1873, tres años antes de la publicación de *Doña Perfecta*, y constituye el trasfondo histórico-político de esta novela.

[12] Joaquín Casalduero, *Vida y obra de Galdós*, Madrid, Gredos, 1951, página 67.

Julián Sanz del Río, profesor de la historia de la filosofía en la Universidad de Madrid, quien había sido enviado a Alemania para ampliar sus conocimientos filosóficos antes de hacerse cargo de su cátedra, había empezado a divulgar el racionalismo armónico de Karl Christian Friedrich Krause (1781-1832), que aspiraba a presentar una interpretación racional del mundo. De este modo, pensaban Sanz del Río y sus discípulos, España podría reintegrarse a la visión racionalista del mundo que había prevalecido en Europa y el mundo occidental a partir del siglo XVII [13]. Los *krausistas*, como se les llamaba, por medio de su enseñanza procuraban inspirar en muchos de los jóvenes intelectuales la necesidad de abrir España a la corriente de nuevas ideas. Así formaron el primer núcleo de pensadores que lograron abrir trocha en la ardua tarea de poner al día a su país, labor que otros españoles ya habían intentado desde el siglo XVIII pero sin resultados tangibles. Como consecuencia de esto, un gran número de jóvenes españoles iban al extranjero —particularmente a Alemania— a estudiar y volvían imbuidos de las ideas filosóficas y científicas que prevalecían en los otros países de Europa.

Al comienzo mismo de *Doña Perfecta* nos encontramos con uno de esos jóvenes intelectuales quien había ido al extranjero a hacer estudios postgraduados de especialización y había sido expuesto, de ese modo, a la «visión racionalista del mundo» y a las ideas positivistas, científicas (tecnológicas) que eran parte del clima intelectual de Europa durante la segunda mitad del siglo XIX [14]. Desde el principio el joven se ve confrontado y entra en conflicto con el espíritu provinciano, radicalmente

13 López Morillas, *op. cit.*, pág. 28.
14 Galdós no nos indica —por razones que explicaremos más tarde— la naturaleza de las creencias o ideología de su protagonista. Sólo sabemos que estudió en el extranjero y que es ingeniero. Sin embargo, en el curso de la novela, se asume a menudo que está en posesión de las últimas ideas científicas y filosóficas de su época a causa de la influencia de los krausistas. Por lo menos una palabra creada por Krause —«panenteísmo»— se menciona en el texto.

opuesto al suyo, a que nos referíamos más arriba como característico de Orbajosa. Aparentemente la novela se desarrolla en persecución de este conflicto de ideologías en el que Galdós está, sin lugar a duda, del lado del joven «liberal». Una lectura superficial de la novela podría llevarnos a la noción, creo errónea, de que Galdós ha creado un mundo blanco y negro, es decir, una oposición melodramática entre el bien y el mal (o «los buenos» y «los malos»), representados respectivamente por Pepe Rey y los orbajosenses[15]. Si el novelista hubiese hecho eso la novela no hubiese pasado más allá del nivel del melodrama y no sería una de las novelas más leídas, más estudiadas y más editadas de Galdós. Confrontados con la innegable popularidad, entre lectores comunes y críticos literarios, de *Doña Perfecta*, no podemos menos de preguntarnos: ¿Por qué una novela, tan arraigada en la lucha ideológica de su momento ha logrado crear un interés que va más allá del mero interés histórico? Y, ¿cómo logró Galdós librarse de caer en la trampa del melodrama? Empezaremos enfocando nuestra atención en la *segunda* de estas preguntas pues su contestación, creemos, puede resolver los dos problemas o, por lo menos, sugerir una contestación a la primera de las preguntas.

Se ha observado muchas veces que de todas las novelas

---

[15] Esto no quita que Galdós utilice conscientemente los colores «blanco» y «negro» simbólicamente (como Vernon Chamberlin apuntó en su comunicación, «*Doña Perfecta:* Light and Darkness, Good and Evil», en *Galdós: Papers Read at the Modern Foreign Language Department Symposium: Nineteenth Century Spanish Literature, Benito Pérez Galdós*, Virginia, Mary Washington College, 1967, págs. 57-70), o imágenes de «vida» y «muerte» (como sugirió Jennifer Lowe en su artículo «Theme, Imagery and Dramatic Irony in *Doña Perfecta*», *Anales galdosianos*, IV (1969), págs. 49-53. «El conflicto entre Madrid y las provincias, entre el pensamiento esclarecido progresista y el oscurantismo reaccionario se presenta en términos de una lucha entre la vida y la muerte, entre la luz y las tinieblas.» (Lowe, pág. 53.) Sin embargo, este uso simbólico de imágenes constituye parte de la ironía dramática utilizada por el autor para conseguir una integración imaginativa que sea aceptable artísticamente. En ningún momento utiliza estas imágenes para crear resonancias melodramáticas.

de Galdós podemos considerar *Doña Perfecta* como la más clásica. Estructuralmente, como ha observado el profesor Sherman Eoff, es la más compacta: «un drama intenso contenido entre estrechas limitaciones de tiempo, de lugar, y de motivaciones personales»[16]. Un análisis cuidadoso nos mostrará que la novela, además, fue estructurada en el molde de la tragedia clásica[17].

Aunque *Doña Perfecta* trata el problema de la intolerancia, lo que surge como el verdadero tema de la novela es la hipocresía. Es evidente que Galdós se refería a la hipocresía cuando escribió en el capítulo-colofón final de la novela, las siguientes palabras: «Esto se acabó. Es cuanto por ahora podemos decir de las personas que parecen buenas y no lo son.» Y, en efecto, cuando empezamos a examinar la novela nota uno que la hipocresía es uno de los elementos que todos los orbajosenses poseen en común: la característica que los aúna. Desde el comienzo se establece un ambiente de hipocresía. Si se define esa palabra *literalmente*, como hace el diccionario —«el acto o práctica de pretender ser lo que no se es, o de sentir lo que no se siente»—, y aplicamos esta definición *figurativamente* a los objetos inanimados y a los lugares, se podría afirmar que aun los locales que rodean a Orbajosa son «hipócritas» por tener nombres —como los de algunos de sus habitantes, «doña Perfecta», «don Inocencio»— que no corresponden a su verdadera naturaleza: «¡Cómo abundan los nombres poéticos en estos sitios tan feos!», observa Pepe Rey al pasar por Valleameno, Valdeflores, y otros sitios de la comarca. Así entonces, *Doña Perfecta* apunta a cierto tipo de mal

---

[16] Sherman H. Eoff, *The Novels of Pérez Galdós*, St. Louis, Washington University Studies, 1954, pág. 7. Traducción nuestra.

[17] Aunque llegué a esta conclusión independientemente, pude corroborar mi tesis más tarde al leer el excelente artículo del profesor Stephen Gilman «Las referencias clásicas de *Doña Perfecta*: Tema y estructura de la novela», *NRFH*, 3 (1949), págs. 353-362, reimpreso en el «Appendix» a su libro *Galdós and the Art of the European Novel: 1867-1887* Princeton, 1981), págs. 378-349, donde él también compara la estructura de esta novela con la de una tragedia griega, aunque las conclusiones que él saca son muy diferentes de las mías.

—el mal de la hipocresía, de la pretensión. Conforme la mente del lector va penetrando en niveles más profundos de la novela, más allá del «argumento» y de los «caracteres», por medio del progreso de la acción, del significado obvio de lo que se dice y de sus implicaciones, por medio del principio onomástico·utilizado por el autor, se va revelando gradualmente la estructura esencial de la novela[18]. Notamos entonces que este ambiente de hipocresía envuelve por completo la ciudad de Orbajosa. La actitud del tío Licurgo es hipócrita desde el comienzo, como lo es la de don Inocencio, la de doña Perfecta, la de Jacintito y de María Remedios, y la de cada uno de los habitantes de esta ciudad episcopal. Las posibles excepciones a esta «regla» son don Cayetano y las Troyas. El primero tiene una función incidental en la tragedia: al final desempeña el papel «coral» de comentar los sucesos después de la «misteriosa» muerte del joven ingeniero y, al hacerlo, desde su punto de vista de cronista poco de fiar[19], se convierte en instrumento de la hipocresía orbajosense. Las Troyas, aunque excluidas de su trato por los ciudadanos y, por consiguiente, excluidas también del clima espiritual de Orbajosa, asumen actitudes hipócritas al perpetrar sus bromas pesadas en contra de éstos, aunque lo hagan para aliviar su aburrimiento. La propia

---

[18] Deseo llamar la atención, en cuanto a este asunto, a la sección titulada «El personaje en su lenguaje», del interesantísimo ensayo del profesor Ricardo Gullón, titulado «*Doña Perfecta*, invención y mito», en *Técnicas de Galdós*, Madrid, Taurus, 1970, págs. 35-41, y particularmente a las siguientes palabras suyas:

> De ahí en adelante el progreso de la discordia se registra más y más en la discrepancia entre palabra y comportamiento. El lenguaje no coincide con la conducta; se hace engañoso y por la duplicidad que revela declara la hipocresía de la persona. El gesto y el tono, lejos de subrayar el propósito sirven para velarlo, ocultarlo y desfigurarlo. La palabra es el instrumento del engaño... (pág. 38).

[19] Sobre este cronista y la falta de fe que nos merece, ver el artículo de Lee Fontanella «*Doña Perfecta* as Historiographic Lesson», en *Anales galdosianos*, XI (1976), págs. 59-69.

Rosario cae víctima de esta hipocresía cuando se ve forzada, por la actitud de su madre, a pretender sentimientos hacia ella que en realidad no siente[20].

Este ambiente de hipocresía estimula la creación de una doble perspectiva dentro de esta novela: la de los orbajosenses y la de los forasteros. Para aquéllos el tío Licurgo es un verdadero Licurgo; Caballuco, un verdadero centauro y un Reinaldos; doña Perfecta, «perfecta», don Inocencio, «inocente», y Orbajosa, en fin, una *Urbs Augusta*. Para Pepe Rey, el forastero, el tío Licurgo no es otra cosa que un común ladrón y un buscapleitos que está siempre metido en asuntos de una gramática muy parda; Caballuco, «un animal», su tía, muy lejos de ninguna «perfección» y don Inocencio nada «inocente», y Orbajosa, lejos de ese perfecto y bucólico *locus amoenus*, de que siempre hablan los orbajosenses, es una verdadera «Orb-*ajosa*» o un «muladar». Como ya se ha observado, es, entonces, el contacto de estas dos perspectivas lo que produce el choque violento entre los personajes, que, en el contexto de toda la novela, representa también el choque entre Orbajosa —la provincia española— y Madrid —la metrópolis— y lo que éstas representaban[21].

Es a este ambiente de falsas apariencias a donde llega un joven que se distingue de los otros personajes por su franqueza, su candor o, si se quiere, por su innata in-

---

[20] Debemos tener en cuenta, sin embargo, que la verdadera función de esta joven es, para empezar, motivar la venida de Pepe a Orbajosa; más tarde, motiva la actitud de todos los personajes principales: el amor que siente Pepe por ella y su deseo de «liberarla», el propósito de Doña Perfecta de «protegerla» en contra del «ateo», la ambición de Don Inocencio —y de su sobrina María Remedios— de casarla con Jacintito.

[21] El profesor Gullón (ver nota 11) concibe la estructura de la novela como una serie de círculos concéntricos que giran alrededor de Doña Perfecta, de los cuales el más cercano es el de la familia, el segundo Orbajosa, el tercero España, y el último el Mundo (pág. 28). El conflicto íntimo dentro del círculo familiar sí que tiene repercusiones cada vez más amplias que terminan haciendo una declaración universal válida en todas las latitudes y para todos los tiempos. Esto confirma, por supuesto, la concepción clásica de la novela y afirma su universalidad.

capacidad de pretender lo que no es o de sentir lo que no siente. La novela establece, entonces, la relación franqueza-hipocresía, con Pepe Rey como único representante de aquélla y los orbajosenses como representantes de ésta. En Orbajosa, entonces, la *norma*, establecida por sus ciudadanos —el coro— es la hipocresía. Pepe Rey, debido a sus atributos personales y a sus virtudes *(arete)* —entre otras, su incapacidad de fingir— es «rey» en esta sociedad donde lo normal es la hipocresía. A pesar de esto Pepe Rey tiene su falla trágica *(hamartía):* el orgullo *(hubris)* que siente por su integridad, por su completa sinceridad, rayana en una falta de sensibilidad al declarar las verdades. Esta falta de sensibilidad hacia los sentimientos y las creencias de otras personas —un tipo de intolerancia *sui generis* que lleva a este personaje, por un camino diferente, al problema general de esta novela— se revela como la verdadera causa de su destino. Así evita Galdós el peligro de manejar una situación puramente melodramática —es decir, el conflicto entre «buenos» y «malos» [22].

Lejos de presentar a Pepe Rey como un joven perfecto y sin tacha, Galdós hace hincapié repetidamente sobre su defecto característico. En el capítulo II el novelista destaca la falta de tacto del joven ingeniero cuando pone en sus labios las siguientes palabras dirigidas al tío Licurgo: «El aspecto de su patria de usted no puede ser más desagradable», y luego remacha con la siguiente observación:

---

[22] Como se explicará más adelante en el texto, tampoco los antagonistas de Pepe se manifiestan como personajes totalmente malos. Sus acciones son, en último análisis, el resultado de sentimientos e impulsos muy «humanos» que pueden explicarse aunque nunca puedan excusarse. El profesor Richard A. Cardwell presenta esta novela como una obra de arte trabajada a conciencia y no como una simple novela didáctica de «tesis» como las que solían escribir los antagonistas ideológicos de Galdós. Ver su artículo «Galdós' *Doña Perfecta:* Art or Argument», en *Anales galdosianos*, VII (1972), págs. 27 y ss.

> La histórica ciudad de Orbajosa, cuyo nombre es, sin duda, corrupción[23] de *Urbs augusta*, parece una gran muladar.

Estas palabras, aunque pudieran ser ciertas, están dichas con una dureza incomprensible. En el capítulo III, donde el narrador presenta una semblanza íntima de Pepe Rey, no deja lugar a duda sobre lo que constituyen las principales virtudes y los principales defectos del joven: «El profundo sentido moral de aquel insigne joven le hacía muy sobrio de palabras en las disputas...», una cualidad muy clásica, por cierto. Luego añade: «No admitía falsedades y mixtificaciones, ni esos retruécanos del pensamiento...» Pero, como el narrador puntualiza cuidadosamente,

> ... para volver por los fueros de la realidad, Pepe Rey solía emplear a veces, *no siempre con comedimiento*, las armas de la burla. Este *casi* era un defecto a los ojos de gran número de personas que le estimaban, porque parecía un poco irrespetuoso en presencia de multitud de hechos comunes en el mundo y admitidos por todos.

Y finalmente remacha el clavo con la siguiente declaración:

> Fuerza es decirlo, aunque su prestigio se amengüe: Rey no conocía *la dulce tolerancia* del condescendiente siglo que ha inventado singulares velos de lenguaje y de hechos *para cubrir lo que a los ojos vulgares pudiera ser desagradable.* (El énfasis aquí y más arriba es nuestro.)

---

[23] La palabra «corrupción» se utiliza aquí sin duda con doble intención: en su sentido filológico y en el sentido de que *todo* en Orbajosa es «corrupción» o degeneración del ideal indicado por su nombre, como era el caso con los toponímicos ya mencionados, y los nombres de sus ciudadanos más prominentes.

Así, entonces, y ésta es una de las múltiples ironías de esta novela, Pepe Rey es tan ciego —intolerante— como los orbajosenses, en el sentido de que su falta de sensibilidad, causada tal vez por el orgullo que siente de ser sincero, no le deja *ver* la necesidad tan humana de mitigar sus «verdades» para no hacer daño al prójimo innecesariamente.

Al seguir, paso a paso, los incidentes en la vida de Pepe y sus conversaciones en Orbajosa, de inmediato se nota cómo su falla llega a ser la causa de su ruina. Para empezar, él mismo se prepara la trampa en la que entra *voluntariamente* y de la que el sagaz don Inocencio hará excelente uso. El canónigo, como averiguamos más tarde, está más que inclinado, desde el comienzo, a sentir aversión hacia el joven ingeniero debido a su plan —o, mejor dicho, el plan de su sobrina— de casar a Rosario con Jacintito. A pesar de ello, siendo un hombre astuto y sensato, no iba a cometer el error de empezar una campaña en contra de Rey que podría ser achacada a motivos personales y que iría en contra de los sentimientos iniciales de Doña Perfecta hacia su sobrino. Afortunadamente para él Pepe le entrega, como si dijéramos, el arma que el penitenciario necesitaba. En el capítulo V don Inocencio y Pepe Rey inician su confrontación cuando el sacerdote le pregunta al ingeniero lo que él piensa de «nuestra querida ciudad». Pepe expresa con precisión, «sin velos de lenguaje», lo que él piensa de Orbajosa:

> Por lo poco que he visto, me parece que no le vendría mal a Orbajosa media docena de grandes capitales... un par de cabezas inteligentes que dirigieran la renovación de este país...

(¡Pepe parece no darse cuenta de que está hablando en presencia de dos de las personas que pertenecen a la élite que gobierna los asuntos de la ciudad!) Sus palabras son una invitación —casi un desafío— al combate que desde ese momento se entabla entre Pepe y el sacerdote, combate que gradualmente se convertirá en una guerra sin cuartel en la que intervienen, primero, doña Perfecta, y luego, todo Orbajosa. A partir de este momento don Inocencio tiene plena libertad para hacer uso —como en efecto hace— de su sarcasmo y para desarrollar un plan de ataque que doña Perfecta adoptará más tarde. Consiste en atribuir a Pepe palabras y pensamientos completamente ajenos a éste, como si fuesen verdaderamente de él y, finalmente, en utilizar estas palabras e ideas que Pepe nunca ha hecho suyas, contra el joven ingeniero. Esta táctica es utilizada tan frecuentemente por los enemigos de Pepe, siempre a la ofensiva, que durante el curso de toda esta novela tenemos pocas oportunidades de escuchar directamente al joven o de determinar con exactitud cuáles son sus verdaderas ideas y sus verdaderas creencias. Por esta razón su personalidad, comparada con la de los otros personajes principales, se nos desdibuja. Esto, creo, es parte de la técnica conscientemente utilizada por Galdós para hacer hincapié en el hecho de que a Pepe se le condena sin que haya tenido la oportunidad de que se le escuche[24]. Un ejemplo de cómo

---

[24] Esta técnica utilizada por Galdós es, claro, muy eficiente al perseguir el objetivo tendencioso de la obra. Novelísticamente, sin embargo, produce una situación desnivelada con respecto a la caracterización. Como han observado varios críticos, doña Perfecta, don Inocencio, aun María Remedios, emergen más vívidamente de las páginas de esta obra como personajes que Pepe Rey. Esto y el hecho de que, después de todo, la novela se titula *Doña Perfecta*, parece indicar que su autor estaba más interesado en crear una situación novelística —es decir, *humana*— basada en el conflicto dentro de la equivocada pero fuerte personalidad de la heroína y de sus allegados, que una novela puramente tendenciosa. Este tira y afloja entre el argumento —del que Pepe surge como el inequívoco protagonista— y la caracterización —de la que doña Perfecta y compañía surgen como los personajes más fuertes— es, tal vez, uno de los defectos de ésta, por otra parte, excelente novela temprana de Galdós. El profesor Gullón, en el artículo que hemos citado, arguye convincentemente que las intenciones de Galdós, desde un primer momento, eran «... escribir sobre una persona... novelar esa persona...» (pág. 23) y así, doña Perfecta emerge incontestablemente como la protagonista, con Pepe Rey como su antagonista. Un examen del manuscrito confirma inmediatamente estas intenciones porque, aun en la versión más temprana, como he mencionado ya en

se le imputan ideas no expresadas por él se encuentra en ese mismo capítulo V inmediatamente después de que el joven ingeniero ha expresado su opinión sobre Orbajosa y después de que la ciudad episcopal ha sido defendida calurosamente por don Inocencio, quien termina este inicial combate con las palabras «Nada, amigo mío (...) está usted autorizado para todo, incluso para decirnos que somos poco menos que cafres». Para doña Perfecta es como si Pepe Rey hubiese, en efecto, pronunciado estas palabras.

Pepe, un joven inteligente, sensato, no se da cuenta, sin embargo, de la necesidad de cambiar, si no ya de su costumbre de decir siempre exactamente lo que piensa, por lo menos del tema de conversación. Demasiado entusiasmado con su franqueza y cegado por su falta de sensibilidad, se va metiendo más y más en una situación imposible. Si hay una verdad que esta novela nos revela plenamente es la de que ni la razón de un hombre ni sus facultades de observación funcionan aisladamente del resto de su personalidad. Otro hombre hubiera percibido inmediatamente las actitudes y las ideas de su tía, de don Inocencio y aun de don Cayetano. Pero Pepe, con

---

mi estudio preliminar del manuscrito, el título «Doña Perfecta» está escrito claramente al comienzo de la primera cuartilla. Así y todo, en el nivel argumental es Pepe quien abre la novela y todos los accidentes del argumento giran alrededor suyo. El argumento, de hecho, presenta una de esas situaciones consideradas típicas —Boris Tomashevsky, en su «Thematics», nos da el siguiente ejemplo:

> También típicas son situaciones en las que los personajes están relacionados por oposición, en las que diferentes personas desean cambiar una situación por medios diferentes. Por ejemplo, el héroe ama a la heroína y ésta le corresponde, pero sus padres impiden su matrimonio; ellos tratan de casarse, pero los padres tratan de separarles» (*Russian Formalist Criticism: Four Essays*, traducido y editado por Lee T. Lennon y Marion J. Reis, Lincoln, University of Nebraska Press, 1969, página 70.

Por esta razón continúo afirmando mi sugerencia de que existe un conflicto en esta novela entre argumento y caracterización.

su «falla», decide aplicarle un «correctivo» al penitenciario. De hecho, el ingeniero excede todos los límites del comportamiento social con su larga locución al final del capítulo VI [25]. El lector se da ahora plena cuenta de que Pepe ha caído en la trampa que le había preparado don Inocencio. Cuando, al principio del siguiente capítulo, el joven admite que todo había sido una «humorada», ya es demasiado tarde. Sus palabras, «Seguro estoy de que mis verdaderas ideas y las de usted [habla del penitenciario] no están en desacuerdo», no pueden surtir ningún efecto. La falsa impresión —creada por el propio Pepe— que doña Perfecta obtiene de su persona, crece implacablemente como un monstruo que termina por

---

[25] Es interesante considerar este texto de Galdós a la luz del siguiente texto de Karl Marx:

Sabemos que la mitología griega no sólo es el arsenal del arte griego, sino también su base. ¿Es posible la idea de la naturaleza y de las relaciones sociales que sirven de base a la imaginación griega y por consiguiente a su arte, cuando existen mulas que funcionan por sí solas, ferrocarriles, locomotoras y telégrafos eléctricos? ¿Qué es Vulcano comparado con Roberts y Cía., Júpiter comparado con un pararrayos, y Hermes comparado con el *Crédit mobilier*? Toda mitología domina, controla y forja las fuerzas de la naturaleza en la imaginación y por medio de la imaginación; desaparece, entonces, cuando se establece un verdadero control sobre estas fuerzas. ¿Qué le sucede a la Fama al lado de *Printing House Square* [donde se imprime el *London Times*]? El arte griego presupone la mitología griega; en otras palabras, que los fenómenos naturales y sociales están ya asimilados, en una forma que es artística sin querer, por la imaginación de la gente. (*A Contribution to the Critique of Political Economy*, ed. Maurice Dobb., N. Y., «Int. Publishers, 1970, Appendix, pág. 216. Traducción nuestra.)

¿Se trata de un lugar común del siglo XIX? Sólo un historiador de la cultura podría saberlo con certeza. Dudo que Galdós conociera la *Crítica de la Economía Política* de Marx, aunque todo es posible. El único libro de Marx en su biblioteca es el tomito publicado por la editorial Prometeo de Valencia, con partes de *El Capital* (libro sólo parcialmente cortado por Galdós). Es posible que haya sido una inspiración totalmente independiente la que ha producido estas comparaciones entre los dioses de la antigüedad clásica y los magnates de la industria.

exterminar a su creador. Claro, una vez que el monstruo ha sido creado, don Inocencio se cuidará de alimentarle bien.

Pepe mismo se da cuenta de que «sin quererlo se había metido en un atolladero», pero sin saber cómo. Y, como en una pesadilla, cuanto más trata de escaparse, más se atasca en él. Sus salidas de tono y su falta de cortesía continúan, como es el caso de su visita a la catedral. La única disculpa que ofrece Pepe es decir: «Soy algo distraído.» Ser «distraído» en este caso es una indicación de su inherente falta de sensibilidad que le hace olvidarse de los sentimientos y creencias de sus prójimos. Pero Pepe, en vez de aprender por medio de su experiencia, como haría un hombre de ciencia, continúa hiriendo a la gente con su feroz honradez. Inmediatamente después del desafortunado incidente de su visita a la catedral, se pone a hablar de «la deplorable decadencia de las artes religiosas», en presencia de don Inocencio, de su tía y de su prima, y critica severamente la música ejecutada durante la misa *«sin advertir el deplorable efecto que sus palabras producían...»* (cursiva nuestra). Es así como Pepe empieza a ser dominado por su falla, agravándola al dejar —tal vez por primera vez en la vida de este joven tan «sensato»— que la cólera se apodere gradualmente de él. Aún en el capítulo X le encontramos completamente ciego, es decir, incapaz de comprender la verdadera causa de la situación en que se encuentra:

> Pepe Rey se encontraba turbado (...) furioso contra los demás y contra sí mismo, procurando *indagar la causa* de aquella pugna, entablada *a pesar suyo...»* (cursiva nuestra).

De nuevo hace Galdós hincapié en el defecto capital de su protagonista en el capítulo XI, donde se nos dice que

> tenía el ingeniero la desgracia, si desgracia puede llamarse, de manifestar sus impresiones con inusitada franqueza...

Hacia el final de este capítulo Pepe se da cuenta de que es víctima de un enemigo desconocido, invisible e implacable, pero no de que él mismo ha sido el arquitecto de ese destino adverso que le persigue.

Los sucesos que siguen a continuación hacen que el conflicto entre sobrino y tía salga a la superficie. Antes de esta explosión Pepe había estado a punto de marcharse de Orbajosa en vista de la creciente hostilidad de sus ciudadanos y del extraño comportamiento de su tía. Su amor por Rosarito, particularmente después de que él se entera de que es correspondido por ella, le hace cambiar de opinión y decide quedarse a enfrentar cualquier riesgo con tal de poder liberarla y casarse con ella. Cuando en el capítulo XIX doña Perfecta y Pepe, solos, se enfrentan por fin abiertamente, se necesita muy poco para que ambos pierdan los estribos. Para entonces su tía ya ha hecho su decisión —y la ha llevado a cabo— de separar a su hija de Pepe a toda costa; y éste ha formulado su proyecto, con la cooperación del teniente Pinzón, de resolver su problema. Una breve pero sarcástica alusión a la misión militar[26] hecha por doña Perfecta, desencadena la furia de Pepe:

> Orbajosa, querida tía, casi no tiene más que ajos y bandidos, porque bandidos son los que en nombre de una idea política o religiosa se alzan a correr aventuras cada cuatro o cinco años.

Y el narrador hace el siguiente comentario sobre el comportamiento del joven:

---

[26] La función de la misión militar que llega a Orbajosa, y especialmente la del amigo de Pepe, el teniente coronel Pinzón, es la de extender el conflicto para darle un carácter nacional (la segunda guerra carlista). Dentro de la estructura trágica de la novela, sin embargo, su función es la de crear la esperanza de un cambio radical de situación, con respecto a Pepe; es decir, hacernos creer, aunque sea por un instante, que hay esperanza de que el joven ingeniero salga victorioso del conflicto. Esta es la peripecia *(peripeteia)* de que Aristóteles escribe en su *Poética* (v. 1452a) y que es un lugar común en la tragedia griega.

Hallábase en el disparadero de la violencia, y un ímpetu irresistible le empujaba, lanzándole contra su interlocutora.

Al final de este capítulo Pepe ha llegado a la conclusión de que él, un joven inteligente, sincero y juicioso, ha caído en el mismo arroyo de injusticia, violencia e hipocresía en que doña Perfecta y el resto de los orbajosenses han estado viviendo.

No es sino hasta el capítulo XXVIII, sin embargo, cuando Pepe Rey, como los héroes trágicos, obtiene su momento de iluminación. Ésta se manifiesta cuando el joven le escribe una carta a su padre. Por primera vez se mira a sí mismo cara a cara, y al comprender, por fin claramente, su situación, su misma feroz honradez le obliga a aceptar de lleno la naturaleza del.conflicto[27]. Por ello le confiesa a su padre:

> ... a usted puedo decirle que soy un miserable, porque es un miserable quien carece de aquella poderosa fuerza moral contra sí mismo, que castiga las pasiones y somete la vida al duro régimen de la conciencia...

Y añade luego: «... he tenido la debilidad de abandonarme a una ira loca, poniéndome al bajo nivel de mis detractores...» Este último pasaje tiene una significación singular. Sin ningún deseo de engañarse, no culpa a nadie sino a sí mismo por la situación crítica en que se encuen-

---

[27] La ocasión no se presta para que Pepe dé un análisis completo de la naturaleza exacta de su falla, una situación bastante común en las tragedias. De todas maneras, como mostramos más adelante en el texto, reconoce que él también es responsable de su situación —y de la de Rosarito— y en ningún momento trata de culpar a su tía ni a ninguna otra persona. Esta aceptación de responsabilidades es rara en los protagonistas de las novelas realistas y naturalistas de este periodo y aun de épocas posteriores (ver, por ejemplo, novelas de Hemmingway, de Baroja, o de Cela), en las que la herencia, el medio ambiente, o la sociedad —o cualquier combinación de estos factores— sale siempre culpable de la ruina del protagonista. Sólo en obras inspiradas en los ideales clásicos de la tragedia encontramos ejemplos como el de Pepe.

tra. Se reconoce víctima de la «ira» y de la «ficción» y «disimulos». Pero el reconocer esas faltas, dice, no le redime de la responsabilidad de los graves acontecimientos que han sucedido y que sucederán aún en el futuro; ni tampoco caerá esa responsabilidad «por mucho que argumente, *toda entera sobre su hermana de usted*» (cursiva nuestra). Finalmente Pepe se da cuenta de su ruina moral al verse utilizando las mismas armas indignas que utilizan los falsos e hipócritas orbajosenses: «Lo que más amarga mi vida es haber empleado la ficción, el engaño y bajos disimulos. ¡Yo que era la verdad misma! He perdido mi hechura...» Pero el reconocimiento de no haber sido fiel a lo que él creía que era su verdadera naturaleza, lejos de hacerle retroceder espantado ante el abismo que ve ante sí, le decide a seguir inexorablemente el curso de la acción que había escogido hasta su amargo final. Su muerte física es la conclusión lógica de su muerte moral. Orbajosa ha logrado dominar a su víctima haciéndola descender primero a los fondos más bajos de la moral antes de matarle. Doña Perfecta y don Inocencio —la astucia y la hipocresía encarnadas en ambos— ejecutan la primera operación; Caballuco[28] —símbolo de la fuerza animal— es el instrumento que ejecuta la segunda, es decir, la muerte física del ingeniero[29].

---

[28] Es interesante notar que Galdós presenta a Caballuco como un héroe épico que ha degenerado —otra vez la idea de «corrupción»— en pura brutalidad (animalidad). La descripción que leemos al final del capítulo XXII es notable: primero establece Galdós la relación Caballuco-Reinaldos (el héroe Reinaldo de Montalbán, conquistador de Trapisonda), que amplía magistralmente más tarde: su semblante, sus ojos, su pelo negro tienen «un resabio (...) de las grandes razas que dominaron el mundo...». Pero «su aspecto general era el de una degeneración lastimosa, y costaba trabajo encontrar la filiación noble y heroica en la brutalidad del presente». Y termina con un «di-símil», si podemos inventar tal palabra: «Se parecía a los grandes hombres de don Cayetano, como se parece el mulo al caballo.»

[29] El profesor J. B. Hall publicó un artículo muy original en el que muestra ciertas analogías evidentes entre Cristo y Pepe Rey, particularmente claras con referencia a su misión y a su papel de víctima: «Galdós' Use of the Christ-Symbol in *Doña Perfecta*», *Anales galdosianos*, VIII

Don Cayetano, en sus cartas al final de la novela, comenta los sucesos y establece una vez más el ambiente de hipocresía, intolerancia e irracionalidad típicos de Orbajosa. Por su medio, también, nos enteramos del desenlace, es decir, de lo que les ha sucedido a los otros personajes principales: Rosarito termina en un asilo de locos, víctima, según don Cayetano, de una enfermedad hereditaria que había afectado también a su madre y a su hermana; don Inocencio, quien se ha refugiado en su casa y apenas ve o habla a nadie, ha decidido por fin marcharse a Roma —suponemos que en viaje de arrepentimiento y expiación; finalmente, doña Perfecta, que sufre de un caso extremo de ictericia, se gasta todo su dinero en elaboradas funciones religiosas, además de pasar todo el tiempo en la iglesia. Galdós no pudo resistir la tentación de sugerir, al menos, un castigo para los «malos», subrayando así, al final, lo tendencioso de su novela y lindando una vez más con el melodrama[30].

(1973), págs. 95-98. Las analogías que destaca el profesor Hall están sin duda en el texto. El profesor Gullón en el artículo tantas veces citado apunta ciertas analogías entre Pepe y Don Quijote, que también están claramente disponibles para el lector en el texto de la novela. Es posible que sea a través de estas analogías como, en el último análisis, Galdós termina vindicando a Pepe Rey como personaje, y como la verdadera víctima de la intolerancia de Orbajosa, con quien puede identificarse claramente la simpatía del lector. De otra forma la novela sería contraproducente si tenemos en cuenta los deseos obvios de su autor.

[30] Es preciso juzgar este final a la luz del primer final utilizado por Galdós, cuyo texto hemos incluido más arriba. El final que podríamos denominar tragicómico —en el sentido más literal de esta palabra ya que combina boda (final típico de las comedias) con la muerte accidental del «novio» (final trágico por excelencia)— desnaturaliza completamente el carácter de doña Perfecta, tan bien trazado por Galdós hasta ese momento, y nos remite a un ambiente grotesco que era todo lo contrario de lo que el autor se había propuesto. La idea, como apuntó el profesor Gilman, era el retratar una sociedad donde existían gentes cuya ideología absolutista era indudablemente sincera y actuaban en «legítima» defensa de esta ideología que sentían amenazada por «los de afuera». Una doña Perfecta «echando carnes» y «poniéndose guapa» después del asesinato de su sobrino, daba al traste con esa intención de Galdós y así lo debió comprender él inmediatamente después de que apareciera el texto impreso de la novela.

La novela, aunque camina peligrosamente, como se ha visto, sobre la cuerda floja del melodrama, en último análisis se salva de caer en él debido a su estructura que corresponde a la de la tragedia clásica. Cuando Galdós presenta a un héroe que sufre intensamente al principio y que termina como víctima trágica por haber chocado con lo que, para los orbajosenses es, incuestionablemente, «una ley universal de justicia», está haciendo uso de una ironía, que se manifiesta en esta obra de principio a fin. Esta ironía, que vemos en juego en la novela, aun en los momentos de más intenso sufrimiento, nos comunica toda la fuerza de la acusación de Galdós y, al mismo tiempo, nos permite reconocer todo lo que es válido en su visión de la vida humana. Porque la novela no se desarrolla en un solo plano o nivel de choques abstractos —la provincia española en antítesis con la metrópolis. Galdós, dentro del molde formal que ha escogido, es capaz de hacernos ver y sentir la realidad humana: ha partido de una situación y una idea —tendenciosa, claro está— y las ha presentado en términos de causas humanas específicas. Si uno ve la novela en términos de tipos e ideas esquemáticas solamente, la narración se convierte en un denso conflicto de abstracciones ideológicas y no puede trascender el plano de la novela de tesis que, a lo sumo, habría alcanzado solamente un interés histórico para el lector moderno [31]. Pero dentro de este marco

---

[31] El profesor Anthony N. Zahareas, en su magistral artículo «Galdós' *Doña Perfecta:* Fiction, History and Ideology», *Anales galdosianos*, XI (1976), págs. 29-58, me llama a capítulo por minimizar en este análisis de la novela, el carácter de novela de tesis, concepto que él defiende con argumentos muy legítimos y coherentes. Su artículo, además, es convincente en toda su argumentación y, es posible, que sea el único que, a fin de cuentas, explique precisamente esos aspectos que a otros críticos nos han preocupado por parecernos faltos de coherencia dentro de la estructura interna de la novela. Acepto gustosamente su llamada a capítulo y me alegra que haya sido precisamente mi análisis de *Doña Perfecta* el catalítico que ha producido su excelente estudio. Hay, sin embargo, dos puntos que quisiera aducir en mi defensa. El primero es que, como habrá visto el lector, yo no niego que *Doña Perfecta* sea una novela tendenciosa y de tesis. Si bien doy la impresión, correcta, de minimizar este aspecto, es porque, a pesar de la coherencia

ideológico, que sin duda existe, Galdós ha creado una situación humana que nos dirige hacia un sondeo profundo del alma de sus personajes, como el que más adelante encontramos en sus mejores novelas. Caracterizándose por su interés psicológico en «el hombre» y no en «tipos», la rica concreción de las novelas posteriores de Galdós va despojando las capas de apariencias y nos presenta un retrato del hombre en su pequeñez y crueldad, en el ejercicio de su voluntad y de su autoengaño, en sus debilidades, pero también en su grandeza. Así, en *Doña Perfecta*, el «choque violento» se lleva a cabo no sólo en el plano abstracto de las ideas sino también en el plano humano, entre impulsos contrarios en la naturaleza del hombre. Pepe mismo resultó no ser como él creía que era. Como leemos en la emotiva carta a su padre, él descubre su parentesco con la generalidad de los seres humanos mucho antes de que estuviese preparado a admitirlo. Una de las verdades de la que Galdós nos obliga a darnos cuenta es la de que la naturaleza interna del ser humano y lo que éste reconoce externamente, no pueden funcionar aisladamente.

Lo que tenemos en *Doña Perfecta* es una indagación de los valores morales de que vive la gente, con el consecuente contraste irónico entre lo que se profesa públicamente y la realidad. Se ha observado que Orbajosa y sus ciudadanos no son lo que sus nombres indican, ni lo que ellos creen ser, sino su antítesis. La gente de Orbajosa está «ciega» en cuanto a su verdadera naturaleza. Están

del análisis de Zahareas, sigo creyendo que son otros los aspectos, otras las cualidades, que explican la popularidad de esta novela de Galdós entre lectores y críticos que saben muy poco, o nada y, además, les tiene sin cuidado, de la historia política de España durante la segunda mitad del siglo XIX. Fue una indagación del fenómeno de la popularidad de esta novela, entre críticos y lectores ordinarios, lo que me llevó, como apunté al principio de este estudio, a leer «con otros ojos» la novela para ver si podía dar con la clave de este fenómeno. Mi segundo punto es una advertencia: no creo en la lectura del final de *Doña Perfecta* que Zahareas nos describe en su artículo. Esta divergencia de lecturas me ha llevado a escribir un pequeño artículo en respuesta que incluyo como apartado final de esta Introducción.

ciegos, sin embargo, porque así lo quieren —*no desean ver*— y su ceguera, por consiguiente, contrasta con la de Pepe Rey quien, como Edipo, es incapaz de «ver» únicamente al principio. Si Pepe adquiere, en alguna medida, cierta grandeza en la novela es porque aprende a ver. No se engaña con la idea de que su comportamiento pueda justificarse y sabe que su padre —actuando de caja de resonancia para su conciencia— nunca lo justificaría. Y cuando llega a un entendimiento de su verdadera situación consigue la humildad que le permite aceptar la completa responsabilidad de sus acciones. Los orbajosenses, por otro lado, continúan en su ceguera.

Ahora podemos ver cómo la novela, en el nivel personal o psicológico, ha podido enfocar asuntos mucho más amplios; y su continuo éxito se debe a esto. Galdós ha logrado humanizar a sus personajes y darles un alma. La novela, entonces, resulta no un melodrama sino una tragedia, en la cual el protagonista tiene su «falla trágica» y sus antagonistas actúan, no como un grupo de malvados, sino como gente que, como sus modelos en la vida real, son seres limitados por culpa suya o de sus circunstancias, por su miopía y por su visión egoísta del mundo. Es posible que el lector se sorprenda cuando se da cuenta de que el resorte que pone en movimiento la acción de la novela, lejos de ser ideológico o abstracto, es de naturaleza puramente concreta y personal. Se da uno cuenta que, en último caso, el conflicto ha surgido por motivos y enredos particulares. María Remedios había concebido la idea de casar a su hijo Jacinto con Rosario. A ello le ha movido, en gran parte, su ambición personal, su ciego amor de madre por su hijo y, por último, su deseo de elevarse al nivel social de doña Perfecta por medio de esta unión. Ha comunicado su proyecto a su tío, don Inocencio, quien lo ha aceptado gustoso y como es el director espiritual de doña Perfecta y de su hija, está en una situación privilegiada para encarrilar el proyecto de su sobrina. Cuando surge un obstáculo en la figura de Pepe Rey es lógicamente humano (o humanamente lógico) que el canónigo y su sobrina no vean con buenos ojos a la persona que ha venido a destruirles su sueño dorado. Si a esto se añaden las torpezas iniciales de Pepe que dieron pie a que el penitenciario diera expresión a esa animosidad —justificadamente ante doña Perfecta, por supuesto—, lo que parecía haber sido únicamente un conflicto ideológico y religioso, encuentra su explicación dentro de una perspectiva concreta y personal, sin minimizar, en absoluto, las razones ideológicas que llevan a doña Perfecta al rechazo, primero, de su sobrino, y a ordenar, por fin, su muerte.

Esto es parte de todo el juego irónico creado por Galdós que él deja para el final de la novela para mejor mostrarnos cómo algunas veces situaciones de una naturaleza nacional e ideológica (la antítesis Orbajosa-Madrid o, como se ha dicho antes, provincia-metrópolis), puede ser reflejo de una situación local más concreta (doña Perfecta-Pepe, en la que doña Perfecta sintetiza el espíritu de Orbajosa), y que, a la vez, puede reducirse a un conflicto de intereses personales (María Remedios, don Inocencio-Pepe). En otras palabras, en esta novela las abstracciones generalizadas de la propaganda dan lugar a lo real y específico. La razón por la cual las novelas de tesis de Galdós, con mayor éxito, como *Doña Perfecta*, continúan leyéndose hoy es porque encarnan además de doctrinas, visiones específicas. Son un constante aviso en contra de la simplificación y de la abstracción.

IV

Cuando en 1976 apareció el excelente artículo del profesor Anthony N. Zahareas «Galdós' *Doña Perfecta:* Fiction, History and Ideology», a que me refiero en la nota 31, todo en él me pareció admirable y acepté, en términos generales, todas sus premisas y conclusiones menos una: su lectura del final de *Doña Perfecta*. Mi interpretación de ese final, claramente expuesta en mi ensayo «A propósito de Galdós y Turgenief»[32], donde comparo los finales de la novela de Galdós y los de las obras del novelista ruso *Padres e hijos* y *Tierra virgen*, representa una lectura tan divergente de la de Zahareas, que me pareció indispensable enfocar este problema. Si no hubiese estado yo tan de acuerdo con el resto de la interpretación de Zahareas, la divergencia de nuestras lecturas del final de esta novela de Galdós no hubiese tenido ninguna importancia. Lo que yo creo, y me propuse demostrar con mi «A propósito de Galdós y Turgenief» y ahora con este ensayo, es que mi lectura del final de *Doña Perfecta*, lejos de invalidar la interpretación ideológica de la novela que nos da Zahareas, la apoya, mientras que la suya presupone un Galdós mucho más cínico y sarcástico de lo que la evidencia de su obra total nos permite aceptar.

* * *

[32] Artículo que aparecerá en las actas del «Primer coloquio sobre novela» que se efectuó en Santander en septiembre de 1981 y que se imprimirá junto con otros ensayos sobre Galdós en un tomo que publicará en breve la editorial Nuestra Cultura en Madrid. Este ensayo es de interés porque se ocupa de analizar una de las muchas supuestas «fuentes» que sugirieron a Galdós la posibilidad de escribir *Doña Perfecta*. El profesor Gilman, en su libro citado en la nota 2, se refiere específicamente a dos novelas de Balzac que pudieron contribuir a la concepción de nuestra novela (ver págs. 63-66). En mi ensayo sugiero la existencia de lo que llamo «patrones novelísticos» que sirvieron durante el siglo XIX a modo de modelos argumentales casi arquetípicos. Uno de ellos, muy popular, es el del joven de provincia que llega a la capital con la ambición de conquistar una posición importante en su sociedad y que termina siendo vencido por ésta debido a una serie de circunstancias adversas. El modelo que yo propongo en mi ensayo es de movimiento contrario: el joven de la capital que llega a la provincia donde se encuentra con un ambiente retrógrado contra el cual choca y de cuyo choque surge su final destrucción. En mi ensayo sugiero un posible análisis ideológico en la utilización de cada uno de estos dos patrones novelísticos. Es curioso que, llevado a ello por razones distintas de las mías, el profesor Gilman proponga en su libro el concepto de la utilización de tipos, gestos, situaciones que, a manera de módulos, facilitaban la creación novelística a los escritores del siglo XIX. Esta idea compagina muy bien con mi propuesta de la existencia de «patrones novelísticos» (ver Gilman, págs. 209 y ss.).

Pero antes de enfocar de lleno el problema expuesto en mi breve párrafo introductorio, me parece indispensable incluir un preámbulo teórico que puede ser útil, en general, para el estudiante de literatura, y en particular, para la comprensión de lo que nos llevó al profesor Zahareas y a mí a escribir nuestros respectivos ensayos sobre *Doña Perfecta*. Empiezo admitiendo mi deuda con el profesor Frank Kermode por su libro *The Genesis of Secrecy: On The Interpretation of Narrative* [33] y con el profesor E. D. Hirsch Jr., cuya reseña del libro de Kermode [34] me permitió enfocar teóricamente el problema que traía entre manos. Las siguientes formulaciones citan y parafrasean extensamente porciones de la resención mencionada:

1. Desde Platón la teoría literaria se ha ocupado de la estimativa. Ninguno de los críticos importantes antes del siglo XX cuestionaron sus *interpretaciones* de los textos que leían. Lo que se preguntaban era: «¿Es bueno?» y no «¿Qué significa?» A partir de la Nueva Crítica [35] el problema de la *estimativa* ha caído en desuso y el problema de la *interpretación* ha tomado su lugar. Aceptamos de antemano el *valor literario* de las obras de que nos ocupamos en nuestra capacidad de críticos (pág. 18).

2. La teoría de la interpretación que prevalece en el siglo XX está muy en deuda con Heidegger. Sin embargo, su concepto de *Voreständnis* (precomprensión) ha llevado esta teoría a lo que se conoce con el término de

[33] Cambridge, Harvard University Press, 1979.

[34] «Carnal Knowledge», *The New York Review of Books*, XXVI, 10 (1979), págs. 18-20. Las páginas indicadas entre paréntesis se refieren a este ensayo-reseña del libro de Kermode.

[35] Me refiero aquí a la crítica literaria que empezó a surgir en los Estados Unidos durante las décadas de los 20 y 30 y que encontró en la *Southern Review of Literature*, publicada en Baton Rouge, Luisiana, por la Universidad de ese estado hasta principios de la década de los 40 (en su primera época), su órgano de difusión más importante. Entre sus más fervientes propulsores encontramos a los críticos Alan Tate, Robert Penn Warren (poeta y novelista), Cleanth Brooks, y otros cuyas teorías críticas se desarrollaron, en parte, estimulados por la crítica de T. S. Elliot, entre otros.

«hermenéutica relativista heideggeriana»: «Ningún acto de conocimiento está libre de un 'pre-conocimiento' determinado por nuestro fondo histórico, social y personal (individual)» (incluyendo preferencias ideológicas, por supuesto) (pág. 18). Dilthey desarrolló la idea de la comprensión de un texto como un proceso circular —el «círculo hermenéutico»: encontramos palabras y frases que no tienen un significado distintivo hasta que descubrimos su función en *la totalidad* del texto. Se rompe el círculo al decidir en favor de la totalidad. La «pre-comprensión», entonces, se desprende de la doctrina de la prioridad de la totalidad: «puesto que debemos conocer la totalidad antes que las partes, debemos asumir un cierto tipo de pre-comprensión en toda interpretación» (pág. 18).

3. La idea de que la labor de interpretación es interminable es una idea aceptada por todos los teóricos de la hermenéutica, pero hay una división en *dos* escuelas fundamentales:

A. «Una teoría basada en el lector»: La interpretación es infinita porque el significado del texto es siempre diferente para cada lector.

B. «Una teoría basada en el autor»: La labor de interpretación es infinita porque el significado del texto siempre tiene que ser explicado en forma diferente para diferentes lectores.

A mantiene que después de que un texto ha existido por cierto tiempo, un lector moderno no puede tener acceso a todo el conocimiento cultural y lingüístico que asumió en sus lectores originales el autor de ese texto. La única teoría de interpretación verdaderamente descriptiva es la que toma en cuenta los significados que todos los intérpretes previos han dado a un mismo texto. Cada generación tendrá que repetir el proceso. *B*, por otro lado, ve el acto de interpretación como el principio de un proceso muy diferente: la recuperación del significado original *no es* intrínsecamente imposible y puede haber sido conseguida por algunos de los que leyeron el texto antes que nosotros. Discrepancias en la interpretación se deben a la falta de evidencia decisiva en cuanto a las intenciones del autor, mientras que coincidencias en la interpretación del texto se deben a que la evidencia obtenida en cuanto a esas intenciones, ha sido persuasiva. *Toda* la erudición histórica en el campo de la interpretación textual sigue este último modelo (pág. 18).

4. La norma basada en el lector y la norma basada en el autor agotan *todas las posibilidades* para encontrar normas funcionales de interpretación textual. Por definición, la norma basada en *el lector* nos permite aceptar la validez de un número indefinido de interpretaciones, mientras que la norma basada en *el autor* intrínsecamente confiere autoridad a un solo tipo de lectura. La mayor virtud de la interpretación basada en la norma del lector es su capacidad de mantener vivos los viejos textos (pág. 18).

5. En la hermenéutica más tradicional, la que se basa en el autor, la tarea de mantener vivos los viejos textos era la tarea de lo que se llamaba *applicatio*. *Interpretatio* implicaba una comprensión de lo que el autor quería decir, mientras que *applicatio* implicaba la tarea de hacer ese sentido significativo y útil para un público *particular*. Un intérprete, entonces, debería ser ducho tanto en el *ars intelligendi* como en el *ars explicandi*. La interminabilidad de la interpretación era asunto de la *segunda* de estas artes, la de la presentación. Las teorías basadas en el lector reducen esta doble tarea a *una* utilizando sólo una operación para la interpretación y la aplicación o presentación: cada lector encuentra su propia significación sin comprobar si se relaciona o no con lo que el autor había intentado hacer.

* * *

En la tercera parte de mi Introducción, escrita originalmente en 1964, revisada en 1974 y ahora revisada y aumentada de nuevo para esta edición, intenté rescatar la novela de los estragos del tiempo e interpretarla para sus nuevos lectores de tal forma que éstos pudieran encontrar algunos lazos de unión entre los personajes, los sucesos del argumento y sus propias vidas. Mi propósito no estaba completamente al margen del problema del *valor literario* de la obra (ver I, 1): ¿era *Doña Perfecta* verdaderamente una buena novela, merecedora de que la leyésemos hoy y, si esto era así, por qué? Para llevar a cabo esta tarea recurrí a un proceso hermenéutico que obviamente aspiraba a interpretar la novela por medio de la norma basada en *el lector* (ver I, 3). El resultado fue una interpretación que minimizó (pero no dejó a un lado del todo) el aspecto tendencioso de la novela, la *tesis* explícitamente presentada por Galdós con el propósito de contrarrestar «la rabia reaccionaria de los primeros años de la Restauración[36]. Al hacerlo también me separé de la lectura que, hasta hacía poco, nos había dado la mejor interpretación basada en la norma del autor de esta novela. Me refiero a la que encontramos en el libro del profesor Casalduero, *Vida y obra de Galdós* (Madrid, Gredos, 1951), originalmente publicado el año 1943. La interpretación de Casalduero, aunque perfectamente aceptable, me pareció demasiado alegórica para interesar a un lector moderno a quien sería difícil encontrar ninguna resonancia entre su vida y la de los personajes y sucesos de la novela. «*Aparentemente* la novela se desarrolla en persecución de (un) conflicto de ideologías en el que Galdós está, sin lugar a duda, del lado del joven liberal [Pepe Rey, el protagonista]», argumentaba yo. Y desarrollando ese enfoque, continuaba diciendo en mi ensayo: «Una lectura *superficial* de la novela podría llevarnos a la noción, creo errónea, de que Galdós ha creado un mundo blanco y negro, es decir, una oposición melodramática entre el bien y el mal (o entre "los buenos" y "los malos"), representados respectivamente por Pepe Rey y los orbajosenses.» Si sólo hubiera hecho esto, me preguntaba, «¿Por qué una novela tan arraigada en la lucha

---

[36] Juan López Morillas, *El krausismo español*, pág. 98.

ideológica de su momento ha logrado crear un interés que va más allá del mero interés histórico?»

En 1976 Anthony N. Zahareas levantó el guante que yo había tirado al formular la pregunta con que inicié mi ensayo, y en su interpretación de la novela, basada en la norma del autor («Galdós' Doña Perfecta: Fiction, History and Ideology»)[37], nos ha ofrecido no sólo una contestación muy satisfactoria a mi pregunta, sino que parece haber resuelto finalmente la mayoría de los problemas que habían preocupado a los críticos desde hace mucho tiempo: ¿Doña Perfecta, tragedia o melodrama?, ¿arte o alegato?, ¿una novela ambigua?; si es tragedia, ¿por qué el héroe trágico no es el verdadero protagonista de la novela?; ¿por qué emerge doña Perfecta como el único personaje bien delineado de la novela aun cuando desempeña el papel de antagonista en el nivel del argumento? Todas estas preguntas, me parece, han sido satisfactoriamente contestadas en el artículo de Zahareas y creo que lo ha logrado por la norma hermenéutica que él escogió: él interpreta Doña Perfecta estrictamente en términos del momento y circunstancias históricas en que su autor la concibió; en términos de lo que «Galdós trató de hacer en 1876 con la tesis y el melodrama, cómo lo hizo, y si tuvo éxito en lo que trató de hacer» (pág. 50). En este respecto Zahareas, como yo antes que él, trató de enfocar el problema del valor (ver I, 1), la estimativa, como el de la interpretación.

Se desprende obviamente por lo dicho anteriormente en esta misma sección y por las consideraciones teóricas apuntadas en el apartado anterior, que Zahareas y yo interpretamos Doña Perfecta siguiendo, respectivamente, la norma basada en el autor y la norma basada en el lector. No tengo reparo en admitir que su interpretación basada en la norma del autor, en último término, resultó mucho más productiva. Esto se debió al hecho de que, como él dice, «en mi enfoque histórico de Doña Perfecta me concentré en el triángulo autor, texto, público lector

---

[37] Anales galdosianos, XI (1976), págs. 29-58.

[no en el sentido de la norma del lector sino del lector de la obra en la época en que ésta se publicó] para elucidar la novela *estéticamente*». Hasta aquí no hay ninguna discrepancia con mi punto de vista.

Es en la conclusión, los últimos dos párrafos de su artículo, donde empiezo a discrepar. Si nuestras diferencias sobre el final de la novela surgieran de nuestras respectivas normas interpretativas (ver 3 del apartado teórico), el asunto podría explicarse fácilmente, como en parte he hecho ya. El asunto es más complejo, sin embargo. En su penúltimo párrafo Zahareas hace la siguiente pregunta retórica: «... ¿por qué algunos críticos, entrenados profesionalmente en el análisis interno de una novela, en términos de sus propias estructuras internas [38], a pesar de ello interpretan mal y, aún más sorprendentemente, *leen mal* (cursiva mía), lo que sucede en momentos claves de la novela?» [39]. Y luego clarifica: «No me refiero a diferencias de interpretación [como serían la suya y la mía, según hemos indicado antes] sino a *distintas lecturas del texto*» (cursiva mía). Elabora esta idea indicando que algunos críticos «bien armados con conocimientos lingüísticos y otras técnicas» llegan a falsas suposiciones [lecturas erróneas] a causa de su «actitud» y que «esta actitud tiene que ver con la naturaleza de la relación de la ficción de *Doña Perfecta*, como creación verbal imaginativa, con la historia» (pág. 50).

En su párrafo final Zahareas llama a capítulo al fallecido profesor Montesinos a causa de su lectura errónea del final (el desenlace) de la novela, que él atribuye a «la ideología liberal que informaba sus razonamientos [de Montesinos]», y por «imponer una interpretación»

---

[38] Kermode propone que las narraciones deben interpretarse como si tuvieran un «sentido latente o espiritual» —el significado escondido accesible sólo a los que «desde dentro» son capaces de mirar más allá del sentido «carnal» o manifiesto (ver pág. 16 de la reseña de Hirsch). Zahareas parece implicar aquí lo que Kermode llama «el sentido latente o espiritual».

[39] Suponemos que el sentido «carnal», en la terminología de Kermode.

a ese desenlace (pág. 51). Procede a citar las conclusiones de Montesinos: «Perdida su ilusión, perdida su vida, el fin de *Doña Perfecta* sólo podía ser un lento declinar hacia la muerte» (*Galdós*, I [Madrid, 1968], pág. 178) y continúa afirmando «que no hay una correlación entre esta lectura claramente errónea de lo que sucede al final de la novela y la evidencia textual que nos muestra a una doña Perfecta trabajando *como siempre, sólo que más aún* dentro de su propio molde. Es por eso que, *de acuerdo con don Cayetano*, quien se precocupa de su estado, es más querida, admirada y respetada que nunca por la gente de Orbajosa. Doña Perfecta no cree que haya hecho nada malo; fue Pepe quien arruinó a su hija» (página 51, la cursiva es mía).

Sin necesidad, ni ningún deseo de defender al fallecido y siempre admirado crítico, Montesinos, me parece que es posible poner en tela de juicio la lectura que nos ofrece Zahareas del final de la novela, sin tener que recurrir, necesariamente, a lo que Kermode llama «el sentido latente o espiritual» de la obra, ni reflejar ninguna particular «actitud» en el sentido a que se ha referido Zahareas: simplemente recurriendo al sentido «carnal» manifiesto (ver nota 38).

Primero, no creo que se pueda disponer tan fácilmente como ha hecho Zahareas, del primer final rechazado por Galdós para su novela. Después de todo, si asumimos la norma del autor no podemos rechazar evidencia tan directa de sus iniciales intenciones. En ese final tenemos un desenlace verdaderamente tragicómico. Un matrimonio representa, tradicionalmente, un desenlace feliz. El matrimonio de Perfecta y Jacintito hubiese significado una vida nueva para ella y el logro de las ambiciones de María Remedios y de don Inocencio para el joven. La «trágica» e inesperada muerte de éste castiga a la madre y al tío primordialmente, y a Perfecta, de un modo más oblicuo. Este final tragicómico es completamente accidental —sin sentido— a menos que lo interpretemos como una intervención de la mano de Dios (o del destino). No hay nada en el texto que sostenga tal lectura. Galdós rechazó este final, precisamente, por su naturaleza *deus ex machina*. En la historia —en la vida real— los castigos llegan de maneras muy distintas: una mala conciencia, por ejemplo, que uno lleva a cuestas como una cruz. ¿Fue ésta la intención de Galdós como sugiere Montesinos? Miremos una vez más el texto.

En su artículo «*Doña Perfecta* as Historiographic Lesson», Lee Fontanella [40] justifica ampliamente la figura de don Cayetano como la de un *falso cronista*. Y es a este personaje a quien Galdós asigna la labor de terminar la novela y a través de quien nos enteramos de su desenlace. No deseo hacer hincapié en la falsa información y las erróneas percepciones que don Cayetano imparte a su corresponsal. Escogeré simplemente, a modo de ilustración, algunas citas de sus cartas para ver qué podemos inferir de una lectura directa y sin «actitudes».

En la carta que escribe don Cayetano el 12 de diciembre, ocho meses después de su primera carta en la que escribía a su amigo sobre los acontecimientos «de anoche» [el asesinato de Pepe Rey que él llama «suicidio»], dice:

> Ya no tenemos Penitenciario (...) está desde el mes de abril tan acongojado, tan melancólico, tan taciturno, que no se le conoce (...) Huye de la gente, se encierra en su casa, no recibe a nadie, apenas toma alimento y ha roto toda clase de relaciones con el mundo (...) se ha quedado en los puros huesos (...) Lo más particular es que ha reñido con su sobrina y vive solo (...) Ahora dicen que renuncia su silla en el coro de la catedral y se marcha a Roma.

Una lectura «carnal» de esas frases indica, sin necesidad de entrar en interpretaciones, que don Inocencio es *otro* hombre del que habíamos encontrado en el capítulo V. Podemos fácilmente imaginarnos por qué. Tiene un cargo de conciencia. Sabemos, también, que Perfecta *no desea hablar de la muerte de Pepe Rey*, «se aflige mucho siempre

---

[40] *Anales galdosianos*, págs. 59-69.

que lo tomo en boca» (carta del 22 de abril). Rosarito está loca, sin esperanza de cura, recluida en el asilo de San Baudilio de Llobregat, cerca de Barcelona. Hasta aquí, excepción hecha de unas noticias «optimistas» que aparecieron «en un periodiquillo» y que anuncian que «Caballuco ha derrotado al brigadier Batalla», *todo* en Orbajosa, como la conocimos al principio de la novela, ha empeorado, según la perspectiva interna de don Cayetano quien, desde su punto de vista *poco de fiar*, estaría siempre más dispuesto, como se puede ver a través de todo el texto de la novela, a ver con optimismo todo lo referente a Orbajosa y sus gentes.

María Remedios y su hijo Jacinto, los dos personajes que salían más mal parados en el final rechazado por Galdós, abandonan Orbajosa para dirigirse a la metrópolis, donde el joven va en busca de fortuna (!). Por desgracia Galdós no llegó a escribir su novela que nos hubiera dado la vida de Jacinto en Madrid (¿otro ejemplo más del patrón «grandes esperanzas-lusiones perdidas»? Sin duda...). Pero veamos a doña Perfecta. En su última carta Cayetano escribe:

> No sé a punto fijo qué tiene; pero ello es que *nos inspira cuidado. Ha perdido el apetito de una manera alarmante;* y o yo no entiendo de males, o *allí hay un principio de ictericia* (énfasis mío).

Hasta aquí parece seguir las huellas de don Inocencio. Cayetano continúa:

> Esta casa está muy triste desde que falta Rosario (...) *Ahora parece que hay una nube negra encima de nosotros. La pobre Perfecta* habla frecuentemente de esta nube, *que cada vez se pone más negra*, mientras ella se vuelve cada día *más amarilla* (énfasis mío).

¿Parece esta descripción la de una persona «que no cree que ha hecho nada malo»? Al contrario, su mala conciencia se manifiesta claramente de dos maneras: su condición física —una enfermedad del hígado causada por su continua preocupación— y el ambiente general que prevalece en la casa (la «nube negra»). Es natural, y en carácter, según nos la había presentado Galdós desde el comienzo, que ella, como don Inocencio, se haya refugiado en la religión, donde puede buscar consuelo y perdón. Don Inocencio espera encontrarlos en Roma. Doña Perfecta en el *boato religioso* al que contribuye con su fortuna.

> La pobre madre halla consuelo a su dolor [según la percepción de don Cayetano] en la religión y en los ejercicios del culto (...) gasta su fortuna en espléndidas funciones, en novenas y manifiestos brillantísimos.

En una tentativa más temprana que la de Torquemada, doña Perfecta está tratando, descaradamente, de «comprar» su salvación. Este hecho, causado por su infortunio, como ya se ha apuntado, tiene naturalmente un efecto externo positivo (para los orbajosenses que lo miran desde fuera): «el culto ha recobrado en Orbajosa su esplendor de otros días...». Pero Cayetano añade: «Esto no deja de ser *un consuelo* en medio de *la decadencia y acabamiento de nuestra nacionalidad...*» Cayetano se expresa desde su perspectiva interna de un orbajosense que mantiene y desea desenterrar con su «erudición» todas las ilusiones pasadas de ésta, para él, *Urbs-augusta*. Una presentación más viva y clara de una sociedad en decadencia, apenas es posible concebir.

¿Quiere decir que esta lectura del desenlace de *Doña Perfecta* va en contra de la interpretación que Zahareas nos ofrece de esta novela? Creo que no, como creo haber mostrado en mi ensayo «A propósito de Galdós y Turgenief».

Nuestra edición

En vida de Galdós se publicaron 15 ediciones de *Doña Perfecta*, contando la publicada en *Revista de España* y las dos «primeras ediciones» de 1876 (ver Introducción, II). Oficialmente, sin embargo (y así aparece en el primer tomo de la *Bibliografía de las obras de Galdós*, de Manuel Hernández Suárez, Las Palmas, 1972), la edición impresa en 1878 se cuenta como la «segunda», y de allí en adelante encontramos cinco más (1881, 1883, 1884, 1886 y 1891), todas impresas por La Guirnalda. En 1899 aparece una «novena» edición en la que, por primera vez, se presenta esta novela como un tomo de las «Obras de Pérez Galdós» bajo la rúbrica de «Novelas Españolas Contemporáneas (primera época)». También por primera vez en esta edición aparece la advertencia: «esmeradamente corregida». Tres años más tarde, en 1902, se reimprime la novela en exactamente la misma forma, indicándose que es la «décima edición» y reiterando lo de «esmeradamente corregida». De esta fecha hasta la muerte de Galdós en 1920, aparecen cuatro ediciones más (en 1905, 1907, 1913 y 1919), todas ya bajo el pie de imprenta de Sucesores de Hernando, los editores de la novela hasta nuestros días. Ninguna de estas últimas ediciones vuelve a indicar que el texto haya sido corregido de nuevo. Encontramos en ediciones posteriores a la de 1902 cambios de considerable importancia en el texto, sin embargo. Galdós mismo pudo haber hecho más correcciones para las ediciones de 1905 y 1907; y, después de quedarse ciego en 1912, pudo, todavía, dictar nuevos cambios a su secretario, para las ediciones de 1913 y 1919, aunque esto último parece poco probable. Después de su muerte en 1920 ha habido muchas más ediciones impresas en España e Hispanoamérica (particularmente en México y en la Argentina). En algunas de éstas se encuentran variantes en el texto, la mayoría de las cuales parecen haber sido hechas por don Benito, como se indicará más adelante. El establecer un texto último y definitivo para esta novela es, por consiguiente, una tarea dificilísima [41].

Por mi parte, he decidido partir de la «décima edición» (la de 1902, que el profesor Edmund King tuvo la amabilidad de facilitarme obteniéndola de la Biblioteca de la Universidad de Princeton, por lo que le estoy muy agradecido), la última que lleva la advertencia, seguramente hecha por Galdós, de haber sido «esmeradamente corregida» [42]. He hecho, sin embargo, algunos cotejos con ediciones posteriores y me ha parecido importante registrar, por medio de notas al pie, los cambios que he encontrado en el texto. Nos atrevemos a asegurar que la mayoría de éstos fueron hechos por don Benito porque siguen, en general, el patrón que observamos en los cambios que él hace en sus novelas al pasar del manuscrito al texto: simplificación del léxico, inmediatez en la expresión, deseo de concretar y objetivar tanto las acciones como las descripciones. Los cambios, como puede observarse, son muy numerosos (casi setecientos) y algunos son significativos. Veamos, brevemente, en qué consisten, por orden de importancia (no hemos contado,

---

[41] Mi alumno Ricardo Gil trabaja en este proyecto actualmente, como tema de su tesis doctoral; comenzando con los manuscritos —hay como siempre un «falso comienzo» y luego una redacción completa del texto enviado al impresor— cotejará los textos de varias ediciones clave impresas en vida de Galdós, con el propósito de llegar a lo que Montesinos llama «el canon» para esta novela.

[42] Parece ser que la utilizada por don Federico Carlos Sáinz de Robles para su edición de *Doña Perfecta* en las *Obras Completas* publicadas por Aguilar es también esta décima edición, con algunas correcciones de obvios errores tipográficos.

naturalmente, cambios que reflejan una modernización en las reglas de puntuación ni los que observan cambios en la grafía):

1. Algunos cambios, por ejemplo en los títulos de capítulo, pueden haber sido hechos por los cajistas, al componer el texto; por ejemplo, el del capítulo XIII, que en la décima edición aparece así: UN CASUS BELLI, mientras que en ediciones posteriores aparece: UN «CASUS BELLI». Hay otros ejemplos de este tipo. El más importante sucede en el capítulo XV, donde la palabra «creciendo» se repite. En la décima edición aparece simplemente así: «Sigue creciendo hasta que se declara la guerra.»

2. En los diálogos se tiende a utilizar simplemente «dijo» en vez de verbos más cargados de emoción, como «gritó» o «exclamó»: en nota 45 anotamos el cambio de «dijo» en vez de «declaró»; en la 96, otra vez se pone simplemente «dijo» en vez de «indicó»; en la 98, «dijo» en vez de «murmuró». En cambio, en la nota 189, anotamos la intensificación de la emoción al sustituir «exclamó» por el simple «dijo»; esa misma intensificación se detecta en la nota 380, al cambiar «preguntó» por «exclamó»; a veces, por decoro, quita un «gritó» y pone «exclamó», como vemos en la nota 447. Hay muchísimos más ejemplos de este tipo. «Repuso» (nota 544) es más exacto en el contexto que «murmuró».

3. Se omiten las inversiones de sujeto verbo y se evita la posición del pronombre como sufijo del verbo. La nota 47 ilustra estas dos tendencias: en 1902 se lee: «Alzóse el caballero sobre los estribos, y alargando cuanto pudo su cabeza...», mientras que en algunas ediciones posteriores vemos la frase más simplemente expuesta: «El caballero se alzó sobre los estribos y alargando cuanto pudo la cabeza...» Hay bastantes cambios de ambos tipos: nota 55, «aunque su prestigio se amengüe» cambia a «aunque se amengüe su prestigio», para dar más importancia al verbo. El orden

sintáctico se altera sobre todo en los diálogos, para aumentar la naturalidad de éstos: nota 311, por ejemplo, registra el cambio de «Puesto que usted así lo juzga...» de 1902, a la redacción que se encuentra en algunas ediciones posteriores «Puesto que usted lo juzga así...».

4. Se cambian palabras «rebuscadas» por otras más accesibles al lector común. La nota 93 registra el siguiente cambio: «Don Cayetano se ocupaba en dar diversas formas, ora romboidales, ora prismáticas, a una bolita de pan» (1902). Se sustituye «romboides» más tarde; o «suspirosa» por «suspirona» (nota 642). Nota 486 registra el cambio de «una urna cristalina» a «una urna de cristal». A veces el cambio en el léxico obedece a mayor precisión, como por ejemplo en las notas 11 y 12, donde vemos «Tal sitio se distingue por su árido aspecto» convertido en «yermo aspecto», y «un llano árido», respectivamente. Nota 72 registra el cambio de «la teja» del señor Canónigo en «la canaleja»; nota 111, «dormía blandamente» en «yacía blandamente».

5. Hay frecuentes cambios de tiempos verbales. El imperfecto por el pretérito es muy común, como vemos en la nota 43: «Cuando nuestros viajeros se acercaban, algunas campanas tocando desacordemente, indicaron...» se convierte en «indicaban»; notas 226, 227, 228, 229 y 230 cambian el presente por el imperfecto para mayor precisión, puesto que se trata de acciones pasadas «anoche». Mayor precisión ocasiona los cambios en las notas 190 y 304; en la primera se registra el cambio del presente de subjuntivo al futuro: «Supongo que la administración de justicia sea honrada y leal...» se convierte en «Supongo que... será honrada y leal...»; y en la segunda: «le di en la cabeza al señor don Inocencio» en «le he dado en la cabeza...». La nota 173 registra un cambio interesante por lo sutil. En 1902 leemos: «... y no me causaban asombro, sino cólera, las innumerables monstruosidades...», en la que «las innumerables monstruosidades» es el sujeto de «causaban»; la variante que encontramos cambia el

verbo al singular «*causaba*», que tiene como sujeto implícito el verbo sustantivado «el ver»: «... y no me causaba asombro, sino cólera (el ver), las innumerables monstruosidades...». La nota 440 indica la sustitución de una forma correcta del futuro «contradiré», por una incorrecta «contradeciré» puesta en boca de doña Perfecta. Es inconcebible que Galdós hubiese hecho tal despropósito.

6. Dos sustituciones me parecen interesantes y por eso las destaco en este apartado. Se trata de la nota 61, que pertenece al texto en que el narrador describe a Rosarito: «En su rostro fino y puro se observaba la pastosidad («algo de la pastocidad» se pone en otras ediciones posteriores) nacarada que la mayor parte de los *poetas* atribuyen a sus heroínas...» La palabra «poetas» ha sido cambiada a «novelistas». Es concebible que Galdós hiciera este cambio. El segundo, nota 511, es también curioso: se trata de las declaraciones que hace Caballuco sobre lo que él debe a doña Perfecta: «... y el primer garbanzo que chupé cuando me despecharon y la caja en que enterraron a mi padre cuando murió...», se ha cambiado en «... y la caja en que enterraron a mi *madre* cuando murió...». Si este cambio es de Galdós da lugar a especulaciones freudianas.

7. Los cambios más importantes son aquellos en que el texto completo de una frase se altera, como sucede en los siguientes casos:

1902	*Ediciones posteriores*
(nota 458) «a fin de ponerse de acuerdo en la intriga que tramaban»	«para ponerse de acuerdo respecto al enredo que entre manos traían»
(nota 461) «que a Orbajosa traía, hallando coyuntura el señor Penitenciario de condenar»	«que traía a Orbajosa, en cuyo tratado el señor Penitenciario halló tema para condenar»

(nota 467)
«me desagrada el militarismo»   «soy enemigo del militarismo»

(nota 507)
«en sus sacrilegios, en sus in-   «en sus irreligiosidades, en sus
fames felonías»   sacrilegios, en sus infames fe-
                                    lonías»

(nota 531)
«lavan toda mancha pecami-   «lavan toda mancha pecaminosa ocasionada por el derra-   nosa por causa del derrama-
mamiento de sangre;»   miento de sangre que pudie-
                                    rais recibir;»

(nota 570)
«un golpe seco que estremeció   «un golpe seco que estremeció
la casa.»   la casa en sus cimientos.»

Encontramos a veces un deseo de precisar, como se
puede ver en algunos de los ejemplos anteriores, o en los
siguientes:

(nota 62)
«Tenía Rosario tal expresión   «Pero lo principal en Rosario
de dulzura y modestia,»   era que tenía tal expresión
                                    de... etc.»

(nota 115)
«Toditos los días. ¡Qué bueno   «Toditos los días. Nos acom-
y qué amable es! ¡Y cómo me   paña mucho —repuso Rosari-
quiere!» (se trata del Peniten-   to con ingenuidad—. ¡Qué
ciario)   bueno y qué amable es!»

Algún cambio persigue una expresión más pintoresca
y genuina, que ayuda a la caracterización del personaje
que habla, como es el caso del siguiente:

(nota 339)
«¡Dios me valga!», una expresión sin color se convierte en
«¡Bonito apunte!» como comentario de doña Perfecta al
informe del canónigo sobre los celos de Caballuco al enterarse de que Pepe Rey ha estado en casa de «las Troyas».

Uno de los capítulos donde se registran más cambios es el XVI, «Noche», donde en una sola página hay nueve, de los cuales se destacan: la mesa de estudio de don Cayetano «aparecía cubierta por»

(nota 447)
«innúmeros papeles» «conteniendo»

«diversas suertes de papeles»

(nota 448)
«notas, apuntes y referencias.»

«... y referencias, sin que el más pequeño desorden las confundiese, a pesar de su mucha diversidad y abundancia.»

(nota 449)
«Rey fijaba los ojos en el copioso montón;»

«... montón de papeles;»

(nota 450)
«pero sus pensamientos volaban... en regiones distantes

«... muy distantes»

(nota 451)
«Perfecta... es mujer excelente; pero tiene el defecto»

«... aunque es una mujer excelente, tiene el defecto»

(nota 452)
«de escandalizarse por cualquier acción insignificante.»

«... frívola e insignificante.»

La siguiente página contiene siete cambios más y este capítulo, en general, se convierte en uno de los más alterados por cambios textuales.

Las conclusiones generales que se pueden sacar de este examen son: que la gran mayoría de los cambios registrados parecen venir de manos del novelista y sólo pocos de manos de editores o cajistas; y que, en general, mejoran el texto, precisándolo, simplificándolo en su sintaxis y dando más detalles en algunas descripciones. Dado el hecho de haber escrito la novela «de un tirón», en poco más de dos meses, lo cual explica el error que hemos apuntado en la concepción del primer final; dada la pasmosa actividad editorial de Galdós en los años subsiguientes, no nos sorprende que esperara hasta 1899 para hacer su primera corrección del texto (quitando la del final, que él llevó a cabo casi inmediatamente después de que saliera a luz la novela, como ya ha sido indicado). Tampoco sería sorprendente que hubiese hecho otras correcciones en ediciones posteriores a la «décima». En todo caso es interesante notar que Galdós corrigió, en efecto, sus novelas; que existen variantes en ellas dignas de ser notadas; y que es preciso, en el futuro, hacer estudios detallados de algunos textos importantes de Galdós para determinar hasta qué punto esas ediciones que estipulan que han sido «esmeradamente corregidas» lo han sido en efecto.

Bibliografía selecta

ALAS, L. («Clarín»), *Galdós*, Madrid, Renacimiento, 1912.

ALONSO, A., «Lo español y lo universal en la obra de Galdós», *Materia y forma en poesía*, Madrid, Gredos, 1955, páginas 234-237.

AYALA, F., «Sobre el realismo en literatura: con referencia a Galdós», *La Torre*, VII, 26 Puerto Rico, abril-junio de 1959, páginas 91-121.

BARJA, C., «Benito Pérez Galdós», «Novela galdosiana», *Libros y autores modernos*, Madrid, Sucesores de Rivadeneyra, 1925, páginas 577-642.

BERKOWITZ, H. Ch., *Benito Pérez Galdós: Spanish Liberal Crusader*, Madison, University of Wisconsin Press, 1948.

BLANQUAT, J., «De l'Histoire au Roman. *Doña Perfecta*: Approche Méthodologique», *Actes du Congrès des Hispanistes Français-Besanson*, 1970 (París, Les Belles Lettres, 1971), págs. 59-71.

CARDWELL, R. A., «*Doña Perfecta*: Art or Argument», *Anales galdosianos*, VII (1972), págs. 27 y ss.

CASALDUERO,)., *Vida y obra de Galdós*, Madrid, Gredos, 1951.

CORREA, G., «El arquetipo de Orbajosa en *Doña Perfecta* de Pérez Galdós», *La Torre*, VII, 26, Puerto Rico, abril-junio de 1959, págs. 123-36.

EOFF, S. H., *The Novels of Pérez Galdós*, Saint Louis, Washington University Studies, 1954.

FONTANELLA, L., «*Doña Perfecta* as Historiographic Lesson», *Anales galdosianos*, XI (1976), págs. 59-69.

GILMAN, S., «Las referencias clásicas de *Doña Perfecta*: tema y estructura de la novela», *Nueva Revista de Filología Hispánica*, México, año III, núm. 4, págs. 353-62, incluido en su libro *Galdós and the Art of the European Novel: 1867-1887*, Princeton, 1981.

GULLÓN, R., «Cuestiones galdosianas», *Cuadernos hispanoamericanos*, XXXIV, 101, Madrid, mayo de 1958, páginas 237-54.

— *Galdós, novelista moderno*, Madrid, Gredos, 1966.

— «*Doña Perfecta*: invención y mito», en *Técnicas de Galdós*, Madrid, Taurus, 1970, págs. 23-56.

HALL, J. B., «Galdós' Use of the Christ-Symbol in *Doña Perfecta*», *Anales galdosianos*, VIII (1973), págs. 95-98.

JONES, C. A., «Galdós' Second Thoughts on *Doña Perfecta*», *Modern Language Review*, LIV, 4, Birmingham, octubre de 1959, págs. 570-73.

KRAPPE, A. H., «The Sources of Benito Pérez Galdós, *Doña Perfecta*, cap. VI», *Philological Quarterly*, VII, 3, Iowa, julio de 1928, págs. 303-06.

LOWE, J., «Theme, Imagery and Dramatic Irony in *Doña Perfecta*», *Anales galdosianos*, IV (1969), págs. 49-53.

MONTESINOS, J. F., *Galdós*, I, Madrid, 1968.

RÍO, A. del, *Estudios galdosianos*, Nueva York, Las Americas Publishing Co., 1969.

VAREY, J. E., *Pérez Galdós: Doña Perfecta* (Critical Guides to Spanish Texts), Londres, Grant and Cutlel, Ltd., 1971.

VÉZINET, F., «Benito Pérez Galdós», *Les maîtres du roman espagnol contemporain*, París, Hachette, 1907, págs. 43-128.

WALTON, L., *Pérez Galdós and the Spanish Novel of the Nineteenth Century*, Londres y Toronto, Dent, 1921.

ZAHAREAS, A. N., «Galdós' *Doña Perfecta*: Fiction, History and Ideology», *Anales galdosianos*, XI (1976), págs. 29-58.

Doña Perfecta

I
¡Villahorrenda!... ¡Cinco minutos!...

Cuando el tren mixto descendente[1] número 65 (no es preciso nombrar la línea) se detuvo en la pequeña estación situada entre los kilómetros 171 y 172, casi todos los viajeros de segunda y tercera clase se quedaron durmiendo o bostezando dentro de los coches, porque el frío penetrante de la madrugada no convidaba a pasear por el desamparado andén. El único viajero de primera que en el tren venía bajó apresuradamente, y dirigiéndose a los empleados, preguntóles si aquél era el apeadero de Villahorrenda. (Este nombre, como otros muchos que después se verán, es propiedad del autor.)

—En Villahorrenda estamos —repuso el conductor, cuya voz se confundió con el cacarear de las gallinas que en aquel momento eran subidas al furgón—. Se me había olvidado llamarle a usted, señor de Rey. Creo que ahí le esperan con las caballerías.

—¡Pero hace aquí un frío de tres mil demonios! —dijo el viajero envolviéndose en su manta—. ¿No hay en el

---

NOTA. Las notas siguientes son las variantes que Galdós pudo introducir en el texto de la novela al corregirlo después de publicar la edición de 1902; además, y en secuencia numérica, hay notas explicativas a nombres aludidos en el texto; y, finalmente, hay algunas notas del editor llamando la atención sobre aspectos del texto que apoyan la interpretación ofrecida en su introducción.

[1] Tren de carga y pasajeros que baja hacia la costa.

apeadero algún sitio dónde descansar y reponerse antes de emprender un viaje a caballo por este país de hielo?

No había concluido de hablar, cuando el conductor, llamado por las apremiantes obligaciones de su oficio, marchóse, dejando a nuestro desconocido caballero con la palabra en la boca. Vio éste que se acercaba otro empleado con un farol pendiente de la derecha mano, el cual movíase al compás de la marcha, proyectando geométricas series de ondulaciones luminosas. La luz caía sobre el piso del andén, formando un zig-zag semejante al que describe la lluvia de una regadera.

—¿Hay fonda o dormitorio en la estación de Villahorrenda? —preguntó el viajero al del farol.

—Aquí no hay nada —respondió éste secamente, corriendo hacia los que cargaban y echándoles tal rociada de votos, juramentos, blasfemias y atroces invocaciones, que hasta las gallinas, escandalizadas de tan grosera brutalidad, murmuraron[2] dentro de sus cestas.

—Lo mejor será salir de aquí a toda prisa —dijo el caballero para su capote—. El conductor me anunció que ahí estaban las caballerías.

Esto pensaba, cuando sintió que una sutil y respetuosa mano le tiraba suavemente del abrigo. Volvióse y vio una oscura masa de paño pardo sobre sí misma revuelta, y por cuyo principal pliegue asomaba el avellanado rostro astuto de un labriego castellano. Fijóse en la desgarbada estatura, que recordaba al chopo entre los vegetales; vio los sagaces ojos que bajo el ala de[3] ancho sombrero de terciopelo raído[4] resplandecían; vio la mano morena y acerada que empuñaba una vara verde, y el ancho pie que, al moverse, hacía sonajear el hierro de la espuela.

—¿Es usted el señor don José de Rey? —preguntó, echando mano al sombrero.

—Sí; y usted —repuso el caballero con alegría— será el criado de doña Perfecta, que viene a buscarme a este apeadero para conducirme a Orbajosa.

---

² «murmuraban»   ³ «del»   ⁴ «viejo»

—El mismo. Cuando usted guste marchar... La jaca corre como el viento. Me parece que el señor don José ha de ser buen jinete. Verdad es que a quien de casta le viene...

—¿Por dónde se sale? —dijo el viajero con impaciencia—. Vamos, vámonos de aquí, señor... ¿Cómo se llama usted?

—Me llamo Pedro Lucas —respondió el del paño pardo, repitiendo la intención de quitarse el sombrero—; pero me llaman el tío Licurgo[5]. ¿En dónde está el equipaje del señorito?

—Allí bajo el reloj lo veo. Son tres bultos. Dos maletas y un mundo de libros para el señor don Cayetano. Tome usted el talón.

Un momento después, señor y escudero hallábanse a espaldas de la barraca llamada estación, frente a un caminejo que, partiendo de allí, se perdía en las vecinas lomas desnudas, donde confusamente se distinguía el miserable caserío de Villahorrenda. Tres caballerías debían transportar todo: hombres y mundos. Una jaca de no mala estampa era destinada al caballero. El tío Licurgo oprimiría los lomos de un cuartago venerable, algo desvencijado, aunque seguro, y el macho, cuyo freno debía regir un joven zagal de piernas listas y fogosa sangre, cargaría el equipaje.

Antes de que la caravana se pusiese en movimiento, partió el tren, que se iba escurriendo por la vía con la parsimoniosa cachaza de un tren mixto. Sus pasos, retumbando cada vez más lejanos, producían ecos profundos bajo tierra. Al entrar en el túnel del kilómetro 172 lanzó el vapor por el silbato, y un aullido estrepitoso resonó en los aires. El túnel, echando por su negra boca un hálito blanquecino, clamoreaba como una trompeta: al oír su enorme voz, despertaban aldeas, villas, ciudades, provincias. Aquí cantaba un gallo, más allá otro. Principiaba a amanecer.

---

[5] Licurgo, un legislador espartano que vivió en el siglo IX.

II

Un viaje por el corazón de España

Cuando empezada la caminata dejaron a un lado las casuchas de Villahorrenda, el caballero, que era joven y de muy buen ver, habló de este modo:

—Dígame usted, señor Solón[6]...

—Licurgo, para servir a usted...

—Eso es, señor Licurgo. Bien decía yo que era usted un sabio legislador de la antigüedad. Perdone usted la equivocación. Pero vamos al caso. Dígame usted, ¿cómo está mi señora tía?

—Siempre tan guapa —repuso el labriego, adelantando algunos pasos su caballería—. Parece que no pasan años por la señora doña Perfecta. Bien dicen que al bueno, Dios le da larga vida. Así viviera mil años ese ángel del Señor. Si las bendiciones que le echan en la tierra fueran plumas, la señora no necesitaría más alas para subir al cielo.

—¿Y mi prima la señorita Rosario?

—¡Bien haya quien a los suyos parece! ¿Qué he de decirle de doña Rosarito, sino que es el vivo retrato de su madre? Buena prenda se lleva usted, caballero don José, si es verdad, como dicen, que ha venido para casarse con ella. Tal para cual, y la niña no tiene tampoco por qué quejarse. Poco va de Pedro a Pedro.

—¿Y el señor don Cayetano?

—Siempre metidillo en la faena de sus libros. Tiene una biblioteca más grande que la catedral, y también escarba la tierra para buscar piedras llenas de unos demonches de garabatos que dicen escribieron los moros.

—¿En cuánto tiempo llegaremos a Orbajosa?

—A las nueve, si Dios quiere. Poco contenta se va a poner la señora cuando vea a su sobrino... Y la señorita

---

6 Pepe Rey, ya sea en broma o por casualidad, confunde a Licurgo con Solón, el famoso legislador ateniense.

Rosarito, que estaba ayer disponiendo el cuarto en que usted ha de vivir... Como no le han visto nunca, la madre y la hija están que no viven[7], pensando en cómo será este señor don José. Ya llegó el tiempo de que callen cartas y hablen barbas. La prima verá al primo, y todo será fiesta y gloria. Amanecerá Dios y medraremos[8].

—Como mi tía y mi prima[9] no me conocen todavía —dijo sonriendo el caballero—, no es prudente hacer proyectos.

—Verdad es; por eso se dijo que uno piensa el bayo y otro el que lo ensilla —repuso el labriego—. Pero la cara no engaña... ¡Qué alhaja se lleva usted! ¡Y qué buen mozo ella!

El caballero no oyó las últimas palabras del tío Licurgo, porque iba distraído y algo meditabundo. Llegaban a un recodo del camino, cuando el labriego, torciendo la dirección a las caballerías, dijo:

—Ahora tenemos que echar por esta vereda. El puente está roto y no se puede vadear el río sino por el Cerrillo de los Lirios.

—¡El Cerrillo de los Lirios! —observó[10] el caballero, saliendo de su meditación—. ¡Cómo abundan los nombres poéticos en estos sitios tan feos! Desde que viajo por estas tierras, me sorprende la horrible ironía de los nombres. Tal sitio que se distingue por su árido[11] aspecto y la desolada tristeza del negro paisaje, se llama Valleameno. Tal villorrio de adobes que miserablemente se extiende sobre un llano estéril[12] y que de diversos modos pregona su pobreza, tiene la insolencia de nombrarse Villarrica; y hay un barranco pedregoso y polvoriento, donde ni los cardos encuentran jugo, y que, sin embargo, se llama Valdeflores. ¿Eso que tenemos delante es el Cerrillo de los Lirios? Pero ¿dónde están esos lirios, hombre de Dios? Yo no veo más que piedras y hierba descolorida. Llamen a eso el Cerrillo de la Desolación, y hablarán a derechas.

[7] En algunas ediciones se omite esta cláusula, pero debe ser error.
[8] «como dijo el otro» se añade.
[9] Invierte el orden: «Como mi prima y mi tía...»
[10] «dijo.»   [11] «yermo»   [12] «árido»

Exceptuando Villahorrenda, que parece ha recibido al mismo tiempo el nombre y la hechura, todo aquí es ironía. Palabras hermosas, realidad prosaica y miserable. Los ciegos serían felices en este país, que para la lengua es paraíso y para los ojos infierno.

El señor Licurgo, o no entendió las palabras del caballero Rey, o no hizo caso de ellas. Cuando vadearon el río, que turbio y revuelto corría con impaciente precipitación, como si huyera de sus propias orillas, el labriego extendió el brazo hacia unas tierras que a la siniestra mano en grande y desnuda extensión se veían, y dijo:

—Estos son los Alamillos de Bustamante.

—¡Mis tierras! —exclamó con júbilo el caballero, tendiendo la vista por el triste campo[13] que alumbraban las primeras luces de la mañana—. Es la primera vez que veo el patrimonio que heredé de mi madre. La pobre hacía tales ponderaciones de este país y me contaba tantas maravillas de él, que yo, siendo niño, creía que estar aquí era estar en la gloria. Frutas, flores, caza mayor y menor, montes, lagos, ríos, poéticos arroyos, oteros pastoriles, todo lo había en los Alamillos de Bustamante, en esta tierra bendita, la mejor y más hermosa de todas las tierras... ¡Qué demonio! La gente de este país vive con la imaginación. Si en mi niñez, y cuando vivía con las ideas y con el entusiasmo de mi buena madre, me hubieran traído aquí, también me habrían parecido encantadores estos desnudos cerros, estos llanos polvorientos o encharcados, estas vetustas casas de labor, estas norias desvencijadas, cuyos canjilones lagrimean lo bastante para regar media docena de coles, esta desolación miserable y perezosa que estoy mirando.

—Es la mejor tierra del país —dijo el señor Licurgo— y para el garbanzo es de lo que no hay.

—Pues lo celebro, porque desde que las heredé no me han producido un cuarto estas célebres tierras.

El sabio legislador espartano se rascó la oreja y dio un suspiro.

---

[13] «por los tristes campos»

—Pero me han dicho —continuó el caballero— que algunos propietarios colindantes han metido su arado en estos grandes estados míos, y poco a poco me los van cercenando. Aquí no hay mojones, ni linderos, ni verdadera propiedad, señor Licurgo.

El labriego, después de una pausa, durante la cual parecía ocupar su sutil espíritu en profundas disquisiciones, se expresó de este modo:

—El tío Pasolargo[14], a quien llamamos el *Filósofo* por su mucha trastienda, metió el arado en los Alamillos por encima de la ermita, y roe que roe, se ha zampado seis fanegadas.

—¡Qué incomparable escuela! —exclamó riendo el caballero—. Apostaré que no ha sido ese el único... filósofo.

—Bien dijo el otro, que quien las sabe las tañe, y si al palomar no le falta cebo, no le faltarán palomas... Pero usted, señor don José, puede decir aquello de que el ojo del amo engorda la vaca, y ahora que está aquí vea[15] de recobrar su finca.

—Quizás no sea tan fácil, señor Licurgo —repuso el caballero, a punto que entraban por una senda a cuyos lados se veían hermosos trigos que con su lozanía y temprana madurez recreaban la vista—. Este campo parece mejor cultivado. Veo que no todo es tristeza y miseria en los Alamillos.

El labriego puso cara de lástima, y afectando cierto desdén hacia los campos elogiados por el viajero, dijo en todo humildísimo:

—Señor, esto es mío.

—Perdone usted —replicó vivamente el caballero—, ya quería yo meter mi hoz en los estados de usted. Por lo visto, la filosofía aquí es contagiosa.

Bajaron inmediatamente a una cañada, que era lecho de pobre y estancado arroyo, y pasado éste, entraron en un campo lleno de piedras, sin la más ligera muestra de vegetación.

---

[14] «Paso Largo» [15] «verá»

—Esta tierra es muy mala —dijo el caballero, volviendo el rostro para mirar a su guía y compañero, que se había quedado un poco atrás—. Difícilmente podrá usted sacar partido de ella, porque todo es fango y arena.

Licurgo, lleno de mansedumbre, contestó:

—Esto... es de usted.

—Veo que aquí todo lo malo es mío —afirmó el caballero, riendo jovialmente.

Cuando esto hablaban tomaron de nuevo el camino real. Ya la luz del día, entrando en alegre irrupción por todas las ventanas y claraboyas del hispano horizonte, inundaba[16] de esplendorosa claridad los campos. El inmenso cielo sin nubes parecía agrandarse más y alejarse de la tierra para verla y en su contemplación recrearse desde más alto. La desolada tierra sin árboles, pajiza a trechos, a trechos de color gredoso, dividida toda en triángulos y cuadriláteros amarillos o negruzcos, pardos o ligeramente verdegueados, semejaba en cierto modo a la capa del harapiento que se pone al sol. Sobre aquella capa miserable, el cristianismo y el islamismo habían trabado épicas batallas[17]. Gloriosos campos, sí; pero los combates de antaño les habían dejado horribles.

—Me parece que hoy picará el sol, señor Licurgo —dijo el caballero, desembarazándose un poco del abrigo en que se envolvía—. ¡Qué triste camino![18]. No se ve ni un solo árbol en todo lo que alcanza la vista. Aquí todo es al revés. La ironía no cesa. ¿Por qué, si no hay aquí álamos grandes ni chicos, se ha de llamar esto los Alamillos?

El tío Licurgo no contestó a la pregunta, porque con toda su alma atendía a lejanos ruidos que de improviso se oyeron, y con ademán intranquilo[19] detuvo su cabalgadura, mientras exploraba el camino y los cerros lejanos con sombría mirada.

---

[16] «inundó». No parece correcto en este contexto.

[17] La región será teatro de otra «guerra santa» entre «la provincia y la metrópolis».

[18] «campo» [19] «a ciertos lejanos ruidos... y con un ademán intranquilo»

—¿Qué hay? —preguntó el viajero, deteniéndose también.

—¿Trae usted armas, don José?

—Un revólver... ¡Ah! ya comprendo. ¿Hay ladrones?

—Puede... —repuso Licurgo con recelo[20]—. Me parece que sonó un tiro.

—Allá lo veremos... ¡Adelante! —dijo el caballero picando su jaca—. No serán tan temibles.

—¡Calma, señor don José! —exclamó el campesino deteniéndole—. Esa gente es más mala que Satanás. El otro día asesinaron a dos caballeros que iban a tomar el tren... Dejémonos de fiestas. Gasparón el Fuerte, Pepito Chispillas, Merengue y Ahorca-Suegras, no me verán la cara en mis días. Echemos por la vereda.

—Adelante, señor Licurgo.

—Atrás, señor don José —replicó el labriego con afligido acento—. Usted no sabe bien qué gente es ésa. Ellos fueron los que el mes pasado robaron de la iglesia del Carmen el copón, la corona de la Virgen y dos candeleros; ellos fueron los que hace dos años saquearon[21] el tren que iba para Madrid.

Don José, al oír tan lamentables antecedentes, sintió que aflojaba un poco su intrepidez.

—¿Ve usted aquel cerro grande y empinado que hay allá lejos? Pues allí se esconden esos pícaros en unas cuevas que llaman la Estancia de los Caballeros.

—¡De los caballeros!

—Sí, señor. Bajan al camino real cuando la Guardia Civil se descuida, y roban lo que pueden. ¿No ve usted más allá de la vuelta del camino una cruz, que se puso en memoria de la muerte que dieron al alcalde de Villahorrenda cuando las elecciones?

—Sí, veo la cruz.

—Allí hay una casa vieja, en la cual se esconden para aguardar a los trajineros. Aquel sitio se llama las Delicias.

---

[20] «el labriego con mucho recelo»   [21] «robaron»

—¡Las Delicias!...

—Si todos los que han sido muertos y robados al pasar por ahí resucitaran, podría formarse con ellos un ejército.

Cuando esto decían, oyéronse más de cerca los tiros, lo que turbó un poco el esforzado corazón de los viajantes, pero no el del zagalillo, que retozando de alegría, pidió al señor Licurgo licencia para adelantarse y ver la batalla que tan cerca [22] se había trabado. Observando la decisión del muchacho, avergonzóse don José de haber sentido miedo, o cuando menos, un poco de respeto a los ladrones, y gritó [23] espoleando la jaca:

—¡Pues allá iremos todos! Quizás podamos prestar auxilio a los infelices viajeros que en tan gran aprieto se ven, y poner las peras a cuarto a los *caballeros*.

Esforzábase Licurgo [24] en convencer al joven de la temeridad de sus propósitos, así como de lo inútil de su generosa idea, porque los robados, robados estaban y quizás muertos, y en situación de no necesitar auxilio de nadie. Insistía el señor, sordo a [25] estas sesudas advertencias; contestaba el aldeano, oponiendo resistencia muy viva [26], cuando el paso de unos carromateros [27] que por el camino abajo tranquilamente venían conduciendo una galera, puso fin a la cuestión. No debía de ser grande el peligro cuando tan sin cuidado venían aquéllos, cantando alegres coplas; y así fue, en efecto, porque los tiros, según dijeron, no eran disparados por los ladrones, sino por la Guardia Civil, que de este modo quería cortar el vuelo a media docena de cacos que ensartados conducía a la cárcel de la villa.

—Ya, ya sé lo que ha sido —dijo Licurgo, señalando leve humareda que a mano derecha del camino y a regular distancia se descubría—. Allí les han escabechado. Esto pasa un día sí y otro no.

El caballero no comprendía.

—Yo le aseguro al señor don José —añadió con energía

---

[22] «tan de cerca»   [23] «exclamó»   [24] «el labriego»   [25] «a pesar de»   [26] «poniendo la más viva»   [27] «cuando la presencia de dos o tres carromateros»

el legislador lacedemonio— que está muy retebién hecho, porque de nada sirve formar causa a esos pillos. El juez les marea un poco y después les suelta. Si al cabo de seis años de causa alguno va a presidio, a lo mejor se escapa, o le indultan, y vuelve a la Estancia de los Caballeros. Lo mejor es esto: ¡fuego!, y adivina quién te dio[28]. Se les lleva a la cárcel, y cuando se pasa por un lugar a propósito... «¡ah! perro, que te quieres escapar... ¡Pum, pum!...». Ya está hecha la sumaria, requeridos los testigos, celebrada la vista, dada la sentencia... Todo en un minuto. Bien dicen que, si mucho sabe la zorra, más sabe el que la toma[29].

—Pues adelante, y apretemos el paso, que este camino, a más de largo, no tiene nada de ameno —dijo Rey[30].

Al pasar junto a las Delicias vieron a poca distancia del camino a los guardias que minutos antes habían ejecutado la extraña sentencia que el lector sabe. Mucha pena causó al zagalillo que no le permitieran ir a contemplar de cerca los palpitantes cadáveres de los ladrones, que en horroroso grupo se distinguían a lo lejos, y siguieron todos adelante. Pero no habían andado veinte pasos cuando sintieron el galopar de un caballo que tras ellos venía con tanta rapidez que por momentos les alcanzaba. Volvióse nuestro viajero y vio un hombre, mejor dicho, un centauro, pues no podía concebirse más perfecta armonía entre caballo y jinete, el cual era de complexión recia y sanguínea, ojos grandes, ardientes, cabeza ruda, negros bigotes, mediana edad, y el aspecto en general brusco y provocativo, con indicios de fuerza en toda su persona. Montaba un soberbio caballo de pecho carnoso, semejante a los del Partenón, enjaezado según el modo pintoresco del país, y sobre la grupa llevaba una gran valija de cuero, en cuya tapa se veía en letras gordas la palabra *Correo*.

—Hola, buenos días, señor Caballuco —dijo Licurgo,

---

[28] «¡fuego con ellos!»
[29] Tenemos aquí la descripción de lo que más tarde, en los años 20, el general Martínez Anido popularizó con el nombre de *ley de fugas*.
[30] Hemos añadido esta variante porque clarifica el texto.

saludando al jinete cuando estuvo cerca—. ¡Cómo le hemos tomado la delantera! Pero usted llegará antes si a ello se pone.

—Descansemos un poco —repuso el señor Caballuco, poniendo su cabalgadura al paso de la de nuestros viajeros, y observando atentamente al principal de los tres—. Puesto que hay tan buena compaña...

—El señor —dijo Licurgo sonriendo— es el sobrino de doña Perfecta.

—¡Ah!... por muchos años... muy señor mío y mi dueño...

Ambos personajes se saludaron, siendo de notar que Caballuco hizo sus urbanidades con una expresión de altanería y superioridad que revelaba, cuando menos, la conciencia de un gran valer o de una alta posición en la comarca. Cuando el orgulloso jinete se apartó y por breve momento se detuvo hablando con dos Guardias Civiles que llegaron al camino, el viajero preguntó a su guía:

—¿Quién es este pájaro?

—¿Quién ha de ser? Caballuco.

—Y ¿quién es Caballuco?

—¡Toma!... Pero ¿no le ha oído usted nombrar? —dijo el labriego, asombrado de la ignorancia supina del sobrino de doña Perfecta—. Es un hombre muy bravo [31], gran jinete, y el primer caballista de todas estas tierras a la redonda. En Orbajosa le queremos mucho; pues él es..., dicho sea en verdad..., tan bueno como la bendición de Dios... Ahí donde le ve, es un cacique tremendo, y el Gobernador de la provincia se le quita el sombrero.

—Cuando hay elecciones...

—Y el Gobierno de Madrid le escribe oficios con mucha vuecencia en el rétulo... Tira a la barra como un San Cristóbal [32], y todas las armas las maneja como manejamos nosotros nuestros propios dedos. Cuando había fielato [33] no podían con él, y todas las noches sonaban

---

[31] «valiente»

[32] Mártir del siglo III conocido por su corpulencia y fuerza.

[33] Donde se cobraban impuestos por efectos de artículos y víveres que entraban en la ciudad.

tiros en las puertas de la ciudad... Tiene una gente que vale cualquier dinero, porque lo mismo es para un fregado que para un barrido... Favorece a los pobres, y el que venga de fuera y se atreva a tentar el pelo de la ropa a un hijo de Orbajosa, ya puede verse con él... Aquí no vienen casi nunca soldados de los Madriles. Cuando han estado, todos los días corría la sangre, porque Caballuco les buscaba camorra por un no y por un sí... Ahora parece que vive en la pobreza y se ha quedado con la conducción del correo; pero está metiendo fuego en el ayuntamiento para que haya otra vez fielato y rematarlo él. No sé cómo no le ha oído usted nombrar en Madrid, porque es hijo de un famoso Caballuco que estuvo en la facción, el cual Caballuco padre era hijo de otro Caballuco abuelo, que también estuvo en la facción de más allá... Y como ahora andan diciendo que vuelve a haber facción, porque todo está torcido y revuelto, tememos que Caballuco se nos vaya también a ella, poniendo fin de esta manera a las hazañas de su padre y abuelo, que por gloria nuestra nacieron en esta ciudad [34].

Sorprendido quedó nuestro viajero al ver la especie de caballería andante que aún subsistía en los lugares que visitaba; pero no tuvo ocasión de hacer nuevas preguntas, porque el mismo que era objeto de ellas se les incorporó, diciendo de mal talante:

—La Guardia Civil ha despachado a tres. Ya le he dicho al cabo que se ande con cuidado. Mañana hablaremos el Gobernador de la provincia y yo...

—¿Va usted a X?...

—No, que el Gobernador viene acá, señor Licurgo; sepa usted que nos van a meter en Orbajosa un par de regimientos.

—Sí —dijo vivamente Pepe Rey [35], sonriendo—. En Madrid oí decir que había temor de que se levantaran en este país algunas partidillas... Bueno es prevenirse.

---

[34] Se entiende que las facciones mencionadas en este párrafo se refieren a las facciones levantadas durante las guerras carlistas.
[35] «el viajero»

—En Madrid no dicen más que desatinos... —manifestó [36] violentamente el centauro, acompañando su afirmación de una retahíla de vocablos de esos que levantan ampolla—. En Madrid no hay más que pillería... ¿A qué nos mandan soldados? ¿Para sacarnos más contribuciones y un par de quintas seguidas? ¡Por vida de!... que si no hay facción debería haberla. ¿Conque usted —añadió, mirando socarronamente al caballero [37]—, conque usted es el sobrino de doña Perfecta?

Esta salida de tono y el insolente mirar del bravo enfadaron al joven.

—Sí, señor. ¿Se le ofrece a usted algo?

—Soy amigo de la señora y la quiero como a las niñas de mis ojos —dijo Caballuco—. Puesto que usted va a Orbajosa, allá nos veremos.

Y sin decir más picó espuelas a su corcel, el cual partiendo a escape, desapareció entre una nube de polvo.

Después de media hora de camino, durante la cual el señor don José no se mostró muy comunicativo, ni el señor Licurgo tampoco, apareció a los ojos de entrambos apiñado y viejo caserío asentado en una loma, del cual [38] se destacaban algunas negras torres y la ruinosa fábrica de un despedazado castillo en lo más alto. Un amasijo de paredes deformes, de casuchas de tierra pardas y polvorosas como el suelo formaba la base, con algunos fragmentos de almenadas murallas, a cuyo amparo mil chozas humildes alzaban sus miserables frontispicios de adobes, semejantes a caras anémicas y hambrientas que pedían una limosna al pasajero. Pobrísimo río ceñía, como un cinturón de hojalata, el pueblo, refrescando al pasar algunas huertas, única frondosidad que alegraba la vista. Entraba y salía la gente en caballerías o a pie, y el movimiento humano, aunque escaso [39], daba cierta apariencia vital a aquella gran morada, cuyo aspecto arquitectónico era más bien de ruina y muerte que de prosperidad [40] y vida. Los repugnantes mendigos [41] que

_____

[36] «exclamó» [37] «al joven caballero» [38] «y del cual» [39] «pequeño» [40] «progreso» [41] «innumerables y repugnantes»

se arrastraban a un lado y otro del camino, pidiendo el óbolo del pasajero, ofrecían lastimoso espectáculo. No podían verse existencias que mejor encajaran en[42] las grietas de aquel sepulcro, donde una ciudad estaba no sólo enterrada, sino también podrida. Cuando nuestros viajeros se acercaban, algunas campanas, tocando desacordemente, indicaron[43] con su expresivo son que aquella momia tenía todavía un alma.

Llamábase Orbajosa, ciudad que no en Geografía caldea o copta, sino en la de España, figura con 7.324 habitantes, Ayuntamiento, sede episcopal, juzgado[44], Seminario, depósito de caballos sementales, Instituto de segunda enseñanza y otras prerrogativas oficiales.

—Están tocando a misa mayor en la catedral —dijo el tío Licurgo—. Llegamos antes de lo que pensé.

—El aspecto de su patria de usted —dijo el caballero examinando el panorama que delante tenía— no puede ser más desagradable. La histórica ciudad de Orbajosa *, cuyo nombre es, sin duda, corrupción de *Urbs augusta*, parece un gran muladar.

—Es que de aquí no se ven más que los arrabales —afirmó con disgusto el guía—. Cuando entre usted en la calle Real y en la del Condestable, verá fábricas tan hermosas como la de la catedral.

—No quiero hablar mal de Orbajosa antes de conocerla —declaró[45] el caballero—. Lo que he dicho no es tampoco señal de desprecio; que humilde y miserable, lo mismo que hermosa y soberbia, esa ciudad será siempre para mí muy querida, no sólo por ser patria de mi madre, sino porque en ella viven personas a quienes amo ya sin conocerlas. Entremos, pues, en la ciudad *augusta*.

Subían ya por una calzada próxima a las primeras calles, e iban tocando las tapias de las huertas.

—¿Ve usted aquella gran casa que está al fin de esta gran huerta, por cuyo bardal pasamos ahora? —dijo el

---

[42] «cuadran ni que más apropiadas fueran a»   [43] «indicaban»
[44] «partido judicial»   [45] «dijo»
* Ya se ha dicho que todos los nombres locales son imaginarios. [*Nota del autor.*]

tío Licurgo, señalando el enorme paredón revocado de la única vivienda que tenía aspecto de habitabilidad cómoda y alegre.

—Ya... ¿Aquélla es la vivienda de mi tía?

—Justo y cabal. Lo que vemos es la parte trasera de la casa. El frontis da a la calle del Condestable, y tiene cinco balcones de hierro que parecen cinco castillos. Esta hermosa huerta que hay tras la tapia es la de la señora[46], y si usted se alza sobre los estribos la verá toda desde aquí.

—Pues estamos ya en casa —dijo el caballero—. ¿No se puede entrar por aquí?

—Hay una puertecilla; pero la señora la mandó tapiar.

Alzóse el caballero sobre los estribos, y alargando cuanto pudo su cabeza[47] miró por encima de las bardas.

—Veo la huerta toda —indicó—. Allí, bajo aquellos árboles, está una mujer, una chiquilla..., una señorita...

—Es la señorita Rosario —repuso Licurgo.

Y al instante se alzó también sobre los estribos para mirar.

—¡Eh!, señorita Rosario —gritó, haciendo con la derecha mano gestos muy significativos—. Ya estamos aquí; aquí le traigo a su primo.

—Nos ha visto —dijo el caballero, estirando el pescuezo hasta el último grado—. Pero si no me engaño, al lado de ella está un clérigo..., un señor sacerdote.

—Es el señor Penitenciario —repuso con naturalidad el labriego.

—Mi prima nos ve..., deja solo al clérigo, y echa a correr hacia la casa... Es bonita...

—Como un sol.

—Se ha puesto más encarnada que una cereza. Vamos, vamos, señor Licurgo.

[46] «la de la casa»   [47] «El caballero se alzó sobre los estribos, y alargando cuanto pudo la cabeza»

III

Pepe Rey

Antes de pasar adelante conviene decir quién era Pepe Rey y qué asuntos le llevaban a Orbajosa.

Cuando el brigadier Rey murió, en 1841, sus dos hijos, Juan y Perfecta, acababan de casarse: ésta con el más rico propietario de Orbajosa; aquél con una joven de la misma ciudad. Llamábase el esposo de Perfecta don Manuel María José de Polentinos, y la mujer de Juan, María Polentinos; pero a pesar de la igualdad de apellido, su parentesco era un poco lejano y de aquellos que no coge un galgo. Juan Rey era insigne jurisconsulto graduado en Sevilla, y ejerció la abogacía en esta misma ciudad durante treinta años, con tanta gloria como provecho. En 1845 era ya viudo y tenía un hijo que empezaba a hacer diabluras; solía tener por entretenimiento el construir con tierra, en el patio de la casa, viaductos, malecones, estanques, presas, acequias, soltando después el agua para que entre aquellas frágiles obras corriese. El padre le dejaba hacer y decía: «tú serás ingeniero.»

Perfecta y Juan dejaron de verse desde que uno y otro se casaron, porque ella se fue a vivir a Madrid con el opulentísimo Polentinos, que tenía tanta hacienda como buena mano para gastarla. El juego y las mujeres cautivaban de tal modo el corazón de Manuel María José, que habría dado en tierra con toda su fortuna si más pronto que él para derrocharla no estuviera la muerte para llevársele a él. En una noche de orgía acabaron de súbito los días de aquel ricacho provinciano, tan vorazmente chupado por las sanguijuelas de la Corte y por el insaciable vampiro del juego. Su única heredera era una niña de pocos meses. Con la muerte del esposo de Perfecta se acabaron los sustos en la familia, pero empezó el gran conflicto. La casa de Polentinos estaba arruinada; las fincas, en peligro de ser arrebatadas por los prestamistas; todo en desorden, enormes deudas, lamentable administración en Orbajosa, descrédito y ruina en Madrid.

Perfecta llamó a su hermano, el cual, acudiendo en auxilio de la pobre viuda, mostró tanta diligencia y tino, que al poco tiempo la mayor parte de los peligros habían sido conjurados[48]. Principió por obligar a su hermana a residir en Orbajosa, administrando por sí misma sus vastas tierras, mientras él hacía frente en Madrid al formidable empuje de los acreedores. Poco a poco fue descargándose la casa del enorme fardo de sus deudas, porque el bueno de don Juan Rey, que tenía la mejor mano del mundo para tales asuntos, lidió con la curia, hizo contratos con los principales acreedores, estableció plazos para el pago, resultando de este hábil trabajo que el riquísimo patrimonio de Polentinos saliese a flote, y pudiera seguir dando por luengos años esplendor y gloria a la ilustre familia.

La gratitud de Perfecta era tan viva, que al escribir a su hermano desde Orbajosa, donde resolvió residir hasta que creciera su hija, le decía entre otras ternezas: «Has sido más que hermano para mí, y para mi hija más que su propio padre. ¿Cómo te pagaremos ella y yo tan grandes beneficios? ¡Ay! querido hermano, desde que mi hija sepa discurrir y pronunciar un nombre, yo le enseñaré a bendecir el tuyo. Mi agradecimiento durará toda mi vida. Tu hermana indigna siente no encontrar ocasión de mostrarte lo mucho que te ama, y de recompensarte de un modo apropiado a la grandeza de tu alma y a la inmensa bondad de tu corazón.»

Cuando esto se escribía, Rosarito tenía dos años. Pepe Rey, encerrado en un colegio de Sevilla, hacía rayas en un papel, ocupándose en probar que *la suma de los ángulos interiores de un polígono vale tantas veces dos rectos como lados tiene menos dos*. Estas enfadosas perogrulladas le traían muy atareado. Pasaron años y más años. El muchacho crecía y no cesaba de hacer rayas. Por último, hizo una que se llama *De Tarragona a Montblanch*. Su

---

[48] «habían desaparecido»

primer juguete formal fue el puente de 120 metros sobre el río Francolí.

Duarante mucho tiempo, doña Perfecta siguió viviendo en Orbajosa. Como su hermano no salió de Sevilla, pasaron unos pocos años sin que uno y otro se vieran. Una carta trimestral, tan puntualmente escrita como puntualmente contestada, ponía en comunicación aquellos dos corazones, cuya ternura ni el tiempo ni la distancia podían enfriar. En 1870[49], cuando don Juan Rey, satisfecho de haber desempeñado bien su misión en la sociedad, se retiró a vivir en su hermosa casa de Puerto Real, Pepe, que ya había trabajado algunos años en las obras de varias poderosas compañías constructoras, emprendió un viaje de estudio a Alemania e Inglaterra. La fortuna de su padre (tan grande como puede serlo en España la que sólo tiene por origen un honrado bufete) le permitía librarse en breves periodos del yugo del trabajo material. Hombre de elevadas ideas y de inmenso amor a la ciencia, hallaba su más puro goce en la observación y estudio de los prodigios con que el genio del siglo sabe cooperar a la cultura y bienestar físico y perfeccionamiento moral del hombre.

Al regresar del viaje, su padre le anunció la revelación de un importante proyecto; y como Pepe creyera que se trataba de un puente, dársena, o cuando menos saneamiento de marismas, sacóle de tal error don Juan manifestándole su pensamiento en estos términos:

—Estamos en marzo y la carta trimestral de Perfecta no podía faltar. Querido hijo, léela, y si estás conforme con lo que en ella manifiesta esa santa y ejemplar mujer, mi querida hermana, me darás la mayor felicidad que en mi vejez puedo desear. Si no te gustase el proyecto, deséchalo sin reparo, aunque tu negativa me entristezca; que en él no hay ni sombra de imposición por parte mía. Sería indigno de mí y de ti que esto se realizase por coacción

---

[49] Esta fecha nos da el punto de referencia temporal. La novela se desarrolla, definitivamente, después de la Gloriosa (1868) y, por indicaciones internas podemos suponer, después de la Restauración (1874).

de un padre terco. Eres libre de aceptar o no, y si hay en tu voluntad la más ligera resistencia, originada en ley del corazón o en otra causa, no quiero que te violentes por mí.

Pepe dejó la carta sobre la mesa, después de pasar la vista por ella, y tranquilamente dijo:

—Mi tía quiere que me case con Rosario.

—Ella contesta aceptando con gozo mi idea —dijo el padre muy conmovido—. Porque la idea fue mía..., sí; hace tiempo, hace tiempo que la concebí..., pero no había querido decirte nada antes de conocer el pensamiento de mi hermana. Como ves, Perfecta acoge con júbilo mi plan; dice que también había pensado en lo mismo, pero que no se atrevía a manifestármelo, por ser tú... ¿no ves lo que dice? «por ser tú un joven de singularísimo mérito, y su hija una joven aldeana, educada sin brillantez ni mundanales atractivos...» Así mismo lo dice... ¡Pobre hermana mía! ¡Qué buena es!... Veo que no te enfadas; veo que no te parece absurdo este proyecto mío, algo parecido a la previsión oficiosa de los padres de antaño, que casaban a sus hijos sin consultárselo, y las más veces haciendo uniones disparatadas y prematuras... Dios quiera que ésta sea o prometa ser de las más felices. Es verdad que no conoces a mi sobrina; pero tú y yo tenemos noticias de su virtud, de su discreción, de su modestia y noble sencillez. Para que nada le[50] falte, hasta es bonita... Mi opinión —añadió festivamente— es que te pongas en camino y pises el suelo de esa recóndita ciudad episcopal, de esa *Urbs augusta*, y allí, en presencia de mi hermana y de su graciosa Rosarito, resuelvas si ésta ha de ser algo más que mi sobrina.

Pepe volvió a tomar la carta y la leyó con cuidado. Su semblante no expresaba alegría ni pesadumbre. Parecía estar examinando un proyecto de empalme de dos vías férreas.

—Por cierto —decía don Juan—, que en esa remota Orbajosa, donde, entre paréntesis, tienes fincas que

---

[50] Omite el «le».

puedes examinar ahora, se pasa la vida con la tranquilidad y dulzura de un idilio[51]. ¡Qué patriarcales costumbres! ¡Qué nobleza en aquella sencillez! ¡Qué rústica paz virgiliana! Si en vez de ser matemático fueras latinista, repetirías al entrar allí el *ergo tua rura manebunt*[52]. ¡Qué admirable lugar para dedicarse a la contemplación de nuestra propia alma y prepararse a las buenas obras! Allí todo es bondad, honradez; allí no se conocen la mentira y la farsa como en nuestras grandes ciudades; allí renacen las santas inclinaciones que el bullicio de la moderna vida ahoga; allí despierta la dormida fe, y se siente vivo impulso indefinible dentro del pecho, al modo de pueril impaciencia que en el fondo de nuestra alma grita: «quiero vivir»[53].

Pocos días después de esta conferencia, Pepe salió de Puerto Real. Había rehusado meses antes una comisión del Gobierno para examinar, bajo[54] el punto de vista minero, la cuenca del río Nahara en el valle de Orbajosa; pero los proyectos a que dio lugar la conferencia referida le hicieron decir: «Conviene aprovechar el tiempo. Sabe Dios lo que durará ese noviazgo y el aburrimiento que traerá consigo.» Dirigióse a Madrid, solicitó la comisión de explorar la cuenca del Nahara, se la dieron sin dificultad, a pesar de no pertenecer oficialmente al cuerpo de minas; púsose luego en marcha, y después de trasbordar un par de veces, el tren mixto número 65 le llevó, como se ha visto, a los amorosos brazos del tío Licurgo.

Frisaba la edad de este excelente joven en los treinta y cuatro años. Era de complexión fuerte y un tanto hercúlea, con rara perfección formado, y tan arrogante, que si

---

[51] «de los idilios»

[52] *Églogas* de Virgilio (I, 46), «entonces tus campos permanecerán tuyos».

[53] Tenemos aquí la primera manifestación de la perspectiva orbajosense cuya presencia en este capítulo es doblemente irónica: por un lado, es declarada desde fuera, por alguien que no ha vivido en Orbajosa desde hace años; por el otro, está colocada después de los capítulos I y II en los cuales hemos visto, por ojos de Pepe Rey, la verdadera realidad que está detrás de este recuerdo nostálgico.

[54] «desde»

llevara uniforme militar ofrecería el más guerrero aspecto y talle que puede imaginarse. Rubios el cabello y la barba, no tenía en su rostro la flemática imperturbabilidad de los sajones, sino por el contrario, una viveza tal que sus ojos parecían negros sin serlo. Su persona bien podía pasar por un hermoso y acabado símbolo, y si fuera estatua, el escultor habría grabado en el pedestal estas palabras: *Inteligencia, fuerza*. Si no en caracteres visibles, llevábalas él expresadas vagamente en la luz de su mirar, en el poderoso atractivo que era don propio de su persona, y en las simpatías a que su trato cariñosamente convidaba.

No era de los más habladores; sólo los entendimientos de ideas inseguras y de movedizo criterio propenden a la verbosidad. El profundo sentido moral de aquel insigne joven le hacía muy sobrio de palabras en las disputas que constantemente traban sobre diversos asuntos los hombres del día; pero en la conversación urbana sabía mostrar una elocuencia picante y discreta, emanada siempre del buen sentido y de la apreciación mesurada y justa de las cosas del mundo. No admitía falsedades y mixtificaciones, ni esos retruécanos del pensamiento con que se divierten algunas inteligencias impregnadas del gongorismo; y para volver por los fueros de la realidad, Pepe Rey solía emplear a veces, no siempre con comedimiento, las armas de la burla. Esto casi era un defecto a los ojos de gran número de personas que le estimaban, porque aparecía un poco irrespetuoso en presencia de multitud de hechos comunes en el mundo y admitidos por todos. Fuerza es decirlo, aunque su prestigio se amengüe[55]: Rey no conocía la dulce tolerancia del condescendiente siglo que ha inventado singulares velos de lenguaje y de hechos para cubrir lo que a los vulgares ojos pudiera ser desagradable.

Así, y no de otra manera, por más que digan calumniadoras lenguas[56], era el hombre a quien el tío Licurgo

---

[55] «aunque se amengüe su prestigio»
[56] Anticipa aquí el narrador la posibilidad de una perspectiva distinta de su héroe.

introdujo en Orbajosa en la hora y punto en que la campana de la catedral tocaba a misa mayor. Luego que uno y otro, atisbando por encima de los bardales, vieron a la niña y al Penitenciario, y la veloz corrida de aquélla hacia la casa [57], picaron sus caballerías para entrar en la calle Real, donde gran número de vagos se detenían para mirar al viajero como extraño huésped intruso de la patriarcal ciudad. Torciendo luego a la derecha, en dirección a la catedral, cuya corpulenta fábrica dominaba todo el pueblo, tomaron la calle del Condestable, en la cual, por ser estrecha y empedrada, retumbaban con estridente sonsonete las herraduras, alarmando al vecindario que por las ventanas y balcones se mostraba para satisfacer su curiosidad. Abríanse con singular chasquido las celosías, y caras diversas, casi todas de hembra, asomaban arriba y abajo. Cuando Pepe Rey llegó al arquitectónico umbral de la casa de Polentinos, ya se habían hecho multitud de comentarios diversos sobre su figura.

IV

La llegada del primo

El señor Penitenciario, cuando Rosarito se separó bruscamente de él, miró a los bardales, y viendo las cabezas del tío Licurgo y de su compañero de viaje, dijo para sí:

—Vamos, ya está ahí ese prodigio.

Quedóse un rato meditabundo, sosteniendo el manteo con ambas manos cruzadas sobre el abdomen, fija la vista en el suelo, los anteojos de oro deslizándose suave-

---

[57] Nótese cómo se recomienza la acción interrumpida al final del capítulo II, técnica narrativa utilizada por Cervantes al dejar a Don Quijote y al vizcaíno con las espadas en alto. En ambos casos la interrupción imparte un punto de vista histórico a la narración que contrasta con el *aquí* y *ahora* del comienzo.

mente hacia la punta de la nariz, saliente y húmedo el labio inferior, y un poco fruncidas las blanquinegras cejas. Era un santo varón piadoso y de no común saber, de intachables costumbres clericales, algo más de sexagenario, de afable trato, fino y comedido, gran repartidor de consejos y advertencias a hombres y mujeres. Desde luengos años era maestro de latinidad y retórica en el Instituto, cuya noble profesión diole gran caudal de citas horacianas y de floridos tropos, que empleaba con gracia y oportunidad. Nada más conviene añadir acerca de este personaje, sino que cuando sintió el trote largo de las cabalgaduras que corrían hacia la calle del Condestable, se arregló el manteo, enderezó el sombrero, que no estaba del todo bien ajustado [58] en la venerable cabeza, y marchando hacia la casa, murmuró:

—Vamos a conocer, [59] a ese prodigio.

En tanto, Pepe bajaba de la jaca, y en el mismo portal le recibía en sus amantes brazos doña Perfecta, anegado en lágrimas el rostro, y sin poder pronunciar sino palabras breves y balbucientes, expresión sincera de su cariño.

—¡Pepe..., pero qué grande estás!... ¡Y con barbas! Me parece que fue ayer cuando te ponía sobre mis rodillas... Ya estás hecho un hombre, todo un hombre... ¡Cómo pasan los años!... ¡Jesús! Aquí tienes a mi hija Rosario.

Diciendo esto habían llegado a la sala baja, ordinariamente destinada a recibir, y doña Perfecta presentóle su hija.

Era Rosarito una muchacha de apariencia delicada y débil, que anunciaba inclinaciones a lo que los portugueses llaman *saudades*. En su rostro fino y puro se observaba la pastosidad [60] nacarada que la mayor parte de los poetas [61] atribuyen a sus heroínas, y sin cuyo barniz sentimental parece que ninguna Enriqueta y ninguna Julia pueden ser interesantes. Tenía Rosario tal expresión de dulzura y modestia [62], que al verla no se echaban

---

[58] «puesto» [59] «ver» [60] «algo de la pastocidad» [61] «novelistas» [62] «Pero lo principal en Rosario era que tenía tal expresión de dulzura y modestia»

de menos las perfecciones de que carecía. No es esto decir que era fea; mas también es cierto que habría pasado por hiperbólico el que la llamara hermosa, dando a esta palabra su riguroso sentido. La hermosura real de la niña de doña Perfecta consistía en una especie de transparencia, prescindiendo del nácar, del alabastro, del marfil y demás materias usadas en la composición descriptiva de los rostros humanos; una transparencia, digo, por la cual todas las honduras de su alma se veían claramente; honduras no cavernosas y horribles como las del mar, sino como las de un manso y claro río. Pero allí faltaba materia para que la persona fuese completa: faltaba cauce, faltaban orillas. El vasto caudal de su espíritu se desbordaba, amenazando devorar las estrechas riberas. Al ser saludada por su primo se puso como la grana, y sólo pronunció algunas palabras torpes.

—Estarás desmayado —dijo doña Perfecta a su sobrino—. Ahora mismo te daremos de almorzar.

—Con permiso de usted —repuso el viajero— voy a quitarme el polvo del camino.

—Muy bien pensado[63]. Rosario, lleva a tu primo al cuarto que le hemos dispuesto[64]. Despáchate pronto, sobrino. Voy a dar mis órdenes.

Rosario llevó a su primo a una hermosa habitación situada en el piso bajo. Desde que puso el pie dentro de ella, Pepe reconoció en todos los detalles de la vivienda la mano diligente y cariñosa de una mujer. Todo estaba puesto con arte singular, y el aseo y frescura de cuanto allí había convidaban a reposar en tan hermoso nido. El huésped reparó minuciosidades que le hicieron reír.

—Aquí tienes la campanilla —dijo Rosarito tomando el cordón de ella, cuya borla caía sobre la cabecera del lecho—. No tienes más que alargar la mano. La mesa de escribir está puesta de modo que recibas la luz por la izquierda... Mira, en esta cesta echarás los papeles rotos... ¿Fumas?[65]

---

[63] «—dijo la señora—,» [64] «preparado» [65] «¿Tú fumas?»

—Tengo esa desgracia —repuso Pepe Rey.

—Pues aquí puedes echar las puntas de cigarro —dijo ella, tocando con la punta del pie un mueble de latón dorado lleno de arena—. No hay cosa más fea que ver el suelo lleno de colillas de cigarro... Mira el lavabo... Para la ropa tienes un ropero y una cómoda... Creo que la relojera está mal aquí y se te debe poner junto a la cama... Si te molesta la luz no tienes más que correr el transparente tirando de la cuerda... ¿Ves?... risch...

El ingeniero estaba encantado.

Rosarito abrió una ventana.

—Mira —dijo—, esta ventana da a la huerta. Por aquí entra el sol de tarde. Aquí tenemos colgada la jaula de un canario, que canta como un loco. Si te molesta la quitaremos.

Abrió otra ventana del testero opuesto.

—Esta otra ventana —añadió— da a la calle. Mira, de aquí se ve la catedral, que es muy hermosa y está llena de preciosidades. Vienen muchos ingleses a verla. No abras las dos ventanas a un tiempo, porque las corrientes de aire son muy malas.

—Querida prima —dijo Pepe, con el alma inundada de inexplicable gozo—. En todo lo que está delante de mis ojos veo una mano de ángel que no puede ser sino la tuya. ¡Qué hermoso cuarto es éste! Me parece que he vivido en él toda mi vida. Está convidando a la paz.

Rosarito no contestó nada a estas cariñosas expresiones, y sonriendo salió.

—No tardes —dijo desde la puerta—; el comedor está también abajo..., en el centro de esta galería.

Entró el tío Licurgo con el equipaje. Pepe le recompensó con una largueza a que el labriego no estaba acostumbrado, y éste, después de dar las gracias con humildad, llevóse la mano a la cabeza como quien ni se pone ni se quita el sombrero, y en tono embarazoso, mascando las palabras, como quien no dice ni deja de decir las cosas, se expresó de este modo:

—¿Cuándo será la mejor hora para hablar al señor don José de un... de un asuntillo?

—¿De un asuntillo? Ahora mismo —repuso Pepe abriendo su baúl.

—No es oportunidad —dijo el labriego—. Descanse el señor don José, que tiempo tenemos. Más días hay que longanizas, como dijo el otro; y un día viene tras otro día... Que usted descanse, señor don José... Cuando quiera dar un paseo... la jaca no es mala... Conque buenos días, señor don José. Que viva usted mil años... ¡Ah! se me olvidaba —añadió, volviendo a entrar después de algunos segundos de ausencia—. Si quiere usted algo para el señor juez municipal... Ahora voy allá a hablarle de nuestro asuntillo...

—Dele usted expresiones —dijo festivamente, no encontrando mejor fórmula para sacudirse de encima al legislador espartano.

—Pues quede con Dios el señor don José.

—Abur.

El ingeniero no había sacado su ropa, cuando aparecieron por tercera vez en la puerta los sagaces ojuelos y la marrullera fisonomía del tío Licurgo.

—Perdone el señor don José —dijo, mostrando en afectada risa sus blanquísimos dientes—. Pero... quería decirle que si usted desea que esto se arregle por amigables componedores... Aunque, como dijo el otro, pon lo tuyo en consejo, y unos dirán que es blanco y otros que es negro...

—Hombre, ¿quiere usted irse de aquí?

—Dígolo porque a mí me carga la justicia. No quiero nada con justicia [66]. Del lobo un pelo, y ese de la frente. Conque... con Dios, señor don José. Dios le conserve sus días para favorecer a los pobres...

—Adiós, hombre, adiós.

Pepe echó la llave a la puerta, y dijo para sí:

—La gente de este pueblo parece muy pleitista.

---

[66] «la justicia»

V

¿Habrá desavenencia?

Poco después Pepe se presentaba en el comedor.

—Si almuerzas fuerte —le dijo doña Perfecta con cariñoso acento— se te quitará[67] la gana de comer. Aquí comemos a la una. Las modas del campo no te gustarán.

—Me encantan, señora tía.

—Pues di lo que prefieres: ¿almorzar fuerte ahora o tomar una cosita ligera para que resistas hasta la hora de comer?

—Escojo la cosa ligera para tener el gusto de comer con ustedes; y si en Villahorrenda hubiera encontrado algún alimento, nada tomaría a esta hora.

—Por supuesto, no necesito decirte que nos trates con toda franqueza. Aquí puedes mandar como si estuvieras en tu casa.

—Gracias, tía.

—¡Pero cómo te pareces a tu padre! —añadió la señora, contemplando con verdadero arrobamiento al joven mientras éste comía—. Me parece que estoy mirando a mi querido hermano Juan. Se sentaba como te sientas tú y comía lo mismo que tú. En el modo de mirar, sobre todo, sois como dos gotas de agua.

Pepe la emprendió con el frugal desayuno. Las expresiones, así como la actitud y las miradas de su tía y prima, le infundían tal confianza, que se creía ya en su propia casa.

—¿Sabes lo que me decía Rosario esta mañana? —indicó doña Perfecta, fija la vista en su sobrino—. Pues me decía que tú, como hombre hecho a las pompas y etiquetas de la corte y a las modas del extranjero, no podrás soportar esta sencillez un poco rústica en que[68]

---

[67] «se te va a quitar» [68] «con que»

vivimos, y esta falta de buen tono, pues aquí todo es a la pata la llana.

—¡Qué error! —repuso Pepe, mirando a su prima—. Nadie aborrece más que yo las falsedades y comedias de lo que llaman alta sociedad. Crean ustedes que hace tiempo deseo darme, como decía no sé quién, un baño de cuerpo entero en la Naturaleza; vivir lejos del bullicio, en la soledad y sosiego del campo. Anhelo la tranquilidad de una vida sin luchas, sin afanes, ni envidioso ni envidiado, como dijo el poeta[69]. Durante mucho tiempo, mis estudios primero y mis trabajos después, me han impedido el descanso que necesito y que reclaman mi espíritu y mi cuerpo; pero desde que entré en esta casa, querida tía, querida prima, me he sentido rodeado de la atmósfera de paz que deseo. No hay que hablarme, pues, de sociedades altas ni bajas, ni de mundos grandes ni chicos, porque de buen grado los cambio todos por este rincón.

Esto decía, cuando los cristales de la puerta que comunicaba el comedor con la huerta se oscurecieron por la superposición de una larga opacidad negra[70]. Los vidrios de unas gafas[71] despidieron, heridos por la luz del sol, fugitivo rayo, rechinó el picaporte, abrióse la puerta, y el señor Penitenciario penetró con gravedad en la estancia. Saludó y se inclinó, quitándose la teja[72] hasta tocar con el ala de ella al suelo.

—Es el señor Penitenciario de esta santa catedral —dijo doña Perfecta—, persona a quien estimamos mucho y de quien espero serás amigo. Siéntese usted, señor don Inocencio.

Pepe estrechó la mano del venerable canónigo, y ambos se sentaron.

—Pepe, si acostumbras fumar después de comer, no dejes de hacerlo —manifestó benévolamente doña Perfecta—, ni el señor Penitenciario tampoco.

---

[69] Fray Luis de León (1527-91) en su poema «Al salir de la cárcel».

[70] Galdós no es muy sutil para introducir la «nube negra» que traerá la tempestad al mundo ideal que Pepe Rey se ha forjado en su imaginación.

[71] «unos espejuelos»   [72] «la canaleja»

A la sazón el buen don Inocencio sacaba de debajo de la sotana una gran petaca de cuero, marcada con irrecusables señales de antiquísimo uso, y la abrió, desenvainando de ella dos largos pitillos, uno de los cuales ofreció a nuestro amigo. De un cartoncejo que irónicamente llaman los españoles *wagón*, sacó Rosario un fósforo, y bien pronto ingeniero y presbítero[73] echaban su humo el uno sobre el otro.

—¿Y qué le parece al señor don José nuestra querida ciudad de Orbajosa? —preguntó el canónigo, cerrando fuertemente el ojo izquierdo, según su costumbre mientras fumaba.

—Todavía no he podido formar idea de este pueblo —dijo Pepe—. Por lo poco que he visto, me parece que no le vendrían mal a Orbajosa media docena de grandes capitales dispuestos a emplearse aquí, un par de cabezas inteligentes que dirigieran la renovación de este país, y algunos miles de manos activas. Desde la entrada del pueblo hasta la puerta de esta casa he visto más de cien mendigos. La mayor parte son hombres sanos y aun robustos. Es un ejército lastimoso, cuya vista oprime el corazón.

—Para eso está la caridad —afirmó don Inocencio—. Por lo demás, Orbajosa no es un pueblo miserable. Ya sabe usted que aquí se producen los primeros ajos de toda España. Pasan de veinte las familias ricas que viven entre nosotros.

—Verdad es —indicó doña Perfecta— que los últimos años han sido detestables a causa de la seca; pero aun así las paneras no están vacías, y se han llevado últimamente al mercado muchos miles de ristras de ajos.

—En tantos años que llevo de residencia en Orbajosa —dijo el clérigo, frunciendo el ceño— he visto llegar aquí innumerables personajes de la Corte, traídos unos por la gresca electoral, otros por visitar algún abandonado terruño, o ver las antigüedades de la catedral, y todos entran hablándonos de arados ingleses, de trilla-

---

73 «canónigo»

doras mecánicas, de saltos de aguas, de bancos y qué sé yo cuantas majaderías. El estribillo es que esto es muy malo y que podía ser mejor. Váyanse con mil demonios, que aquí estamos muy bien sin que los señores de la Corte nos visiten, mucho mejor sin oír ese continuo clamoreo de nuestra pobreza y de las grandezas y maravillas de otras partes. Más sabe el loco en su casa que el cuerdo en la ajena, ¿no es verdad, señor don José? Por supuesto, no se crea ni remotamente que lo digo por usted. De ninguna manera. Pues no faltaba más. Ya sé que tenemos delante a uno de los jóvenes más eminentes de la España moderna, a un hombre que sería capaz de transformar en riquísimas comarcas nuestras áridas estepas... Ni me incomodo porque usted me cante la vieja canción de los arados ingleses y la arboricultura y la selvicultura... Nada de eso; a hombres de tanto, de tantísimo talento, se les puede dispensar el desprecio que muestran hacia nuestra humildad. Nada, amigo mío, nada, señor don José está usted autorizado para todo, incluso para decirnos que somos poco menos que cafres.

Esta filípica, terminada con marcado tono de ironía y harto impertinente toda ella, no agradó al joven; pero se abstuvo de manifestar el más ligero disgusto, y siguió la conversación, procurando en lo posible huir de los puntos en que el susceptible patriotismo del señor canónigo hallase fácil motivo de discordia. Éste se levantó en el momento en que la señora hablaba con su sobrino de asuntos de familia, y dio algunos pasos por la estancia.

Era ésta vasta y clara, cubierta de antiguo papel, cuyas flores y ramos, aunque descoloridos, conservaban su primitivo dibujo, gracias al aseo que reinaba en todas y cada una de las partes de la vivienda. El reloj, de cuya caja colgaban al descubierto, al parecer, las inmóviles pesas y el voluble péndulo, diciendo perpetuamente que *no*, ocupaba con su abigarrada muestra[74] el lugar preeminente entre los sólidos muebles del comedor, completando el ornato de las paredes una serie de lámi-

---

[74] «con su abigarrado horario»

nas francesas que representaban las hazañas del conquistador de Méjico, con prolijas explicaciones al pie, en las cuales se hablaba de un *Ferdinand Cortez* y de una *Donna Marine* tan inverosímiles como las figuras dibujadas por el ignorante artista. Entre las dos puertas vidrieras que comunicaban con la huerta había un aparato de latón, que no es preciso describir desde que se diga que servía de sustentáculo a un loro, el cual se mantenía allí con la seriedad y circunspección propias de estos animalejos, observándolo todo. La fisonomía irónica y dura de los loros, su casaca verde, su gorrete encarnado, sus botas amarillas y, por último, las roncas palabras burlescas que pronuncian, les dan un aspecto extraño entre serio y ridículo[75]. Tienen no sé qué rígido empaque de diplomáticos. A veces parecen bufones, y siempre se asemejan a ciertos finchados sujetos, que por querer parecer muy superiores, tiran a la caricatura[76].

Era el Penitenciario muy amigo del loro. Cuando dejó a la señora y a Rosario en coloquio con el viajero, llegóse a él, y dejándose morder con la mayor complacencia el dedo índice, le dijo:

—Tunante, bribón, ¿por qué no hablas? Poco valdrías si no fueras charlatán. De charlatanes está lleno el mundo de los hombres y el de los pájaros[77].

Luego cogió con su propia venerable mano algunos garbanzos del cercano cazuelillo y se los dio a comer. El animal empezó a llamar a la criada pidiéndole chocolate y sus palabras distrajeron a las dos damas y al caballero de una conversación que no debía de ser muy importante.

---

[75] «extraño y repulsivo entre serio y ridículo»

[76] Una no muy sutil caracterización indirecta del Penitenciario. Nótese como, en el siguiente párrafo, se relacionan el loro y el canónigo.

[77] En *Fortunata y Jacinta* Galdós presenta a Madrid como si se tratara de una gigantesca «república de las aves» (referencia a *La vida es sueño*, Acto 2, verso 1055), es decir, un mundo de charlatanes.

VI

Donde se ve que puede surgir la desavenencia cuando menos se espera

De súbito se presentó el señor don Cayetano Polentinos, hermano político de doña Perfecta, el cual entró con los brazos abiertos, gritando:

—Venga acá, señor don José de mi alma.

Y se abrazaron cordialmente. Don Cayetano y Pepe se conocían, porque el distinguido erudito y bibliófilo solía hacer excursiones a Madrid cuando se anunciaba almoneda de libros procedentes de la testamentaría de algún *buquinista*. Era don Cayetano alto y flaco, de edad mediana, si bien el continuo estudio o los padecimientos le habían desmejorado mucho; expresábase[78] con una corrección alambicada que le sentaba a las mil maravillas, y era cariñoso y amable, a veces con exageración. Respecto de su vasto saber, ¿qué puede decirse sino que era un verdadero prodigio? En Madrid su nombre no se pronunciaba sin respeto, y si don Cayetano residiera en la capital, no se escapara sin pertenecer, a pesar de su modestia, a todas las academias existentes y por existir. Pero él gustaba del tranquilo aislamiento, y el lugar que en el alma de otros tiene la vanidad, teníalo en el suyo la pasión bibliómana[79], el amor al estudio solitario[80], sin otra ulterior mira y aliciente que los propios libros y el estudio mismo.

Había formado en Orbajosa una de las más ricas bibliotecas que en toda la redondez de España se encuentran, y dentro de ella pasaba largas horas del día y de la noche, compilando, clasificando, tomando apuntes y entresacando diversas suertes de noticias preciosísimas, o realizando quizás algún inaudito y jamás soñado tra-

---

[78] «se expresaba»   [79] «la pasión pura de los libros»   [80] «solitario y recogido»

bajo, digno de tan gran cabeza[81]. Sus costumbres eran patriarcales; comía poco, bebía menos, y sus únicas calaveradas consistían en alguna merienda en los Alamillos en días muy sonados, y paseos diarios a un lugar llamado Mundogrande, donde a menudo eran desenterradas del fango de veinte siglos medallas romanas y pedazos de arquitrabe, extraños plintos de desconocida arquitectura, y tal cual ánfora o cubicularia[82] de inestimable precio.

Vivían don Cayetano y doña Perfecta en una armonía tal, que la paz del Paraíso no se le igualara. Jamás riñeron. Es verdad que él no se mezclaba para nada en los asuntos de la casa, ni ella en los de la biblioteca más que para hacerla barrer y limpiar todos los sábados, respetando con religiosa admiración los libros y papeles que sobre la mesa y en diversos parajes estaban de servicio.

Después de las preguntas y respuestas propias del caso, don Cayetano dijo:

—Ya he visto la caja. Siento mucho que no me trajeras la edición de 1527. Tendré que hacer yo mismo un viaje a Madrid... ¿Vas a estar aquí mucho tiempo? Mientras más, mejor, querido Pepe. ¡Cuánto me alegro de tenerte aquí! Entre los dos vamos a arreglar parte de mi biblioteca y a hacer un índice de escritores de la Jineta. No siempre se encuentra a mano un hombre de tanto talento como tú... Verás mi biblioteca... Podrás darte en ella buenos atracones de lectura... Todo lo que quieras... Verás maravillas, verdaderas maravillas, tesoros inapreciables, rarezas que sólo yo poseo, sólo yo... Pero, en fin, me parece que ya es hora de comer, ¿no es verdad, José? ¿No es verdad, Perfecta? ¿No es verdad, Rosarito? ¿No es verdad, señor don Inocencio?... Hoy es usted dos veces Penitenciario; dígolo porque nos acompañará usted a hacer penitencia[83].

El canónigo se inclinó, y sonriendo mostraba simpá-

---

[81] Se ha sugerido que Galdós pudo utilizar como modelo para don Cayetano al polígrafo santanderino don Marcelino Menéndez y Pelayo.

[82] Especie de lámpara romana.

[83] Chiste estilo «género chico».

ticamente su aquiescencia. La comida fue cordial, y en todos los manjares se advertía la abundancia desproporcionada de los banquetes de pueblo, realizada a costa de la variedad. Había para atracarse doble número de personas que las allí reunidas. La conversación recayó en asuntos diversos.

—Es preciso que visite usted cuanto antes nuestra catedral —dijo el canónigo—. ¡Como ésta hay pocas, señor don José!... Verdad que usted, que tantas maravillas ha visto en el extranjero, no encontrará nada notable en nuestra vieja iglesia... Nosotros, los pobres patanes de Orbajosa, la encontramos divina. El maestro López de Berganza, racionero de ella, la llamaba en el siglo XVI *pulchra augustiana*[84]... Sin embargo, para hombres de tanto saber como usted, quizás no tenga ningún mérito, y cualquier mercado de hierro será más bello.

Cada vez disgustaba más a Pepe Rey el lenguaje irónico del sagaz canónigo; pero resuelto a contener y disimular su enfado, no contestó sino con expresiones vagas. Doña Perfecta tomó en seguida la palabra, y jovialmente se expresó así:

—Cuidado, Pepito; te advierto que si hablas mal de nuestra santa iglesia perderemos las amistades. Tú sabes mucho y eres un hombre eminente que de todo entiendes; pero si has de descubrir que esa gran fábrica no es la octava maravilla, guárdate en buen hora tu sabiduría y no nos saques de bobos[85]...

—Lejos de creer que este edificio no es bello —repuso Pepe—, lo poco que de su exterior he visto me ha parecido de imponente hermosura. De modo, señora tía, que no hay para qué asustarse; ni yo soy sabio ni mucho menos.

—Poco a poco —dijo el canónigo, extendiendo la mano y dando paz a la boca por breve rato para que, hablando, descansase del mascar—. Alto allá; no venga usted aquí haciéndose el modesto, señor don José, que hartos esta-

---

[84] «majestuosamente bella»
[85] La técnica de don Inocencio de atribuir palabras y pensamientos no formulados por Pepe comienza a surtir efecto en doña Perfecta.

mos de saber lo muchísimo que usted vale, la gran fama de que goza y el papel importantísimo que desempeñará dondequiera que se presente. No se ven hombres así todos los días. Pero ya que de este modo ensalzo los méritos de usted...

Detúvose para seguir comiendo, y luego que la sin hueso quedó libre, continuó así:

—Ya que de este modo ensalzo los méritos de usted, permítaseme expresar otra opinión con la franqueza que es propia de mi carácter. Sí, señor don José; sí, señor don Cayetano; sí, señora y niña mías; la ciencia, tal como la estudian y la propagan los modernos, es la muerte del sentimiento y de las dulces ilusiones. Con ella la vida del espíritu se amengua; todo se reduce a reglas fijas, y los mismos encantos sublimes de la Naturaleza desaparecen. Con la ciencia destrúyese lo maravilloso en las artes, así como la fe en el alma. La ciencia dice que todo es mentira, y todo quiere ponerlo[86] en guarismos y rayas, no sólo *maria ac terras*[87], donde estamos nosotros, sino también *cœlumque profundum*[88], donde está Dios... Los admirables sueños del alma, su arrobamiento místico, la inspiración misma de los poetas, mentira. El corazón es una esponja, el cerebro una gusanera.

Todos rompieron a reír, mientras él daba paso a un trago de vino.

—Vamos, ¿me negará el señor don José —añadió el sacerdote—, que la ciencia, tal como se enseña y se propaga hoy, va derecha a hacer del mundo y del género humano una gran máquina?

—Eso según y conforme —dijo don Cayetano—. Todas las cosas tienen su pro y su contra.

—Tome usted más ensalada, señor Penitenciario —dijo doña Perfecta—. Está cargadita de mostaza, como a usted le gusta.

Pepe Rey no gustaba de entablar vanas disputas, ni

---

[86] «todo lo quiere poner» [87] «así los mares como las tierras» (*La Eneida* de Virgilio, I, 58) [88] «y el profundo cielo» (de la misma cita)

era pedante, ni alardeaba de erudito, mucho menos ante mujeres y en reuniones de confianza; pero la importuna verbosidad agresiva del canónigo necesitaba, según él, un correctivo. Para dárselo le pareció mal sistema exponer ideas que, concordando con las del canónigo, halagasen a éste, y decidió manifestar las opiniones que más contrariaran y más acerbamente mortificasen al mordaz Penitenciario.

—Quieres divertirte conmigo —dijo para sí—. Verás qué mal rato te voy a dar.

Y luego añadió en voz alta:

—Cierto es todo lo que el señor Penitenciario ha dicho en tono de broma. Pero no es culpa nuestra que la ciencia esté derribando a martillazos un día y otro tanto ídolo vano, la superstición, el sofisma, las mil mentiras de lo pasado, bellas las unas, ridículas las otras, pues de todo hay en la viña del Señor. El mundo de las ilusiones, que es como si dijéramos un segundo mundo, se viene abajo con estrépito. El misticismo en religión, la rutina en la ciencia, el amaneramiento en las artes, caen como cayeron los dioses paganos, entre burlas. Adiós, sueños torpes, el género humano despierta y sus ojos ven la claridad. El sentimentalismo vano, el misticismo, la fiebre, la alucinación, el delirio, desaparecen, y el que antes era enfermo, hoy está sano y se goza con placer indecible en la justa apreciación de las cosas. La fantasía, la terrible loca, que era el ama de la casa, pasa a ser criada... Dirija usted la vista a todos lados, señor Penitenciario, y verá el admirable conjunto de realidad que ha sustituido a la fábula. El cielo no es una bóveda, las estrellas no son farolillos, la luna no es una cazadora traviesa[89], sino un pedrusco opaco; el sol no es un cochero emperejilado y vagabundo, sino un incendio fijo. Las sirtes no son ninfas, sino dos escollos; las sirenas son focas; en el orden de las personas, Mercurio es Manzanedo; Marte es un viejo barbilampiño, el conde de Moltke; Néstor

---

[89] Diana, diosa de la caza representada por la luna en la mitología romana.

puede ser un señor de gabán que se llama monsieur Thiers; Orfeo es Verdi; Vulcano es Krupp; Apolo es cualquier poeta. ¿Quiere usted más? Pues Júpiter, un Dios digno de ir a presidio si viviera aún, no descarga el rayo, sino que el rayo cae cuando a la electricidad le da la gana. No hay Parnaso, no hay Olimpo, no hay laguna Estigia, ni otros Campos Elíseos que los de París[90]. No hay ya más bajada al infierno que las de la geología, y este viajero, siempre que vuelve, dice que no hay condenados en el centro de la tierra. No hay más subidas al cielo que las de la astronomía, y ésta, a su regreso, asegura no haber visto los seis o siete pisos de que hablan el Dante y los místicos y soñadores de la Edad Media[91]. No encuentra sino astros y distancias, líneas, enormidades de espacio, y nada más. Ya no hay falsos cómputos de la edad del mundo, porque la paleontología y la prehistoria han contado los dientes de esta calavera en que vivimos y averiguado su verdadera edad. La fábula, llámese paganismo o idealismo cristiano, ya no existe, y la imaginación está de cuerpo presente. Todos los milagros posibles se reducen a los que yo hago en mi gabinete cuando se me antoja, con una pila de Bunsen, un hilo inductor y una aguja imantada. Ya no hay más multiplicaciones de panes y peces que las que hace la industria con sus moldes y máquinas, y las de la imprenta, que imita a la Naturaleza, sacando de un solo tipo millones de ejemplares.

---

[90] Las Sirtes (los golfos de Sidra y de Gabes); Mercurio (dios del comercio) es Manzanedo (de la banca Madrileña de ese nombre); Marte (dios de la guerra), el conde de Moltke (mariscal del ejército alemán); Nestor, M. Thiers (estadista francés, presidente de la Tercera República); Orfeo (poeta y músico en la mitología griega), Verdi (el gran compositor de óperas, contemporáneo de Galdós); Vulcano (dios del fuego), Krupp (fundador de la famosa fábrica de cañones en Essen); Apolo (dios de la música y de la poesía), cualquier poeta; Júpiter (en la mitología romana, Júpiter *tonante*, por descargar rayos sobre los mortales); Parnaso (el monte Parnaso, donde residen Apolo y las Musas); Olimpo (residencia de los dioses); laguna Estigia (el río Styx que tenían que cruzar las almas para llegar al país de los muertos); Campos Elíseos (cielo mitológico donde iban las almas buenas, de donde la famosa avenida parisiense tomó su nombre).

[91] Dante, en su *Divina comedia*, menciona nueve círculos celestiales.

En suma, señor canónigo del alma[92], se han corrido las órdenes para dejar cesantes a todos los absurdos, falsedades, ilusiones, ensueños, sensiblerías y preocupaciones que ofuscan el entendimiento del hombre. Celebremos el suceso.

Cuando concluyó de hablar, en los labios del canónigo retozaba una sonrisilla, y sus ojos habían tomado animación extraordinaria, don Cayetano se ocupaba en dar diversas formas, ora romboidales[93], ora prismáticas, a una bolita de pan. Pero doña Perfecta estaba pálida, y fijaba sus ojos en el canónigo con insistencia observadora. Rosarito contemplaba con estupor[94] a su primo. Éste se inclinó hacia ella, y al oído le dijo disimuladamente en voz muy baja:

—No me hagas caso, primita. Digo estos disparates para sulfurar al señor canónigo.

VII

La desavenencia crece

—Puede que creas —indicó doña Perfecta con ligero acento de vanidad— que el señor don Inocencio se va a quedar callado sin contestarte a todos y cada uno de esos puntos.

—¡Oh, no! —exclamó el canónigo, arqueando las cejas—. No mediré yo mis escasas fuerzas con adalid tan valiente y al mismo tiempo tan bien armado. El señor don José lo sabe todo, es decir, tiene a su disposición todo el arsenal de las ciencias exactas. Bien sé que la doctrina que sustenta es falsa; pero yo no tengo talento ni elocuencia para combatirla. Emplearía yo las armas del sentimiento; emplearía argumentos teológicos, sacados de la revelación, de la fe, de la palabra divina; pero ¡ay! el señor don José, que es un sabio eminente, se

_____

92 «de mi alma» 93 «romboides» 94 «llena de estupor»

reiría de la teología, de la fe, de la revelación, de los santos profetas, del Evangelio... Un pobre clérigo ignorante, un desdichado que no sabe matemáticas, ni filosofía alemana en que hay aquello de *yo* y *no yo*[95]; un pobre dómine que no sabe más que la ciencia de Dios y algo de poetas latinos, no puede entrar en combate con estos bravos corifeos.

Pepe Rey prorrumpió en francas risas.

—Veo que el señor don Inocencio —indicó[96]— ha tomado por lo serio estas majaderías que he dicho... Vaya, señor canónigo, vuélvanse cañas las lanzas, y todo se acabó. Seguro estoy de que mis verdaderas ideas y las de usted no están en desacuerdo. Usted es un varón piadoso e instruido. Aquí el ignorante soy yo. Si he querido bromear, dispénsenme todos: yo soy así.

—Gracias —repuso el presbítero visiblemente contrariado—. ¿Ahora salimos con esa? Bien sé yo, bien sabemos todos que las ideas que usted ha sustentado son las suyas. No podía ser de otra manera. Usted es el hombre del siglo. No puede negarse que su entendimiento es prodigioso, a todas luces prodigioso[97]. Mientras usted hablaba, yo, lo confieso ingenuamente, al mismo tiempo que en mi interior deploraba error tan grande, no podía menos de admirar lo sublime de la expresión, la prodigiosa facundia, el método sorprendente de su raciocinio, la fuerza de los argumentos... ¡Qué cabeza, señora doña Perfecta, qué cabeza la de este joven sobrino de usted! Cuando estuve en Madrid y me llevaron al Ateneo, confieso que me quedé absorto al ver el asombroso ingenio que Dios ha dado a los ateos y protestantes.

—Señor don Inocencio —dijo doña Perfecta, mirando alternativamente a su sobrino y a su amigo—, creo que usted, al juzgar a este chico, traspasa los límites de la benevolencia... No te enfades, Pepe, ni hagas caso de lo que digo, porque yo ni soy sabia, ni filósofa, ni teóloga;

---

[95] Referencia a la teoría de Johann Gottlieb Fichte (1762-1814).
[96] «dijo»   [97] «verdaderamente prodigioso.»

pero me parece que el señor don Inocencio acaba de dar una prueba de su gran modestia y caridad cristiana, negándose a apabullarte, como podía hacerlo si hubiese querido...

—¡Señora, por Dios! —murmuró[98] el eclesiástico.

—Él es así —añadió la señora—. Siempre haciéndose la mosquita muerta... Y sabe más que los cuatro doctores[99]. ¡Ay, señor don Inocencio, qué bien le sienta a usted el nombre que lleva![100] Pero no se nos venga acá con humildades importunas. Mi sobrino[101] no tiene pretensiones... ¡Si él sabe lo que le han enseñado y nada más!... Si ha aprendido el error, ¿qué más puede desear sino que usted le ilustre y le saque del infierno de sus falsas doctrinas?

—Justamente, no deseo otra cosa sino que el señor Penitenciario me saque... —murmuró Pepe, comprendiendo que, sin quererlo, se había metido en un laberinto.

—Yo soy un pobre clérigo que no sabe más que la ciencia antigua—repuso don Inocencio—. Reconozco el inmenso valor científico mundano del señor don José, y ante tan brillante oráculo, callo y me postro.

Diciendo esto, el canónigo cruzaba ambas manos sobre el pecho, inclinando la cabeza. Pepe Rey estaba un si es no es turbado a causa del giro que su tía quiso dar[102] a una vana disputa festiva, en la que tomó parte tan sólo por acalorar un poco la conversación. Creyó prudente[103] poner punto en tan peligroso tratado, y con este fin dirigió una pregunta al señor don Cayetano, cuando éste, despertando del pavoroso[104] letargo que tras los postres le sobrevino, ofrecía a los comensales los indispensables palillos clavados en un pavo de porcelana que hacía la rueda.

—Ayer he descubierto una mano empuñando el asa de un ánfora, en la cual hay varios signos hieráticos. Te

---

[98] «dijo»

[99] «siete doctores» La iglesia medieval tenía siete doctores de la fe.

[100] «que tiene»   [101] «Si mi sobrino»   [102] «que diera su tía»

[103] «lo más prudente»

[104] «vaporoso» (obvio error tipográfico)

la enseñaré —dijo don Cayetano, gozoso de plantear un tema de su predilección.

—Supongo que el señor de Rey será también muy experto en cosas de arqueología —dijo el canónigo, que siempre implacable corría tras la víctima, siguiéndola hasta su más escondido refugio.

—Por supuesto —dijo doña Perfecta—. ¿De qué no entenderán estos despabilados niños del día? Todas las ciencias las llevan en las puntas de los dedos. Las universidades y las academias les instruyen de todo en un periquete, dándoles patente de sabiduría.

—¡Oh!, eso es injusto —repuso el canónigo, observando la penosa impresión que manifestaba el semblante del ingeniero.

—Mi tía tiene razón —afirmó Pepe—. Hoy aprendemos un poco de todo, y salimos de las escuelas con rudimentos de diferentes estudios.

—Decía —añadió el canónigo— que será usted un gran arqueólogo.

—No sé una palabra de esa ciencia —repuso el joven. Las ruinas son ruinas, y nunca me ha gustado empolvarme en ellas.

Don Cayetano hizo una mueca muy expresiva.

—No es esto condenar la arqueología —dijo vivamente el sobrino de doña Perfecta, advirtiendo con dolor que no pronunciaba una palabra sin herir a alguien—. Bien sé que del polvo sale la historia. Esos estudios son preciosos y utilísimos.

—Usted —observó [105] el Penitenciario metiéndose el palillo en la última muela— se inclinará más a los estudios de controversia. Ahora se me ocurre una excelente idea. Señor don José: usted debiera ser abogado.

—La abogacía es una profesión que aborrezco —replicó Pepe Rey—. Conozco abogados muy respetables, entre ellos a mi padre, que es el mejor de los hombres. A pesar de tan buen ejemplo, en mi vida me hubiera sometido a ejercer una profesión que consiste en defender

---

[105] «dijo»

lo mismo en pro que en contra de las cuestiones. No conozco error, ni preocupación, ni ceguera más grande que el empeño de las familias en inclinar a la mejor parte de la juventud a la abogacía. La primera y más terrible plaga de España es la turbamulta de jóvenes letrados [106], para cuya existencia es necesaria [107] una fabulosa cantidad de pleitos. Las cuestiones se multiplican en proporción de la demanda. Aun así, muchísimos se quedan sin trabajo, y como un señor jurisconsulto no puede tomar el arado ni sentarse al telar, de aquí proviene ese brillante escuadrón de holgazanes, llenos de pretensiones, que fomentan la empleomanía, perturban la política, agitan la opinión y engendran las revoluciones. De alguna parte han de comer. Mayor desgracia sería que hubiera pleitos para todos.

—Pepe, por Dios, mira lo que hablas —dijo doña Perfecta con marcado tono de severidad—. Pero dispénsele usted, señor don Inocencio... porque él ignora que usted tiene un sobrinito, el cual, aunque recién salido de la Universidad, es un portento en la abogacía.

—Yo hablo en términos generales —manifestó Pepe con firmeza—. Siendo como soy hijo de un abogado ilustre, no puedo desconocer que algunas personas ejercen esta noble profesión con verdadera gloria.

—No... si mi sobrino es un chiquillo todavía —dijo el canónigo afectando humildad—. Muy lejos de mi ánimo afirmar que es un prodigio de saber, como el señor de Rey. Con el tiempo quién sabe... Su talento no es brillante ni seductor. Por supuesto, las ideas de Jacintito son sólidas, su criterio sano; lo que sabe lo sabe a machamartillo. No conoce sofisterías ni palabras huecas [108]...

Pepe Rey hallábase cada vez más inquieto. La idea de que, sin quererlo, estaba en contradicción con las ideas de los amigos de su tía, le mortificaba, y resolvió

---

106 «abogados»   107 «es necesario»
108 El canónigo se las arregla muy bien para contrastar, delante de doña Perfecta, a su sobrino con el de ella. Galdós prepara el terreno para la revelación, hacia el final de la novela, de los planes de don Inocencio y de su sobrina María Remedios de casar a Jacinto con Rosarito.

callar por temor a que él y don Inocencio concluyeran tirándose los platos a la cabeza. Felizmente, el esquilón de la catedral, llamando a los canónigos a la importante tarea del coro, le sacó de situación tan penosa. Levantóse el venerable varón y se despidió de todos, mostrándose con Pepe tan lisonjero, tan amable, cual si la amistad más íntima desde largo tiempo les uniera. El canónigo, después de ofrecerse para servirle en todo, le prometió presentarle a su sobrino, a fin de que éste le acompañase a ver la población, y le dijo expresiones muy cariñosas [109], dignándose agraciarle al salir con una palmadita en el hombro. Pepe Rey, aceptando con gozo aquellas fórmulas de concordia, vio, sin embargo, el cielo abierto cuando el sacerdote salió del comedor y de la casa.

VIII

A toda prisa

Poco después había cambiado la escena [110]. Don Cayetano, encontrando descanso a sus sublimes tareas en un dulce sueño que de él se amparó, dormía [111] blandamente en un sillón del comedor. Doña Perfecta andaba por [112] la casa tras sus quehaceres. Rosarito, sentándose junto a una de las vidrieras que a la huerta se abrían, miró a su primo, diciéndole con la muda oratoria de los ojos:

—Primo, siéntate aquí junto a mí, y dime todo eso que tiénes que decirme.

Pepe [113], aunque matemático, lo comprendió.

—Querida prima —dijo [114]—, ¡cuánto te habrás aburrido hoy con nuestras disputas! Bien sabe Dios que por mi gusto no habría pedanteado como viste; pero el señor canónigo tiene la culpa... ¿Sabes que me parece singular ese señor sacerdote?...

[109] «las expresiones más cariñosas»   [110] «la escena había cambiado»
[111] «yacía»   [112] «en»   [113] «Este»   [114] «dijo Pepe»

—¡Es una persona excelente! —repuso Rosarito, demostrando el gozo que sentía por verse en disposición de dar a su primo todos los datos y noticias que necesitase.

—¡Oh! sí, una excelente persona. ¡Bien se conoce!

—Cuando le sigas tratando, conocerás...

—Que no tiene precio. En fin, basta que sea amigo de tu mamá y tuyo para que también lo sea mío —afirmó el joven—. ¿Y viene mucho acá?

—Toditos los días. ¡Qué bueno y qué amable es![115]. ¡Y cómo me quiere!

—Vamos, ya me va gustando ese señor.

—Viene también por las noches a jugar al tresillo —añadió la joven—, porque a prima noche se reúnen aquí algunas personas: el juez de primera instancia, el promotor fiscal, el deán, el secretario del obispo, el alcalde, el recaudador de contribuciones, el sobrino de don Inocencio...

—¡Ah! Jacintito, el abogado.

—Ese. Es un pobre chico, más bueno que el pan. Su tío le adora. Desde que vino de la Universidad con su borla de doctor... porque es doctor de un par de facultades, y sacó nota de sobresaliente... ¿qué crees tú? ¡Vaya!... pues desde que vino, su tío le trae aquí muy a menudo[116]. Mamá también le quiere mucho... Es estudioso y formalito[117]. Se retira temprano con su tío; no va nunca al Casino por las noches, no juega ni derrocha, y trabaja en el bufete de don Lorenzo Ruiz, que es el primer abogado de Orbajosa. Dicen que Jacinto será un gran defensor de pleitos.

—Su tío no exageraba al elogiarle —dijo Pepe—. Siento mucho haber dicho aquellas tonterías sobre los abogados... Querida prima, ¿no es verdad que estuve inconveniente?

—Calla, si a mí me parece que tienes mucha razón.

---

[115] «—Toditos los días. Nos acompaña mucho —repuso Rosarito con ingenuidad—. ¡Qué bueno y qué amable es!» [116] «con mucha frecuencia» [117] «Es un muchacho muy formalito.»

—¿Pero de veras, no estuve un poco...?

—Nada, nada.

—¡Qué peso me quitas de encima! La verdad es que me encontré, sin saber cómo, en una contradicción constante y penosa con ese venerable sacerdote. Lo siento de veras [118].

—Lo que yo creo —dijo Rosarito clavando en él sus ojos con expresión cariñosa [119]— es que tú no eres para nosotros.

—¿Qué significa eso?

—No sé si me explico bien, primo. Quiero decir que no es fácil te acostumbres a la conversación ni a las ideas de la gente de Orbajosa. Se me figura... es una suposición [120].

—¡Oh! no; yo creo que te equivocas.

—Tú vienes de otra parte, de otro mundo, donde las personas son muy listas, muy sabias, y tienen unas maneras finas y un modo de hablar ingenioso, y una figura... Puede ser que no me explique bien. Quiero decir que estás habituado a vivir entre una sociedad escogida; sabes mucho... Aquí no hay lo que tú necesitas; aquí no hay gente sabia, ni grandes finuras. Todo es sencillez, Pepe. Se me figura que te aburrirás, que te aburrirás mucho, y al fin tendrás que marcharte.

La tristeza, que era normal en el semblante de Rosarito, se mostró con tintas y rasgos tan notorios, que Pepe Rey sintió una emoción profunda.

—Estás en un error, querida prima. Ni yo traigo aquí la idea que supones, ni mi carácter ni mi entendimiento están en disonancia con los caracteres y las ideas de aquí. Pero supongamos por un momento [121] que lo estuvieran.

—Vamos a suponerlo...

—En ese caso, tengo la firme convicción de que entre tú y yo, entre nosotros dos, querida Rosario, se estable-

---

[118] «Lo siento mucho.»   [119] «llenos de expresión cariñosa»

[120] La intuición de Rosarito es correcta. A pesar de su ingenuidad cala la situación mejor que Pepe.

[121] «Pero vamos a suponer por un momento»

cerá una armonía perfecta. Sobre esto no puedo engañarme. El corazón me dice que no me engaño.

Rosarito se ruborizó; pero esforzándose en hacer huir
su sonrojo con sonrisas y miradas dirigidas aquí y allí,
dijo:

—No vengas ahora con artificios. Si lo dices porque yo
he de encontrar siempre bien todo lo que piensas [122],
tienes razón.

—Rosario —exclamó el joven—, desde que te vi, mi
alma se sintió llena de una alegría muy viva...; he sentido al mismo tiempo un pesar; el de no haber venido
antes a Orbajosa.

—Eso sí que no he de creerlo [123] —dijo ella, afectando
jovialidad para encubrir medianamente su emoción—.
¿Tan pronto?... No vengas ahora con palabrotas... Mira,
Pepe, yo soy una lugareña, yo no sé hablar más que [124]
cosas vulgares, yo no sé francés, yo no me visto con ele-
gancia, yo apenas sé tocar el piano, yo...

—¡Oh, Rosario! —exclamó con ardor el caballero [125]—.
Dudaba que fueses perfecta; ahora ya sé que lo eres.

Entró de súbito la madre. Rosarito, que nada tenía que
contestar a las últimas palabras de su primo, conoció,
sin embargo, la necesidad de decir algo, y mirando a su
madre, habló así:

—¡Ah! se me había olvidado poner la comida al loro.

—No te ocupes de eso ahora. ¿Para qué os estáis ahí?
Lleva a tu primo a dar un paseo por la huerta.

La señora se sonreía con bondad maternal, señalando
a su sobrino la frondosa arboleda que tras los cristales
aparecía.

—Vamos allá —dijo Pepe levantándose.

Rosarito se lanzó como un pájaro puesto en libertad
hacia la vidriera.

—Pepe, que sabe tanto y ha de entender de árboles
—afirmó doña Perfecta—, te enseñará cómo se hacen los

_____

[122] «digas»   [123] «Eso sí que no lo he de creer»   [124] «yo no sé
más que hablar»   [125] «el joven»

injertos. A ver qué opina él de esos peralitos que se van a trasplantar.

—Ven, ven —dijo Rosarito desde fuera.

Llamaba a su primo con impaciencia. Ambos desaparecieron entre el follaje. Doña Perfecta les vio alejarse, y después se ocupó del loro. Mientras le renovaba la comida, dijo en voz muy baja con ademán pensativo:

—¡Qué despegado es! Ni siquiera le ha hecho una caricia al pobre animalito.

Luego, en voz alta, añadió, creyendo en la posibilidad de ser oída por su cuñado:

—Cayetano, ¿qué te parece el sobrino?... ¡Cayetano!

Sordo gruñido indicó que el anticuario volvía al conocimiento de este miserable mundo.

—Cayetano...

—Eso es..., es... —murmuró con torpe voz el sabio—; ese caballerito sostendrá como todos la opinión errónea de que las estatuas de Mundogrande proceden de la primera inmigración fenicia. Yo le convenceré...

—Pero Cayetano...

—Pero Perfecta... ¡Bah! ¿También ahora sostendrás que he dormido?

—No, hombre, ¡qué he de sostener yo tal disparate![126]... Pero ¿no me dices qué te parece ese chico?[127]

Don Cayetano se puso la palma de la mano ante la boca para bostezar más a gusto, y después entabló una larga conversación con la señora. Los que nos han transmitido las noticias necesarias a la composición de esta historia, pasan por alto aquel diálogo, sin duda porque fue demasiado secreto. En cuanto a lo que hablaron el ingeniero y Rosarito en la huerta aquella tarde, parece evidente que no es digno de mención[128].

En la tarde del siguiente día ocurrieron, sí, cosas que no deben pasarse en silencio, por ser de la mayor gra-

---

[126] «desatino» [127] «joven»

[128] El narrador, en su intromisión, nos deja saber que escoge la información que quiere darnos: calla el primer diálogo por demasiado importante (revelaría antes de tiempo datos importantes que desea reservar para más tarde): el segundo, por ser obvio.

vedad. Hallábanse solos ambos primos a hora bastante avanzada de la tarde, después de haber discurrido por distintos parajes de la huerta, atentos el uno al otro y sin tener alma ni sentidos[129] más que para verse y oírse.

—Pepe —decía Rosario—, todo lo que me has dicho es una fantasía, una cantinela de ésas que tan bien sabéis hacer los hombres de chispa. Tú piensas que, como soy lugareña, creo cuanto me dicen.

—Si me conocieras, como yo creo conocerte a ti[130], sabrías que jamás' digo sino lo que siento. Pero dejémonos de sutilezas tontas y de argucias de amantes, que no conducen sino a falsear los sentimientos. Yo no hablaré contigo más lenguaje que el de la verdad. ¿Eres acaso una señorita a quien he conocido en el paseo o en la tertulia y con la cual pienso pasar un rato divertido? No. Eres mi prima. Eres algo más... Rosario, pongamos de una vez las cosas en su verdadero lugar. Fuera rodeos. Yo he venido aquí a casarme contigo.

Rosario sintió que su rostro se abrasaba y que el corazón[131] no le cabía en el pecho.

—Mira, querida prima —añadió el joven—, te juro que si no me hubieras gustado, ya estaría lejos de aquí. Aunque la cortesía y la delicadeza me habrían obligado a hacer esfuerzos, no me hubiera sido fácil disimular mi desengaño. Yo soy así.

—Primo, casi acabas de llegar —dijo lacónicamente Rosarito, esforzándose en reír.

—Acabo de llegar y ya sé todo lo que tenía que saber: sé que te quiero; que eres la mujer que desde hace tiempo me está anunciando el corazón, diciéndome noche y día... «ya viene; ya está cerca; que te quemas»[132].

Esta frase sirvió de pretexto a Rosario para soltar la

---

[129] «sin tener sentidos»

[130] Es posible que Pepe sea el primero de una serie de protagonistas galdosianos que *cree* conocer a la mujer a quien ama (León Roch y «el amigo Manso» le seguirán muy de cerca).

[131] «y el corazón»

[132] Pepe Rey anticipa aquí la «corazonada romántica» de Gloria.

risa que en sus labios retozaba. Su espíritu se desvanecía alborozado en una atmósfera de júbilo.

—Tú te empeñas en que no vales nada —continuó Pepe—, y eres una maravilla. Tienes la cualidad admirable de estar a todas horas proyectando sobre cuanto te rodea la divina luz de tu alma. Desde que se te ve, desde que se te mira, los nobles sentimientos y la pureza de tu corazón se manifiestan. Viéndote, se ve una vida celeste que por descuido de Dios está en la tierra; eres un ángel, y yo te quiero [133] como un tonto.

Al decir esto parecía haber desempeñado una grave misión. Rosarito viose de súbito dominada por tan viva sensibilidad, que la escasa energía de su cuerpo no pudo corresponder a la excitación de su espíritu, y, desfalleciendo, dejóse caer sobre un sillar que hacía las veces de banco en aquellos amenos lugares [134]. Pepe se inclinó hacia ella. Notó que cerraba los ojos, apoyando la frente en la palma de la mano. Poco después, la hija de doña Perfecta Polentinos dirigía a su primo, entre dulces lágrimas, una mirada tierna, seguida de estas palabras:

—Te quiero desde antes de conocerte.

Apoyadas sus manos en las del joven, se levantó, y sus cuerpos desaparecieron entre las frondosas ramas de un paseo de adelfas [135]. Caía la tarde, y una dulce sombra se extendía por la parte baja de la huerta, mientras el último rayo del sol poniente coronaba de resplandores [136] las cimas de los árboles. La ruidosa república de pajarillos armaba espantosa algarabía en las ramas superiores. Era la hora en que, después de corretear por la alegre inmensidad de los cielos, iban todos a acostarse, y se disputaban unos a otros la rama que escogían por alcoba. Su charla parecía a veces recriminación y disputa, a veces burla y gracejo. Con su parlero trinar se decían

---

[133] «adoro» [134] «sobre una piedra que hacía las veces de asiento en aquellos lugares.»

[135] Posiblemente el sitio de la revelación del mutuo amor sea el mismo que al final es teatro del asesinato de Pepe.

[136] «de varios resplandores»

aquellos tunantes las mayores insolencias, dándose de picotazos y agitando las alas, así como los oradores agitan los brazos cuando quieren hacer creer las mentiras que pronuncian[137]. Pero también sonaban por allí palabras de amor; que a ello convidaban la apacible hora y el hermoso lugar. Un oído experto hubiera podido distinguir las siguientes:

—Desde antes de conocerte te quería, y si no hubieras venido me habría muerto de pena. Mamá me daba a leer las cartas de tu padre, y como en ellas hacía tantas alabanzas de ti, yo decía: «Éste debiera ser mi marido.» Durante mucho tiempo, tu padre no habló de que tú y yo nos casáramos, lo cual me parecía un descuido muy grande. Yo no sabía qué pensar de semejante negligencia... Mi tío Cayetano, siempre que te nombraba, decía: «Como ése hay pocos en el mundo. La mujer que le pesque, ya se puede tener por dichosa...» Por fin tu papá dijo lo que no podía menos de decir... Sí, no podía menos de decirlo: yo lo esperaba todos los días...

Poco después de estas palabras, la misma voz añadió con zozobra:

—Alguien viene tras de nosotros.

Saliendo de entre las adelfas, Pepe vio a dos personas que se acercaban, y tocando las hojas de un tierno arbolito que allí cerca había, dijo en alta voz a su compañera:

—No es conveniente aplicar la primera poda a los árboles jóvenes como éste hasta su completo arraigo. Los árboles recién plantados no tienen vigor para soportar dicha operación. Tú bien sabes que las raíces no pueden formarse sino por el influjo de las hojas; así es que si le quitas las hojas...

—¡Ah! señor don José —exclamó el Penitenciario con franca risa, acercándose a los dos jóvenes y haciéndoles una reverencia—. ¿Está usted dando lecciones de horticultura? *Insere nunc Meliboe e piros, pone ordine vitis*[138],

---

[137] «que están diciendo.» Otra vez Galdós hace mención de «la república de pajarillos» comparándola, ahora, con los oradores parlamentarios.

[138] *Églogas* de Virgilio (I, 73).

que dijo el gran cantor de los trabajos del campo. Injerta los perales, caro Melibeo; arregla las parras... Conque ¿cómo estamos de salud, señor don José?

El ingeniero y el canónigo se dieron las manos. Luego éste volvióse, y señalando a un jovenzuelo que tras él venía, dijo sonriendo:

—Tengo el gusto de presentar a usted a mi querido Jacintillo... una buena pieza... un tarambana, señor don José.

IX

La desavenencia sigue creciendo y amenaza convertirse en discordia

Junto a la negra sotana se destacó un sonrosado y fresco rostro. Jacintito saludó a nuestro joven, no sin cierto embarazo.

Era uno de esos chiquillos precoces a quienes la indulgente Universidad lanza antes de tiempo a las arduas luchas del mundo, haciéndoles creer que son hombres porque son doctores. Tenía Jacintito semblante agraciado y carilleno, con mejillas de rosa como una muchacha, y era rechoncho de cuerpo, de estatura pequeña, tirando un poco a pequeñísima, y sin más pelo de barba que el suave bozo que lo anunciaba. Su edad excedía poco de los veinte años. Habíase educado desde la niñez bajo la dirección de su excelente y discreto tío, con lo cual dicho se está que el tierno arbolito no se torció al crecer. Una moral severa le mantenía constantemente derecho, y en el cumplimiento de sus deberes escolásticos apenas flaqueaba[139]. Concluidos los estudios universitarios con aprovechamiento asombroso, pues no hubo clase en que no ganase las más eminentes notas, empezó a trabajar, prometiendo con su aplicación y buen tino

---

[139] «tenía pero»

para la abogacía, perpetuar en el Foro el lozano verdor de los laureles del aula.

A veces era travieso niño, a veces hombre formal[140]. En verdad, en verdad, que si a Jacintito no le gustaran un poco, y aun un mucho, las lindas muchachas, su buen tío le creería perfecto. No dejaba de sermonearle a todas horas, apresurándose a cortarle los vuelos audaces[141]; pero ni aun esta inclinación mundana del jovenzuelo lograba enfriar el amor[142] que nuestro buen canónigo tenía al encantador retoño de su cara sobrina María Remedios. En tratándose del abogadillo, todo cedía. Hasta las graves y rutinarias[143] prácticas del buen sacerdote se alteraban siempre que se tratase de algún asunto referente a su precoz pupilo. Aquel método riguroso y fijo como un sistema planetario solía perder su[144] equilibrio cuando Jacintito estaba enfermo o tenía que hacer un viaje. ¡Inútil celibato el de los clérigos! Si el Concilio de Trento les prohibe tener hijos, Dios, no el demonio, les da sobrinos[145] para que conozcan los dulces afanes de la paternidad.

Examinadas imparcialmente las cualidades de aquel aprovechado niño, era imposible desconocer su mérito[146]. Su carácter era por lo común inclinado a la honradez, y las acciones nobles despertaban franca admiración en su alma. Respecto a sus dotes intelectuales y a su saber social, tenía todo lo necesario para ser con el tiempo una notabilidad de éstas que tanto abundan en España; podía ser lo que a todas horas nos complacemos en llamar hiperbólicamente un *distinguido patricio*, o *un eminente hombre público*, especies que, por su mucha

---

[140] «A veces era travieso como un niño, a veces formal como un hombre.» [141] «los audaces vuelos» [142] «el mucho amor» [143] «metódicas» [144] «el»

[145] El Concilio de Trento (1545-63) reafirmó el principio del celibato de los clérigos. Galdós utiliza irónicamente, aunque su ironía no esté dirigida a don Inocencio, «el proverbio *A quien Dios no da hijos, el demonio le da sobrinos*, que a veces se ha aplicado a sacerdotes amancebados cuyos hijos eran automáticamente «sobrinos».

[146] «que no carecía de mérito»

abundancia, apenas son apreciadas en su justo valor. En aquella tierna edad en que el grado universitario sirve de soldadura entre la puericia y la virilidad, pocos jóvenes, mayormente si[147] han sido mimados por sus maestros, están libres de una pedantería fastidiosa que, si les da gran prestigio al lado de[148] sus mamás, es muy risible entre hombres hechos y formales. Jacintito tenía este[149] defecto, disculpable no sólo por sus pocos años, sino porque su buen tío fomentaba aquella vanidad pueril con imprudentes aplausos.

Luego que los cuatro se reunieron, continuaron paseando. Jacinto callaba. El canónigo, volviendo al interrumpido tema de los *piros* que se habían de injertar y de las *vites* que se debían poner en orden, dijo:

—Ya sé que don José es un insigne[150] agrónomo.

—Nada de eso; no sé una palabra —repuso el joven viendo con mucho disgusto aquella manía de suponerle instruido en todas las ciencias.

—¡Oh! sí; un gran agrónomo —añadió el Penitenciario—; pero en asuntos de agronomía no me citen tratados novísimos. Para mí toda esa ciencia, señor de Rey, está condensada en lo que yo llamo la *Biblia del campo*, en las *Geórgicas* del inmortal latino. Todo es admirable, desde aquella gran sentencia *Nec vero terræ ferre omnes omnia possunt*[151], es decir, que no todas las tierras sirven para todos los árboles, señor don José, hasta el minucioso tratado de las abejas, en que el poeta explana lo concerniente a estos doctos animalitos, y define al zángano diciendo:

> *Ille horridus alter*
> *desidia, latamque trahens inglorius alvum*[152],

de figura horrible y perezosa, arrastrando el innoble vientre pesado, señor don José...

---

147 «cuando» 148 «junto al sillón de» 149 «ese» 150 «gran»
151 *Geórgicas* de Virgilio (II, 109).
152 *Geórgicas* (IV, 93-94).

—Hace usted bien en traducírmelo —dijo Pepe—, porque entiendo muy poco el latín.

—¡Oh! Los hombres del día, ¿para qué habían de entretenerse en estudiar antiguallas? —añadió el canónigo con ironía—. Además, en latín sólo han escrito los calzonazos como Virgilio, Cicerón y Tito Livio[153]. Yo, sin embargo, estoy por lo contrario, y sea testigo mi sobrino, a quien he enseñado la sublime lengua. El tunante sabe más que yo. Lo malo es que con las lecturas modernas lo va olvidando, y el mejor día se encontrará que es un ignorante, sin sospecharlo. Porque, señor don José, a mi sobrino le ha dado por entretenerse con libros novísimos y teorías extravagantes, y todo es Flammarion[154] arriba y abajo, y nada más sino que las estrellas están llenas de gente. Vamos, se me figura que ustedes dos van a hacer buenas migas. Jacinto, ruégale a este caballero que te enseñe las matemáticas sublimes, que te instruya en lo concerniente a los filósofos alemanes, y ya eres un hombre.

El buen clérigo se reía de sus propias ocurrencias, mientras Jacinto, gozoso de ver la conversación en terreno tan de su gusto, se excusó con Pepe Rey, y de buenas a primeras le descargó esta pregunta:

—Dígame el señor don José, ¿qué piensa del Darwinismo[155]?

Sonrió el ingeniero[156] al oír pedantería tan fuera de sazón, y de buena gana excitara al joven a seguir por aquella senda de infantil vanidad; pero creyendo más prudente no intimar mucho con el sobrino ni con el tío, contestó sencillamente:

---

[153] Marco Tulio Cicerón, famoso orador y escritor romano del siglo I (a. de C.); Tito Livio Patavino, historiador romano del mismo periodo, la Edad de Plata.

[154] Camille Flammarion (1842-1925), astrónomo francés, autor de libros rayanos en la ciencia-ficción.

[155] Referencia a Charles Darwin, cuya teoría sobre el origen de las especies apareció por primera vez en 1858, causando gran escándalo que aún no se ha calmado del todo en nuestros días (entre los fundamentalistas, por ejemplo). Esta debe ser una de las primeras menciones de Darwin en la literatura española.

[156] «nuestro joven»

—No [157] puedo pensar nada de las doctrinas de Darwin, porque apenas las conozco. Los trabajos de mi profesión no me han permitido dedicarme a esos estudios.

—Ya —dijo el canónigo riendo—. Todo se reduce a que descendemos de los monos... Si lo dijera sólo por ciertas pesonas que yo conozco, tendría razón.

—La teoría de la selección natural —añadió enfáticamente Jacinto— parece [158] que tiene muchos partidarios en Alemania.

—No lo dudo —dijo el clérigo—. En Alemania no debe sentirse que esa [159] teoría sea verdadera, por lo que toca a Bismarck [160].

Doña Perfecta y el señor don Cayetano aparecieron frente a los cuatro.

—¡Qué hermosa está la tarde! —dijo la señora—. ¿Qué tal, sobrino, te aburres mucho?...

—Nada de eso —repuso el joven.

—No me lo niegues. De eso veníamos hablando Cayetano y yo. Tú estás aburrido, y te empeñas en disimularlo. No todos los jóvenes de estos tiempos tienen la abnegación de pasar su juventud, como Jacinto, en un pueblo donde no hay Teatro Real, ni Bufos [161], ni bailarinas, ni filósofos, ni Ateneos, ni papeluchós, ni Congresos, ni otras diversiones y pasatiempos.

—Yo estoy aquí muy bien —replicó Pepe—. Ahora le estaba diciendo a Rosario que esta ciudad y esta casa me son tan agradables, que me gustaría vivir y morir aquí.

Rosario se puso muy encendida, y los demás callaron. Sentáronse todos en una glorieta, apresurándose Jacinto a ocupar el lugar a la izquierda de la señorita.

—Mira, sobrino, tengo que advertirte una cosa —dijo

---

[157] «Yo no» [158] «dicen» [159] «esta»

[160] Otto Von Bismarck (1815-98), estadista prusiano, creador del Imperio Alemán; sus intentos de colocar a la iglesia católica bajo control del Estado le ganaron la más cordial antipatía entre los católicos en España y en otros países.

[161] «Bufos» se refiere a un tipo de teatro de variedades de moda en el Madrid de la época.

doña Perfecta, con aquella risueña expresión de bondad que emanaba de su alma, como de la flor el aroma—. Pero no vayas a creer que te reprendo, ni que te doy lecciones: tú no eres niño, y fácilmente comprenderás mis ideas.

—Ríñame usted, querida tía, que sin duda lo mereceré —replicó Pepe, que ya empezaba a acostumbrarse a las bondades de la hermana de su padre.

—No, no es más que una advertencia. Estos señores verán cómo tengo razón.

Rosarito oía con toda su alma.

—Pues no es más —añadió la señora—, sino que cuando vuelvas a visitar nuestra hermosa catedral, procures estar en ella con un poco más de recogimiento.

—Pero ¿qué he hecho yo?

—No extraño que tú mismo no conozcas tu falta —indicó la señora, con aparente jovialidad—. Es natural: acostumbrado a entrar con la mayor desenvoltura en los Ateneos, clubs[162], academias y Congresos, crees que de la misma manera se puede entrar en un templo donde está la Divina Majestad.

—Pero, señora, dispénseme usted —dijo Pepe con gravedad—. Yo he entrado en la catedral con la mayor compostura.

—Si no te riño, hombre, si no te riño. No lo tomes así, porque tendré que callarme. Señores, disculpen ustedes a mi sobrino. No es de extrañar un descuidillo, una distracción... ¿Cuántos años hace que no pones los pies en lugar sagrado?

—Señora, yo juro a usted... Pero en fin, mis ideas religiosas podrán ser lo que se quiera[163]; pero acostumbro guardar compostura[164], dentro de la iglesia.

—Lo que yo aseguro... vamos, si te has de ofender no sigo... Lo que aseguro es que muchas personas lo advirtieron[165] esta mañana. Notáronlo los señores de González, doña Robustiana, Serafinita, en fin..., con de-

[162] «clubes»   [163] «lo que quiera»   [164] «la mayor compostura»
[165] «notaron»

cirte que llamaste la atención del señor obispo... Su Ilustrísima me dio las quejas esta tarde en casa de mis primas. Díjome que no te mandó plantar en la calle porque le dijeron que eras sobrino mío.

Rosario contemplaba con angustia el rostro de su primo, procurando adivinar sus contestaciones antes que las diera.

—Sin duda me han tomado por otro.

—No..., no...; fuiste tú... Pero no vayas a ofenderte, que aquí estamos entre amigos y personas de confianza. Fuiste tú, yo misma te vi.

—¡Usted!

—Justamente. ¿Negarás que te pusiste a examinar las pinturas, pasando por un grupo de fieles que estaban oyendo misa?... Te juro que me distraje de tal modo con tus idas y venidas, que... Vamos..., es preciso que no vuelvas a hacerlo. Luego entraste en la capilla de San Gregorio; alzaron en el altar mayor y ni siquiera te volviste para hacer una demostración de religiosidad. Después atravesaste de largo a largo la iglesia, te acercaste al sepulcro del Adelantado, pusiste las manos sobre el altar; pasaste en seguida otra vez por entre el grupo de los fieles, llamando la atención. Todas las muchachas te miraban, y tú parecías satisfecho de perturbar tan lindamente la devoción y ejemplaridad de aquella buena gente.

—¡Dios mío! ¡Cuántas abominaciones![166]... —exclamó Pepe, entre enojado y risueño—. Soy un monstruo y ni siquiera lo sospechaba.

—No, bien sé que eres un buen muchacho —dijo doña Perfecta, observando el semblante afectadamente serio e inmutable del canónigo, que parecía tener por cara una máscara de cartón—. Pero, hijo, de pensar las cosas a manifestarlas así con cierto desparpajo, hay una distancia que el hombre prudente y comedido no debe salvar nunca. Bien sé que tus ideas son... no te enfades; si te enfadas me callo... Digo que una cosa es tener ideas religiosas y otras manifestarlas... Me guardaré muy bien

---

[166] «¡Todo lo que he hecho!»

de vituperarte porque creas que no nos crió Dios a su imagen y semejanza, sino que descendemos de los micos; ni porque niegues la existencia del alma, asegurando que ésta es una droga como los papelillos de magnesia o de ruibarbo que se venden en la botica...

—¡Señora, por Dios!... —exclamó Pepe con disgusto—. Veo que tengo muy mala reputación en Orbajosa.

Los demás seguían guardando silencio.

—Pues decía que no te vituperaré por esas ideas... Además de que no tengo derecho a ello; si me pusiera a disputar contigo, tú, con tu talentazo descomunal, me confundirías mil veces...; no, nada de eso. Lo que digo es que estos pobres y menguados habitantes de Orbajosa son piadosos y buenos cristianos, si bien ninguno de ellos sabe filosofía alemana; por lo tanto, no debes despreciar públicamente sus creencias.

—Querida tía —dijo el ingeniero con gravedad—. Ni yo he despreciado las creencias de nadie, ni tengo las ideas que usted me atribuye. Quizás haya estado un poco irrespetuoso en la iglesia; soy algo distraído. Mi entendimiento y mi atención estaban fijos en la obra arquitectónica y, francamente, no advertí...; pero no era esto motivo para que el señor obispo intentase echarme a la calle, ni para que usted me supusiera capaz de atribuir a un papelillo de la botica las funciones del alma. Puedo tolerar eso como broma, nada más que como broma.

Pepe Rey sentía en su espíritu excitación tan viva, que a pesar de su mucha prudencia y mesura no pudo disimularla.

—Vamos, veo que te has enfadado —dijo doña Perfecta, bajando los ojos y cruzando las manos—. ¡Todo sea por Dios! Si hubiera sabido que lo tomabas así, no te habría dicho nada. Pepe, te ruego que me [167] perdones.

Al oír esto y al ver la actitud sumisa de su bondadosa tía, Pepe se sintió avergonzado de la dureza de sus anteriores palabras, y procuró serenarse. Sacóle de su embarazosa situación el venerable Penitenciario, que,

---

[167] «te ruego me»

sonriendo con su habitual benevolencia, habló de este modo:

—Señora doña Perfecta: es preciso tener tolerancia con los artistas... ¡Oh! yo he conocido muchos. Estos señores, como vean delante de sí una estatua, una armadura mohosa, un cuadro podrido, o una pared vieja, se olvidan de todo. El señor don José es artista, y ha visitado nuestra catedral como la visitan los ingleses, los cuales de buena gana se llevarían a sus museos hasta la última baldosa de ella... Que estaban los fieles rezando; que el sacerdote alzó la Sagrada Hostia; que llegó el instante de la mayor piedad y recogimiento; pues bien..., ¿qué le importa nada de esto a un artista? Es verdad que yo no sé lo que vale el arte, cuando se le disgrega de los sentimientos que expresa...; pero, en fin, hoy es costumbre adorar la forma, no la idea... Líbreme Dios de meterme a discutir este tema con el señor don José, que sabe tanto, y argumentando con la primorosa sutileza de los modernos, confundiría al punto mi espíritu, en el cual no hay más que fe.

—El empeño de ustedes de considerarme como el hombre más sabio de la tierra me mortifica bastante —dijo Pepe, recobrando la dureza de su acento—. Ténganme por tonto, que prefiero la fama de necio a poseer esa ciencia de Satanás que aquí me atribuyen.

Rosarito se echó a reír, y Jacinto creyó llegado el momento más oportuno para [168] hacer ostentación de su erudita personalidad.

—El panteísmo o panenteísmo [169] están condenados por la Iglesia, así como las doctrinas de Schopenhauer y del moderno Hartmann [170].

---

[168] «de»

[169] *Panteísmo* es la doctrina que mantiene que el universo, en su totalidad, *es* Dios; *panenteísmo*, un término de la filosofía de la época, mantenía que el mundo *está en* Dios, quien lo trasciende en su naturaleza divina.

[170] Arturo Schopenhauer (1788-1860), un filósofo alemán del pesimismo quien mantuvo que sólo el cese del deseo sería capaz de resolver los problemas que se originaban con el impulso universal de la voluntad

—Señores y señoras —manifestó gravemente el canónigo—: los hombres que consagran culto tan fervoroso al arte, aunque sólo sea atendiendo a la forma, merecen el mayor respeto. Más vale ser artista y deleitarse ante la belleza, aunque sólo esté representada en las ninfas desnudas, que ser indiferente y descreído en todo. En espíritu que se consagra a la contemplación de la belleza no entrará completamente el mal. *Est Deus in nobis...* *Deus*[171], entiéndase bien. Siga, pues, el señor don José admirando los prodigios de nuestra iglesia, que por mi parte le perdonaré de buen grado las irreverencias, salva la opinión del señor prelado.

—Gracias, señor don Inocencio —dijo Pepe, sintiendo en sí, punzante y revoltoso, el sentimiento de hostilidad hacia el astuto canónigo y no pudiendo dominar el deseo de mortificarle—. Por lo demás, no crean ustedes que absorbían mi atención las bellezas artísticas de que suponen lleno el templo. Esas bellezas, fuera de la imponente arquitectura de una parte del edificio y de los tres sepulcros que hay en las capillas del ábside y de algunas tallas[172] del coro, yo no las veo en ninguna parte. Lo que ocupaba mi entendimiento era el considerar la[173] deplorable decadencia de las artes religiosas, y no me causaban[174] asombro, sino cólera, las innumerables monstruosidades artísticas de que está llena la catedral.

El estupor de los circunstantes fue extraordinario.

—No puedo resistir —añadió Pepe— aquellas imágenes charoladas y bermellonadas, tan semejantes, perdóneme Dios la comparación, a las muñecas con que juegan las niñas grandecitas. ¿Qué puedo decir de los vestidos de teatro con que las cubren? Vi un San José con manto, cuya facha no quiero calificar por respeto al Santo Patriarca y a la Iglesia que le adora. En los altares se acumu-

---

por vivir. Eduardo von Hartmann (1842-1906), discípulo de Schopenhauer y de Hegel, mantuvo que el pensamiento y la razón constituyen la última realidad y disertó sobre la futilidad de la vida; su filosofía del «inconsciente» atrajo mucha atención en tiempo de Galdós.

[171] «Dios está en nosotros... Dios» (*Ars amatoria* de Ovidio, III, 549).
[172] «algunos entalles» [173] «la consideración de la» [174] «causaba»

lan las imágenes del más deplorable gusto artístico, y la multitud de coronas, ramos, estrellas, lunas y demás adornos de metal o papel dorado forman un aspecto de quincallería que ofende el sentimiento religioso y hace desmayar nuestro espíritu. Lejos de elevarse a la contemplación religiosa, se abate, y la idea de lo cómico le perturba. Las grandes obras del[175] arte, dando formas sensibles a las ideas, a los dogmas, a la fe, a la exaltación mística, realizan misión muy noble. Los mamarrachos y las aberraciones del gusto, las obras grotescas con que una piedad mal entendida llena las iglesias, también cumplen su objeto; pero éste es bastante triste: fomentan la superstición, enfrían el entusiasmo, obligan a los ojos del creyente a apartarse de los altares, y con los ojos se apartan las almas que no tienen fe muy profunda ni muy segura.

—La doctrina de los iconoclastas— dijo Jacintito— también parece que está muy extendida en Alemania.

—Yo no soy iconoclasta, aunque prefiero la destrucción de todas las imágenes a estas chocarrerías[176] de que me ocupo —continuó el joven—. Al ver esto, es lícito defender que el culto debe recobrar la sencillez augusta de los antiguos tiempos; pero no: no se renuncie al auxilio admirable que las artes todas, empezando por la poesía y acabando por la música, prestan a las relaciones entre el hombre y Dios. Vivan las artes, despliéguese la mayor pompa en los ritos religiosos. Yo soy partidario de la pompa...

—¡Artista, artista y nada más que artista! —exclamó el canónigo, moviendo la cabeza con expresión de lástima—. Buenas pinturas, buenas estatuas, bonita música... Gala de los sentidos, y el alma que se la lleve el demonio.

—Y a propósito de música —dijo Pepe Rey, sin advertir el deplorable efecto que sus palabras producían en la madre y la hija—, figúrense ustedes qué dispuesto estaría mi espíritu a la contemplación religiosa al visitar la catedral, cuando de buenas a primeras, y al llegar al

---

[175] «de»   [176] «esta exhibición de chocarrerías»

ofertorio en la misa mayor, el señor organista tocó un pasaje de *La Traviata*[177].

—En eso tiene razón el señor de Rey —dijo el abogadillo enfáticamente—. El señor organista tocó el otro día el brindis y el vals de la misma ópera, y después un rondó de *La Gran Duquesa*[178].

—Pero cuando se me cayeron las alas del corazón —continuó el ingeniero implacablemente— fue cuando vi una imagen de la Virgen, que parece estar en gran veneración, según la mucha gente que ante[179] ella había y la multitud de velas que la alumbraban. La han vestido con ahuecado ropón de terciopelo bordado de oro, de tan extraña forma, que supera a las modas más extravagantes del día. Desaparece su cara entre un follaje espeso, compuesto de mil suertes de encajes rizados con tenacillas, y la corona, de media vara de alto, rodeada de rayos de oro, es un disforme catafalco que le han armado sobre la cabeza. De la misma tela y con los mismos bordados son los pantalones del Niño Jesús... No quiero seguir, porque la descripción de cómo están la Madre y el Hijo me llevaría quizás a cometer alguna irreverencia. No diré más, sino que me fue imposible tener la risa y que por breve rato contemplé la profanada imagen, exclamando: «¡Madre y Señora mía, cómo te han puesto!»

Concluidas estas palabras, Pepe observó a sus oyentes, y aunque la sombra[180] crepuscular no permitía distinguir bien[181] los semblantes, creyó ver en alguno de ellos señales de amarga consternación.

—Pues, señor don José —exclamó vivamente el canónigo, riendo y con expresión de triunfo—, esa imagen que a la filosofía y panteísmo de usted parece tan ridícula, es Nuestra Señora del Socorro, patrona y abogada de Orbajosa, cuyos habitantes la veneran de tal modo que

---

[177] Una de las óperas más populares de Verdi, basada en la novela de Alejandro Dumas, hijo, *La dama de las camelias*, cuyo argumento está muy lejos de ser religioso.
[178] Opereta del compositor francés Jacques Offenbach (1819-80), epítome de la música profana de la época con sus sugestivos *can cans*.
[179] «en»   [180] «a causa de la sombra»   [181] «no se distinguían bien»

serían capaces de arrastrar por las calles al que hablase mal de ella. Las crónicas y la historia, señor mío, están llenas de los milagros que ha hecho, y aún hoy día vemos constantemente pruebas irrecusables de su protección. Ha de saber usted también que su señora tía doña Perfecta es camarera[182] de la Santísima Virgen del Socorro, y que ese vestido que a usted le parece tan grotesco... pues... digo que ese vestido, tan grotesco a los impíos ojos de usted, salió de esta casa, y que los pantalones del Niño obra son juntamente de la maravillosa aguja y de la acendrada piedad de su prima de usted, Rosarito, que nos está oyendo.

Pepe Rey se quedó bastante desconcertado. En el mismo instante levantóse bruscamente doña Perfecta, y sin decir una palabra se dirigió hacia la casa, seguida por el señor Penitenciario. Levantáronse también los restantes. Disponíase el aturdido joven a pedir perdón a su prima por la irreverencia, cuando observó que Rosarito lloraba. Clavando en su primo una mirada de amistosa y dulce represión, exclamó:

—¡Pero qué cosas tienes!...

Oyóse la voz de doña Perfecta, que con alterado acento gritaba: «¡Rosario, Rosario!»

Ésta corrió hacia la casa.

X

La existencia de la discordia es evidente

Pepe Rey se encontraba turbado y confuso, furioso contra los demás y contra sí mismo, procurando indagar la causa de aquella pugna, entablada a pesar suyo entre su pensamiento y el pensamiento de los amigos de su tía. Caviloso[183] y triste, augurando discordias, permaneció breve rato sentado en el banco de la glorieta, con la barba

---

[182] «camarera mayor»   [183] «Pensativo»

apoyada en el pecho, el ceño fruncido[184], cruzadas las manos. Se creía solo.

De repente sintió una alegre voz que modulaba entre dientes el estribillo de una canción de zarzuela. Miró y vio a don Jacinto en el rincón opuesto de la glorieta.

—¡Ah! señor de Rey —dijo de improviso el rapaz—, no se lastiman impunemente los sentimientos religiosos de la inmensa mayoría de una nación... Si no, considere usted lo que pasó en la primera Revolución francesa...

Cuando Pepe oyó el zumbidillo de aquel insecto, su irritación creció. Sin embargo, no había odio en su alma contra el mozalbete doctor. Éste le mortificaba como mortifican las moscas; pero nada más. Rey sintió la molestia que inspiran todos los seres importunos, y como quien ahuyenta un zángano, contestó de este modo:

—¿Qué tiene que ver la Revolución francesa con el manto de la Virgen María?

Levantóse para marchar hacia la casa, pero no había dado cuatro pasos cuando oyó de nuevo el zumbar del mosquito, que decía:

—Señor don José, tengo que hablar a usted de un asunto que le interesa mucho y que puede traerle algún conflicto...

—¿Un asunto? —preguntó el joven retrocediendo—. Veamos qué es eso.

—Usted lo sospechará tal vez —dijo el mozuelo[185], acercándose a Pepe y sonriendo con expresión parecida a la de los hombres de negocios cuando se ocupan de alguno muy grave—. Quiero hablar a usted del pleito...

—¿Qué pleito?... Amigo mío, usted, como buen abogado[186], sueña con litigios y ve papel sellado por todas partes.

—Pero ¿cómo?... ¿No tiene usted noticia de su pleito? —preguntó[187] con asombro el niño.

---

[184] «frunciendo el ceño»   [185] «Jacinto»   [186] «Amigo mío, yo no tengo pleitos. Usted, como buen abogado»   [187] «exclamó»

—¡De mi pleito!... Cabalmente yo no he pleiteado nunca[188].

—Pues si no tiene usted noticia, más me alegro de habérselo advertido para que se ponga en guardia... Sí, señor, usted pleiteará.

—Y ¿con quién?

—Con el tío Licurgo y otros colindantes del predio llamado Los Alamillos.

Pepe Rey se quedó estupefacto.

—Sí, señor —añadió el abogadillo—. Hoy hemos celebrado el señor Licurgo y yo una larga conferencia. Como soy tan amigo de esta casa no he querido dejar de advertírselo a usted, para que, si lo cree conveniente, se apresure a arreglarlo todo.

—Pero ¿yo qué tengo que arreglar? ¿Qué pretende de mí esa canalla?

—Parece que unas aguas que nacen en el predio de usted han variado de curso y caen sobre unos tejares del susodicho Licurgo y un molino de otro, ocasionando daños de consideración. Mi cliente..., porque se ha empeñado en que le he de sacar de este mal paso..., mi cliente, digo, pretende que usted restablezca el antiguo cauce de las aguas, para evitar nuevos desperfectos, y que le indemnice de los perjuicios que por indolencia del propietario superior ha sufrido.

—¡Y el propietario superior soy yo!... Si entro en un litigio, ese será el primer fruto que en toda mi vida me han dado los célebres Alamillos, que fueron míos y que ahora, según entiendo, son de todo el mundo, porque lo mismo Licurgo que otros labradores de la comarca me han ido cercenando poco a poco, año tras año, pedazos de terreno[189], y costará mucho restablecer los linderos de mi propiedad.

—Esa es cuestión aparte.

—Esa no es cuestión aparte. Lo que hay —dijo[190] el ingeniero, sin poder contener su cólera— es que el verda-

---

[188] «Cabalmente, yo no tengo pleitos, ni los he tenido nunca.»
[189] «de mi terreno»   [190] «exclamó»

dero pleito será el que yo entable contra tal gentuza, que se propone sin duda aburrirme y desesperarme para que abandone todo y les deje continuar en posesión de sus latrocinios. Veremos si hay abogados y jueces que apadrinen los torpes manejos de esos aldeanos legistas, que viven pleiteando y son la polilla de la propiedad ajena. Caballerito, doy a usted las gracias por haberme advertido los ruines propósitos de esos palurdos, más malos que Caco. Con decirle a usted que ese mismo tejar y ese mismo molino en que Licurgo apoya sus derechos, son míos...

—Debe hacerse una revisión de los títulos de propiedad y ver si ha podido haber prescripción en esto —dijo Jacintito.

—¡Qué prescripción ni qué...! Esos infames no se reirán de mí. Supongo que la administración de justicia sea[191] honrada y leal en la ciudad de Orbajosa...

—¡Oh, lo que es eso! —exclamó el letradillo con expresión de alabanza—. El juez es persona[192] excelente. Viene aquí todas las noches... Pero es extraño que usted no tuviera noticias de las pretensiones del señor Licurgo. ¿No le han citado aún para el juicio de conciliación?

—No.

—Será mañana... En fin, yo siento mucho que el apresuramiento del señor Licurgo me haya privado del gusto y de la honra de defenderle a usted; pero cómo ha de ser... Licurgo se ha empeñado en que yo he de sacarle[193] de penas. Estudiaré la materia con mayor[194] detenimiento. Estas pícaras servidumbres son lo más engorroso que hay en la jurisprudencia[195].

Pepe entró en el comedor en un estado moral muy lamentable. Vio a doña Perfecta hablando con el Penitenciario, y a Rosarito sola, con los ojos fijos en la puerta. Esperaba, sin duda, a su primo.

—Ven acá, buena pieza —dijo la señora, sonriendo con muy poca espontaneidad—. Nos has insultado, gran

---

[191] «será» [192] «una persona» [193] «yo le he de sacar» [194] «el mayor» [195] «son el gran escollo de la jurisprudencia.»

ateo; pero te perdonamos. Ya sé que mi hija y yo somos dos palurdas incapaces de remontarnos a las regiones de las matemáticas, donde tú vives; pero, en fin..., todavía es posible que algún día te pongas de rodillas ante nosotros, rogándonos que te enseñemos la doctrina.

Pepe contestó con frases vagas y fórmulas de cortesía y arrepentimiento.

—Por mi parte —dijo don Inocencio, poniendo en sus ojos expresión de modestia y dulzura—, si en el curso de estas vanas disputas he dicho algo que pueda ofender al señor don José, le ruego que me perdone. Aquí todos somos amigos.

—Gracias. No vale la pena...

—A pesar de todo —indicó doña Perfecta, sonriendo ya con más naturalidad—, yo soy siempre la misma para mi querido sobrino, a pesar de sus ideas extravagantes y antirreligiosas... ¿De qué creerás que pienso ocuparme[196] esta noche? Pues de quitarle de la cabeza al tío Licurgo esas terquedades con que te molesta[197]. Le he mandado venir, y en la galería me está esperando. Descuida, que yo lo arreglaré, pues aunque conozco que no le falta razón...

—Gracias, querida tía —repuso el joven, sintiéndose invadido por la onda de generosidad que tan fácilmente nacía en su alma.

Pepe Rey dirigió la vista hacia su prima[198], con intención de unirse a ella; pero algunas preguntas sagaces del canónigo le retuvieron al lado de doña Perfecta. Rosario estaba triste, oyendo con indiferencia melancólica las palabras del abogadillo, que instalándose junto a ella había comenzado una retahíla de conceptos empalagosos, con importunos[199] chistes sazonada y fatuidades del peor gusto.

—Lo peor para ti —dijo doña Perfecta a su sobrino cuando le sorprendió observando la desacorde pareja que formaban Rosario y Jacinto— es que has ofendido

---

[196] «me pienso ocupar» [197] «te piensa molestar» [198] «hacia donde estaba su prima,» [199] «inoportunos»

a la pobre Rosario. Debes hacer todo lo posible por desenojarla. ¡La pobrecita es tan buena!...

—¡Oh!, sí, tan buena —añadió el canónigo—, que no dudo perdonará a su primo.

—Creo que Rosario me ha perdonado ya —afirmó Rey.

—Claro [200], en corazones angelicales no dura mucho el resentimiento —dijo don Inocencio melifluamente—. Yo tengo algún [201] ascendiente sobre esa niña, y procuraré disipar en su alma generosa toda prevención contra usted. En cuanto yo le diga dos palabras...

Pepe Rey, sintiendo [202] que por su pensamiento pasaba una nube, dijo [203] con intención:

—Tal vez no sea preciso.

—No le hablo ahora —añadió el capitular— porque está embelesada oyendo las tonterías de Jacintillo... ¡Demonches de chicos! Cuando pegan la hebra hay que dejarles.

De pronto se presentaron en la tertulia el juez de primera instancia, la señora del alcalde y el deán de la catedral. Saludaron todos [204] al ingeniero, demostrando en sus palabras y actitudes que satisfacían, al verle, la más viva curiosidad. El juez era un mozalbete despabilado, de éstos [205] que todos los días aparecen en los criaderos de eminencias, aspirando, recién empollados, a los primeros puestos de la administración y de la política. Dábase no poca [206] importancia, y hablando de sí mismo y de su juvenil toga, parecía manifestar enojo [207] porque no le hubieran hecho de golpe y porrazo presidente del Tribunal Supremo. En aquellas manos inexpertas, en aquel cerebro henchido de viento, en aquella presunción ridícula, había puesto el Estado las funciones más delicadas y más difíciles de la humana justicia. Sus maneras eran de perfecto cortesano, y revelaban escrupuloso [208] esmero en todo lo concerniente a su persona. Más que costumbre era en él fea manía el [209] estarse quitando

<hr>

[200] «Y si no,» [201] «gran» [202] «sintió» [203] «y dijo» [204] «Todos saludaron» [205] «esos» [206] «suma» [207] «indirectamente gran enojo» [208] «escrupuloso y detallado» [209] «Tenía la maldita manía de»

y poniendo a cada instante los lentes de oro, y en su conversación frecuentemente indicaba el empeño de ser trasladado pronto a *Madriz*, para prestar sus imprescindibles servicios en la Secretaría de Gracia y Justicia.

La señora del alcalde era una dama bonachona, sin otra flaqueza que suponerse muy relacionada en la Corte. Dirigió a Pepe Rey diversas preguntas sobre modas, citando establecimientos industriales donde le habían hecho una manteleta o una falda en su último viaje, coetáneo de la guerra de África[210], y también nombró a una docena de duquesas y marquesas, tratándolas con tanta familiaridad como a sus amiguitas de escuela[211]. Dijo también que la condesa de M. (por sus tertulias famosas) era amiga suya, y que el 60 estuvo a visitarla, y la condesa la convidó a su palco en el Real, donde vio a Muley-Abbas[212] en traje de moro, acompañado de toda su morería. La alcaldesa hablaba por los codos, como suele decirse, y no carecía de chiste.

El señor deán era un viejo de edad avanzada, corpulento y encendido, pletórico, apoplético; un hombre que se salía fuera de sí mismo por no caber en su propio pellejo, según estaba de gordo y morcilludo. Procedía de la exclaustración[213]; no hablaba más que de asuntos religiosos, y desde el principio mostró hacia Pepe Rey el desdén más vivo. Éste se mostraba cada vez más inepto para acomodarse a sociedad tan poco de su gusto. Era su carácter nada maleable, duro y de muy escasa flexibilidad, y rechazaba las perfidias y acomodamientos de[214] lenguaje para simular la concordia cuando no existía. Mantúvose, pues, bastante grave durante el curso de la fastidiosa tertulia, obligado a resistir el ímpetu oratorio de la alcaldesa, que, sin ser la Fama, tenía el

---

[210] «coetáneo de la visita de Muley-Abbas»,   [211] «como a amiguitas de la escuela.»

[212] Hermano del emperador de Marruecos que visitó Madrid poco después de terminada la guerra con España (1859-60).

[213] En 1837 casi todas las comunidades religiosas se suprimieron y muchos de los monjes se convirtieron en simples sacerdotes.

[214] «del»

privilegio de fatigar con cien lenguas el oído humano. Si en el breve respiro que esta señora daba a sus oyentes, Pepe Rey quería acercarse a su prima, pegábasele el Penitenciario como el molusco a la roca, y llevándole aparte con ademán misterioso, le proponía un paseo a Mundogrande con el señor don Cayetano, o una partida de pesca en las claras aguas del Nahara.

Por fin esto concluyó, porque todo concluye de tejas abajo[215]. Retiróse el señor deán, dejando la casa vacía, y bien pronto no quedó de la señora alcaldesa más que un eco, semejante al zumbido que recuerda en la humana oreja el reciente paso de una tempestad. El juez privó también a la tertulia de su presencia, y por fin don Inocencio dio a su sobrino la señal de partida.

—Vamos[216], niño, vámonos, que es tarde —le dijo, sonriendo—. ¡Cuánto has mareado a la pobre Rosarito!... ¿Verdad, niña? Anda, buena pieza, a casa pronto.

—Es hora de acostarse —dijo doña Perfecta.

—Hora de trabajar —repuso el abogadillo.

—Por más que le digo que despache de día los negocios[217] —añadió el canónigo—, no hace caso.

¡Son tantos los negocios..., pero tantos...!

—No: di más bien que esa endiablada obra en que te has metido... Él no lo quiere decir, señor don José; pero sepa usted que se ha puesto a escribir una obra sobre *La influencia de la mujer en la sociedad cristiana*, y además una *Ojeada sobre el movimiento católico en...* no sé dónde. ¿Qué entiendes tú de *ojeadas* ni de *influencias*?... Estos rapaces del día se atreven a todo. ¡Uf... qué chicos!... Conque vámonos a casa. Buenas noches, señora doña Perfecta..., buenas noches, señor don José..., Rosarito...

—Yo esperaré al señor don Cayetano —dijo Jacinto— para que me dé el *Augusto Nicolás*[218].

—¡Siempre cargando libros... hombre!... A veces entras en casa que pareces un burro. Pues bien, esperemos.

---

215 «en este mundo.»   216 «Vámonos»   217 «los negocios de día»
218 Probable referencia a alguna de las obras de Jean Jacques Auguste Nicolas (1807-88), un abogado y escritor francés, campeón de la fe católica.

—El señor don Jacinto —dijo Pepe Rey— no escribe a la ligera, y se prepara bien para que sus obras sean un tesoro de erudición.

—Pero ese niño va a enfermar de la cabeza, señor don Inocencio —objetó doña Perfecta—. Por Dios, mucho cuidado. Yo le pondría tasa en sus lecturas.

—Ya que esperamos —indicó el doctorcillo con notorio acento de presunción—, me llevaré también el tercer tomo de *Concilios*[219]. ¿No le parece a usted, tío?...

—Hombre, sí; no dejes eso de la mano. Pues no faltaba más.

Felizmente, llegó pronto el señor don Cayetano (que tertuliaba de ordinario en casa de don Lorenzo Ruiz) y, entregados los libros, marcháronse tío y sobrino.

Rey leyó en el triste semblante de su prima deseo muy vivo de hablarle. Acercóse a ella mientras doña Perfecta y don Cayetano trataban a solas de un negocio doméstico.

—Has ofendido a mamá —le dijo Rosario.

Sus facciones indicaban terror[220].

—Es verdad —repuso el joven—. He ofendido a tu mamá: te he ofendido a ti...

—No; a mí no. Ya se me figuraba a mí que el Niño Jesús no debe gastar calzones.

—Pero espero que una y otra me perdonarán. Tu mamá me ha manifestado hace poco tanta bondad...

La voz de doña Perfecta vibró de súbito en el ámbito del comedor con tan discorde acento que el sobrino se estremeció cual si oyese un grito de alarma. La voz dijo imperiosamente:

—¡Rosario, vete a acostar!

Turbada y llena de congoja, la muchacha dio vueltas por la habitación, haciendo como que buscaba alguna cosa. Con todo disimulo pronunció al pasar por junto a su primo estas vagas palabras:

---

[219] Se refiere a uno de los voluminosos tomos de la *Historia de los Concilios de la Iglesia*.

[220] «una especie de terror.»

—Mamá está enojada...

—Pero...

—Está enojada... no te fíes, no te fíes.

Y se marchó. Siguióle después doña Perfecta, a quien aguardaba el tío Licurgo, y durante un rato las voces de la señora y del aldeano oyéronse confundidas en familiar conferencia. Quedóse solo Pepe con don Cayetano, el cual, tomando una luz, habló así:

—Buenas noches, Pepe, No crea usted que voy a dormir; voy a trabajar... Pero ¿por qué está usted tan meditabundo? ¿Qué tiene usted?... Pues, sí, a trabajar. Estoy sacando apuntes para un *Discurso-Memoria* sobre los *Linajes de Orbajosa*... He encontrado datos y noticias de grandísimo precio. No hay que darle vueltas. En todas las épocas de nuestra historia los orbajosenses se han distinguido por su hidalguía, por su nobleza, por su valor, por su entendimiento. Díganlo, si no, la conquista de Méjico, las guerras del Emperador, las de Felipe contra herejes... Pero ¿está usted malo? ¿Qué le pasa a usted?... Pues sí, teólogos eminentes, bravos guerreros, conquistadores, santos, obispos, poetas, políticos, toda suerte de hombres esclarecidos florecieron en esta humilde tierra del ajo... No, no hay en la cristiandad pueblo más ilustre que el nuestro. Sus virtudes y sus glorias llenan toda la historia patria y aún sobre algo... Vamos, veo que lo que usted tiene es sueño. Buenas noches... Pues sí, no cambiaría la gloria de ser hijo de esta noble tierra por todo el oro del mundo. *Augusta* llamáronla los antiguos, *augustísima* la llamo yo ahora, porque ahora, como entonces, la hidalguía, la generosidad, el valor, la nobleza, son patrimonio de ella... Conque buenas noches, querido Pepe... Se me figura que usted no está bueno. ¿Le ha hecho daño la cena?... Razón tiene Alonso González de Bustamante en su *Floresta amena*[221] al decir que los habitantes de Orbajosa bastan por sí solos para dar grandeza y honor a un reino. ¿No lo cree usted así?

---

[221] El autor y la obra son ficticios.

—¡Oh! sí, señor, sin duda ninguna —repuso Pepe Rey, dirigiéndose bruscamente a su cuarto.

XI
La discordia crece

En los días sucesivos hizo Rey[222] conocimiento con varias personas de la población y visitó el Casino, trabando amistades con algunos individuos de los que pasaban la vida en las salas de aquella corporación.

Pero la juventud de Orbajosa no vivía constantemente allí, como podrá suponer la malevolencia. Veíanse por las tardes en la esquina de la catedral y en la plazoleta formada por el cruce de las calles del Condestable y la Tripería, algunos caballeros que, gallardamente envueltos en sus capas, estaban como de centinela viendo pasar la gente. Si el tiempo era bueno, aquellas eminentes lumbreras de la cultura *urbsaugustana* se dirigían, siempre con la indispensable capita, al titulado paseo de las Descalzas, el cual se componía de dos hileras de tísicos olmos y algunas retamas descoloridas. Allí la brillante pléyade atisbaba a las niñas de don Fulano o de don Perencejo, que también habían ido a paseo, y la tarde se pasaba regularmente. Entrada la noche, el Casino se llenaba de nuevo, y mientras una parte de los socios entregaba su alto entendimiento a las delicias del monte, los otros leían periódicos, y los más discutían en la sala del café sobre asuntos de diversa índole, como política, caballos, toros, o bien sobre chismes locales. El resumen de todos los debates era siempre la supremacía de Orbajosa y de sus habitantes sobre los demás pueblos y gentes de la tierra.

Eran aquellos varones insignes lo más granado de la ilustre ciudad; propietarios ricos los unos, pobrísimos

222 «Rey hizo»

los otros, pero libres de altas aspiraciones todos. Tenían la imperturbable serenidad del mendigo que nada apetece mientras no le falta[223] un medrugo para engañar el hambre, y buen sol[224] para calentarse. Lo que principalmente distinguía a los orbajosenses del Casino era un sentimiento de viva hostilidad hacia todo lo que de fuera viniese. Y siempre que algún forastero de viso se presentaba en las augustas salas, creíanle venido a poner en duda la superioridad de la patria del ajo, o a disputarle por envidia las preeminencias incontrovertibles que Natura le concediera.

Cuando Pepe Rey se presentó, recibiéronle con cierto recelo, y como en el Casino abundaba la gente graciosa, al cuarto de hora de estar allí el nuevo socio ya se habían dicho acerca de él toda suerte de cuchufletas. Cuando a las reiteradas preguntas de los socios contestó que había venido a Orbajosa con encargo de explorar la cuenca hullera del Nahara y estudiar un camino, todos convinieron en que el señor don José era un fatuo que quería darse tono inventando criaderos de carbón y vías férreas. Alguno añadió:

—Pero en buena parte se ha metido. Estos señores sabios creen que aquí somos tontos y que se nos engaña con palabrotas... Ha venido a casarse con la niña de doña Perfecta, y cuanto diga de cuencas hulleras es para echar facha.

—Pues esta mañana —indicó otro, que era un comerciante quebrado— me dijeron en casa de las de Domínguez que ese señor no tiene una peseta, y viene a que su tía le mantenga y a ver si puede pescar a Rosarito.

—Parece que ni es tal ingeniero ni cosa que lo valga —añadió un propietario de olivos, que tenía empeñadas sus fincas por el doble de lo que valían—. Pero ya se ve... Estos hambrientos de Madrid se gozan en[225] engañar a los pobres provincianos, y como creen que aquí andamos con taparrabo, amigo...

---

223 «falte»   224 «el sol»   225 «se creen autorizados para»

—Bien se le conoce[226] que tiene hambre.

—Pues entre bromas y veras nos dijo anoche que somos[227] unos bárbaros holgazanes.

—Que vivimos[228] como los beduinos, tomando el sol.

—Que vivimos[229] con la imaginación.

—Eso es: que vivimos[230] con la imaginación.

—Y que esta ciudad es[231] lo mismito que las de Marruecos.

—Hombre, no hay paciencia para oír eso ¿Dónde habrá visto él (como no sea en París) una calle semejante a la del Adelantado[232], que presenta un frente de siete casas alineadas, todas magníficas, desde la de doña Perfecta a la de Nicolasita Hernández?... Se figuran estos canallas que uno no ha visto nada, ni ha estado en París...

—También dijo con mucha delicadeza que Orbajosa es[233] un pueblo de mendigos, y dio a entender que aquí vivimos en la mayor miseria sin darnos cuenta de ello.

—¡Válgame Dios! Si me lo llega a decir a mí, hay un escándalo en el Casino —exclamó el recaudador de contribuciones—. ¿Por qué no le dijeron la cantidad de arrobas de aceite que produjo Orbajosa el año pasado? ¿No sabe ese estúpido que en años buenos Orbajosa da pan para toda España y aun para toda Europa? Verdad que ya[234] llevamos no sé cuántos años de mala cosecha; pero eso no es ley. Pues ¿y la cosecha del ajo? ¿A que no sabe ese señor que los ajos de Orbajosa dejaron bizcos a los señores del Jurado en la Exposición de Londres?[234bis]

Estos y otros diálogos se oían en las salas del Casino por aquellos días. A pesar de estas hablillas, tan comunes en los pueblos pequeños, que por lo mismo que son enanos suelen ser soberbios, Rey no dejó de encontrar amigos sinceros en la docta corporación, pues ni todos eran maldicientes, ni faltaban allí personas de buen sentido. Pero tenía el ingeniero[235] la desgracia, si desgracia puede

---

[226] «se conoce» [227] «éramos» [228] «vivíamos» [229] «vivíamos»
[230] «vivíamos» [231] «era» [232] «Condestable» [233] «era» [234] «Verdad es que ya» [234bis] En 1851. [235] «nuestro joven»

llamarse, de manifestar sus impresiones con inusitada franqueza, y esto le atrajo algunas antipatías.

Iban pasando días. Además del natural disgusto[236] que las costumbres de la sociedad episcopal le producían, diversas causas, todas desagradables, empezaban a desarrollar en su ánimo honda tristeza, siendo de notar principalmente, entre aquellas causas, la turba de pleiteantes que, cual enjambre voraz, se arrojó sobre él. No era sólo el tío Licurgo, sino otros muchos colindantes, los que le reclamaban daños y perjuicios, o bien le pedían cuentas de tierras administradas por su abuelo. También le presentaron una demanda por no sé qué contrato de aparcería que celebró su madre y no fue, al parecer, cumplido, y asimismo le exigieron el reconocimiento de una hipoteca sobre las tierras de *Alamillos*, hecha en extraño documento por su tío. Era una inmunda[237] gusanera de pleitos. Había hecho propósito de renunciar a la propiedad de sus fincas; pero entretanto su dignidad le obligaba a no ceder ante las marrullerías de los sagaces palurdos; y como el Ayuntamiento le reclamó también por supuesta confusión de su finca con un inmediato monte de Propios, viose el desgraciado joven en el caso de tener que disipar las dudas que acerca de su derecho surgían a cada paso. Su honra estaba comprometida, y no había otro remedio que pleitear o morir.

Habíale prometido doña Perfecta, en su magnanimidad, ayudarle a salir de tan torpes líos por medio de un arreglo amistoso; pero pasaban días[238] y los buenos oficios de la ejemplar señora no daban resultado alguno. Crecían los pleitos con la amenazadora presteza de una enfermedad fulminante. Pasaba el joven[239] largas horas del día en el Juzgado dando declaraciones, contestando a preguntas y a repreguntas, y cuando a su casa se retiraba[240], fatigado y colérico, veía aparecer la afilada y grotesca carátula del escribano, que le traía regular

---

[236] «del disgusto natural»   [237] «Era un hormiguero, una inmunda»
[238] «los días»   [239] «Pepe Rey pasaba»   [240] «se retiraba a su casa»

porción de papel sellado lleno de horribles fórmulas... para que fuese estudiando la cuestión.

Se comprende que aquél no era hombre a propósito para sufrir tales reveses, pudiendo evitarlos con la ausencia. Representábase en su imaginación a la noble ciudad de su madre como una horrible bestia que en él clavaba sus feroces uñas y le bebía la sangre. Para librarse de ella bastábale, según su creencia, la fuga; pero un interés profundo, como interés del corazón, le detenía, atándole a la peña de su martirio con lazos muy fuertes. No obstante[241], llegó a sentirse tan fuera de su centro, llegó a verse tan extranjero, digámoslo así, en aquella tenebrosa ciudad de pleitos, de antiguallas, de envidia[242] y de maledicencia, que hizo propósito de abandonarla sin dilación, insistiendo al mismo tiempo en el proyecto que a ella le condujera. Una mañana, encontrando ocasión a propósito, formuló su plan ante[243] doña Perfecta.

—Sobrino mío —repuso la señora, con su acostumbrada dulzura—: no seas arrebatado. Vaya, que pareces de fuego. Lo mismo era tu padre, ¡qué hombre! Eres una centella... Ya te he dicho que con muchísimo gusto te llamaré hijo mío. Aunque no tuvieras las buenas cualidades y el talento que te distinguen (salvo los defectillos, que también los hay); aunque no fueras un excelente joven, basta que esta unión haya sido propuesta por tu padre, a quien tanto debemos mi hija y yo, para que la acepte. Rosario no se opondrá tampoco, queriéndolo yo. ¿Qué falta, pues? Nada; no falta nada más que un poco tiempo. Nadie se casa con la precipitación[244] que tú deseas, y que daría lugar a interpretaciones, quizás[245], desfavorables, a la honra de mi querida hija... Vaya, que tú, como no piensas más que en máquinas, todo lo quieres hacer al vapor. Espera, hombre, espera... ¿Qué prisa tienes? Ese aborrecimiento que le has cogido a nuestra pobre Orbajosa es un capricho. Ya se ve: no puedes vivir sino entre condes y marqueses, entre oradores y di-

---

[241] «Sin embargo,»   [242] «envidias»   [243] «a»   [244] «No se puede hacer el casamiento con la precipitación»   [245] «quizá»

plomáticos... ¡Quieres casarte y separarme de mi hija para siempre! —añadió enjugándose una lágrima—. Ya que así es, inconsiderado joven, ten al menos la caridad de retardar algún tiempo esa boda que tanto deseas... ¡Qué impaciencia! ¡Qué amor tan fuerte! No creí que una pobre lugareña como mi hija inspirase pasión tan volcánica[246].

No convencieron a Pepe Rey los razonamientos de su tía; pero no quiso contrariarla. Resolvió, pues, esperar cuanto le fuese posible. Una nueva causa de disgustos uníóse bien pronto a los que ya amargaban su existencia. Hacía dos semanas que estaba en Orbajosa, y durante este tiempo no había recibido ninguna carta de su padre. No podía achacar[247] esto a descuidos de la Administración de Correos de Orbajosa, porque, siendo el funcionario encargado de aquel servicio amigo y protegido de doña Perfecta, ésta le recomendaba diariamente el mayor cuidado para que las cartas dirigidas a su sobrino no se extraviasen. También iba a la casa del[247bis] conductor de la correspondencia, llamado Cristóbal Ramos, por apodo *Caballuco*, personaje a quien ya conocimos, y a éste solía dirigir doña Perfecta amonestaciones y reprimendas tan enérgicas como la siguiente:

—¡Bonito servicio de correos tenéis!... ¿Cómo es que mi sobrino no ha recibido una sola carta desde que está en Orbajosa?... Cuando la conducción de la correspondencia corre a cargo de semejante tarambana, ¡cómo han de andar las cosas! Yo le hablaré al señor Gobernador de la provincia para que mire bien qué clase de gente pone en la Administración.

Caballuco, alzando los hombros, miraba a Rey con expresión de completa[248] indiferencia. Un día entró con un pliego en la mano.

—¡Gracias a Dios! —dijo doña Perfecta a su sobrino—. Ahí tienes cartas de tu padre. Regocíjate, hombre. Buen susto nos hemos llevado por la pereza de mi señor her-

---

[246] «pasiones tan volcánicas» [247] «achacarse» [247bis] «el»? [248] «de la más completa»

mano en escribir... ¿Qué dice? Está bueno sin duda —añadió al ver que Pepe Rey abría el pliego con febril impaciencia.

El ingeniero se puso pálido al recorrer las primeras líneas.

—¡Jesús, Pepe!... ¿Qué tienes? —exclamó la señora, levantándose con zozobra—. ¿Está malo tu papá?

—Esta carta no es de mi padre —repuso Pepe, revelando en su semblante la mayor consternación.

—Pues ¿qué es eso?

—Una orden del Ministerio de Fomento, en que se me releva del cargo que me confiaron...

—¿Cómo?... ¿Es posible?

—Una destitución pura y simple, redactada en términos muy poco lisonjeros para mí.

—¿Hase visto mayor picardía? —exclamó la señora volviendo de su estupor.

—¡Qué humillación! —murmuró el joven—. Es la primera vez en mi vida que recibo un desaire semejante.

—¡Pero ese Gobierno no tiene perdón de Dios! ¡Desairarte a ti! ¿Quieres que yo escriba a Madrid? Tengo allí buenas [249] relaciones y podré conseguir que el Gobierno repare esa falta brutal y te dé una satisfacción.

—Gracias, señora, no quiero recomendaciones —replicó el joven con displicencia.

—¡Es que se ven unas injusticias, unos atropellos!... ¡Destituir así a un joven de tanto mérito, a una eminencia científica... Vamos, si no puedo contener la cólera!

—Yo averiguaré —dijo Pepe con la mayor energía— quién se ocupa de hacerme daño...

—Ese señor ministro... Pero de estos politiquejos infames ¿qué puede esperarse? [250]

—Aquí hay alguien que se ha propuesto hacerme morir de desesperación —afirmó el joven, visiblemente alterado—. Esto no es obra del ministro; ésta y otras contrariedades que experimento son resultado de un plan de venganza, de un cálculo desconocido, de una

---

[249] «allá muy buenas»   [250] «¿qué se puede esperar?»

enemistad irreconcicliable; y este plan, este cálculo, esta enemistad, no lo dude usted, querida tía, están aquí, en Orbajosa.

—Tú te has vuelto loco —replicó doña Perfecta, demostrando un sentimiento semejante a la compasión—. ¿Que tienes enemigos en Orbajosa? ¿Que alguien quiere vengarse de ti? Vamos, Pepe[251], tú has perdido el juicio. Las lecturas de esos libracos[252] en que se dice que tenemos por abuelos a los monos o a las cotorras te han trastornado la cabeza.

Sonrió con dulzura al decir la última frase, y después, tomando un tono de familiar y cariñosa amonestación, añadió:

—Hijo mío, los habitantes de Orbajosa seremos palurdos y toscos labriegos sin instrucción, sin finura ni buen tono; pero a lealtad y buena fe no nos gana nadie, nadie, pero nadie.

—No crea usted —dijo Rey[253]— que acuso a las personas de esta casa. Pero sostengo que en la ciudad está mi implacable y fiero enemigo.

—Deseo que me enseñes ese traidor de melodrama —repuso la señora, sonriendo de nuevo—. Supongo que no acusarás a Licurgo[254] ni a los demás que litigan[255], porque los pobrecitos creen defender su derecho. Y entre paréntesis, no les falta razón en el caso presente. Además, el tío Lucas te quiere mucho. Así mismo me lo ha dicho. Desde que te conoció, le[256] entraste por el ojo derecho, y el pobre viejo te ha tomado[257] un cariño...

—¡Sí... profundo cariño! —murmuró Pepe.

—No seas tonto —añadió la señora poniéndole la mano en el hombro y mirándole de cerca—. No pienses disparates, y convéncete de que tu·enemigo, si existe, está en Madrid, en aquel centro de corrupción, de envidia y rivalidades; no en este pacífico y sosegado rincón, donde todo es buena voluntad y concordia... Sin duda, algún envidioso de tu mérito... Te advierto una cosa, y es

---

[251] «Repillo» [252] «libros» [253] «dijo el joven» [254] «al tío Licurgo» [255] «que te han puesto pleito» [256] «dice que le» [257] «puesto»

que si quieres ir allá para averiguar la causa de este desaire y pedir explicaciones al Gobierno, no dejes de hacerlo por nosotras.

Pepe Rey fijó los ojos en el semblante de su tía, cual si escudriñarla quisiera hasta lo más[258] escondido de su alma.

—Digo que si quieres ir, no dejes de hacerlo —repitió la señora con calma admirable, confundiéndose en la expresión de su semblante la naturalidad con la honradez más pura.

—No, señora. No pienso ir allá.

—Mejor, esa es también mi opinión. Aquí estás más tranquilo, a pesar de las cavilaciones con que te atormentas[259]. ¡Pobre Pepe![260] Tu entendimiento, tu descomunal entendimiento, es la causa de tu desgracia. Nosotros, los de Orbajosa, pobres rústicos[261], vivimos felices en nuestra ignorancia. Me disgusta que[262] no estés contento. Pero ¿es culpa mía que te aburras y desesperes sin motivo? ¿No te trato como a un hijo? ¿No te he recibido como la esperanza de mi casa? ¿Puedo hacer más por ti? Si, a pesar de eso, no nos quieres, si nos muestras tanto despego, si te burlas de nuestra religiosidad, si haces desprecios a nuestros amigos, ¿es acaso porque no te tratemos bien?

Los ojos de doña Perfecta se humedecieron.

—Querida tía —dijo Rey, sintiendo que se disipaba su encono—. También yo he cometido algunas faltas desde que soy huésped de esta casa.

—No seas tonto... ¡Qué faltas ni faltas! Entre personas de la misma familia todo se perdona.

—Pero Rosario ¿dónde está? —preguntó el joven levantándose—. ¿Tampoco la veré hoy?

—Está mejor. ¿Sabes que no ha querido bajar?

—Subiré yo.

—Hombre, no. Esa niña tiene unas terquedades...

---

[258] «cual si quisiera escudriñarla hasta en lo más» [259] «te estás atormentando» [260] «Pepillo» [261] «aldeanos rústicos» [262] «Yo siento mucho que»

Hoy se ha empeñado en no salir de su cuarto. Se ha encerrado por dentro.

—¡Qué rareza!

—Se le pasará. Seguramente se le pasará. Veremos si esta noche le quitamos de la cabeza sus ideas melancólicas. Organizaremos una tertulia que la divierta. ¿Por qué no te vas a casa del señor don Inocencio y le dices que venga por acá esta noche y que traiga a Jacintillo?

—¡A Jacintillo!

—Sí; cuando a Rosario le dan estos accesos de melancolía, ese jovencito es el único que la distrae...

—Pero yo subiré...

—Hombre, no.

—Veo que no faltan etiquetas²⁶³ en esta casa.

—Te burlas de²⁶⁴ nosotros. Haz lo que te digo.

—Pues quiero verla.

—Pues no. ¡Qué mal conoces a la niña!

—Yo creí conocerla bien... Bueno, me quedaré... Pero esta soledad es horrible.

—Ahí tienes al señor escribano.

—Maldito sea²⁶⁵ mil veces.

—Y me parece que ha entrado también el señor procurador... es un excelente sujeto.

—Así le ahorcaran.

—Hombre, los asuntos de intereses, cuando son propios, sirven de distracción. Alguien llega... Me parece que es el perito agrónomo. Ya tienes para un rato.

—¡Para un rato de infierno!

—Hola, hola; si no me engaño, el tío Licurgo y el tío Pasolargo²⁶⁶ acaban de entrar. Puede que vengan a proponerte un arreglo.

—Me arrojaré al estanque.

—¡Qué descastado eres! ¡Pues todos ellos te quieren tanto!... Vamos, para que nada falte, ahí está también el alguacil. Viene a citarte.

—A crucificarme.

---

²⁶³ «Cuidado que hay etiqueta»   ²⁶⁴ «Tú te estás burlando de»   ²⁶⁵ «Sea él»   ²⁶⁶ «Paso Largo»

Todos los personajes nombrados fueron entrando en la sala.

—Adiós, Pepe, que te diviertas —dijo doña Perfecta.

—¡Trágame, tierra! —exclamó el joven con desesperación.

—Señor don José...

—Mi querido señor don José...

—Estimable señor don José...

—Señor don José de mi alma...

—Mi respetable amigo señor don[267] José...

Al oír estas almibaradas insinuaciones, Pepe Rey exhaló un hondo suspiro y se entregó. Entregó su cuerpo y su alma a los sayones, que esgrimieron horribles hojas de papel sellado, mientras la víctima, elevando los ojos al cielo, decía para sí con cristiana mansedumbre:

—Padre mío, ¿por qué me has abandonado?[268]

XII

Aquí fue Troya[269]

Amor, amistad, aire sano para la respiración moral, luz para el alma, simpatía, fácil comercio de ideas y de sensaciones era lo que Pepe Rey necesitaba de una manera imperiosa. No teniéndolo, aumentaban las sombras que envolvían su espíritu, y la lobreguez interior daba a su trato displicencia y amargura. Al día siguiente de las escenas referidas en el capítulo anterior, mortificóle más que nada el ya demasiado largo y misterioso encierro de su prima, motivado, al parecer, primero, por una

---

267 «mi querido señor don»

268 Una de las «Siete palabras» de Jesús crucificado.

269 Múltiple alusión: a la expresión que denota un desastre; a las tres hijas del coronel Troya quienes, indirectamente, causan un efecto desastrsoso en Pepe Rey; y, además, nos recuerdan a las tres mujeres de la conocida obra de Eurípides, Hécuba, Andromaque y Polixena.

enfermedad sin importancia; después, por caprichos y nerviosidades de difícil explicación.

Extrañaba Rey[270] conducta tan contraria a la idea que había formado de Rosarito. Habían transcurrido cuatro días sin verla, no ciertamente porque a él le faltasen deseos de estar a su lado; y tal situación comenzaba a ser desairada y ridícula, si con un acto de firme iniciativa no ponía remedio en ello.

—¿Tampoco hoy veré a mi prima? —preguntó de mal talante a su tía, cuando concluyeron de comer.

—Tampoco. ¡Sabe Dios cuánto lo siento!... Bastante le he predicado hoy. A la tarde veremos...

La sospecha de que en tan injustificado encierro su adorable prima era más bien víctima sin defensa que autora resuelta con actividad propia e iniciativa, le indujo a contenerse y esperar. Sin esta sospecha, hubiera partido aquel mismo día. No tenía duda alguna de ser amado por Rosario; mas era evidente que una presión desconocida actuaba entre los dos para separarles[271], y parecía propio de varón honrado averiguar de quién procedía aquella fuerza maligna y contrarrestarla hasta donde alcanzara la voluntad humana.

—Espero que la obstinación de Rosario no durará mucho —dijo a doña Perfecta, disimulando sus verdaderos sentimientos.

Aquel día tuvo una carta de su padre, en la cual éste se quejaba de no haber recibido ninguna de Orbajosa, circunstancia que aumentó las inquietudes del ingeniero, confundiéndole más. Por último, después de vagar largo rato[272] solo por la huerta de la casa, salió y fue al Casino. Entró en él como un desesperado que se arroja al mar.

Encontró en las principales salas a varias personas que charlaban y discutían. En un grupo desentrañaban con lógica sutil difíciles problemas de toros; en otro disertaban sobre cuáles eran los mejores burros entre las castas de Orbajosa y Villahorrenda. Hastiado hasta lo sumo, Pepe Rey abandonó estos debates y se dirigió a la sala

---

[270] «Rey extrañaba» [271] «separarlos» [272] «por largo rato»

de periódicos, donde hojeó varias revistas, sin encontrar deleite en la lectura; y poco después, pasando de sala en sala, fue a parar sin saber cómo, a la del juego. Cerca de dos horas estuvo en las garras del horrible demonio amarillo, cuyos resplandecientes ojos de oro producen tormento y fascinación. Ni aun las emociones del juego alteraron el sombrío estado de su alma, y el tedio que antes le empujara hacia el verde tapete[273], apartóle también de él. Huyendo del bullicio, dio con su cuerpo en una estancia destinada a tertulia, en la cual a la sazón no había alma viviente, y con indolencia se sentó junto a la ventana de ella, mirando a la calle.

Era ésta angostísima y con más ángulos y recodos que casas, sombreada toda por la pavorosa catedral, que al extremo alzaba su negro muro carcomido. Pepe Rey miró a todos lados, arriba y abajo, y observó un plácido silencio de sepulcro; ni un paso, ni una voz, ni una mirada. De pronto hirieron su oído rumores extraños, como cuchicheo de femeniles labios, y después el chirrido de cortinajes que se corrían, algunas palabras y, por fin, el tararear suave de una canción, el ladrido de un falderillo y otras señales de existencia social, que parecían muy singulares en tal sitio. Observando bien, Pepe Rey vio que tales rumores procedían de un enorme balcón con celosías, que frente por frente a la ventana[274] mostraba su corpulenta fábrica. No había concluido sus observaciones cuando un socio del Casino apareció de súbito a su lado, y riendo le intepeló de este modo:

—¡Ah! señor don Pepe, ¡picarón! ¿Se ha encerrado usted aquí para hacer cocos a las niñas?

El que esto decía era don Juan Tafetán, un sujeto amabilísimo y de los pocos que habían manifestado a Rey en el Casino cordial amistad y verdadera admiración. Con su carilla bermellonada, su bigotejo[275] teñido de negro, sus ojuelos vivarachos, su estatura mezquina, su pelo con gran estudio peinado para ocultar la calvicie, don Juan Tafetán presentaba una figura bastante dife-

---

[273] «el tapete verde»   [274] «por frente a la ventana»   [275] «bigote»

rente de la de Antinóo[276]; pero era muy simpático; tenía mucho gracejo y felicísimo ingenio para contar aventuras graciosas. Reía mucho, y al hacerlo, su cara se cubría toda, desde la frente a la barba, de grotescas arrugas. A pesar de estas cualidades y del aplauso que debía estimular su disposición a las picantes burlas, no era maldiciente. Queríanle todos, y Pepe Rey pasaba con él ratos agradables. El pobre Tafetán, empleado antaño en la Administración civil de la capital de la provincia, vivía modestamente de su sueldo en la Secretaría de Beneficencia, y completaba su pasar tocando gallardamente el clarinete en las procesiones, en las solemnidades de la catedral y en el teatro, cuando alguna traílla de desesperados cómicos aparecía por aquellos países con el alevoso propósito de dar funciones en Orbajosa.

Pero lo más singular en don Juan Tafetán era su afición a las muchachas guapas. Él mismo, cuando no ocultaba su calvicie con seis pelos llenos de pomada; cuando no se teñía el bigote; cuando andaba derechito y espigado por la poca pesadumbre de los años había sido un Tenorio formidable. Oírle contar sus conquistas era cosa de morirse de risa, porque hay Tenorios de Tenorios, aquél fue de los más originales.

—¿Qué niñas? Yo no veo niñas en ninguna parte —repuso Pepe Rey.

—Hágase usted el anacoreta.

Una de las celosías del balcón se abrió, dejando ver un rostro juvenil, encantador y risueño, que desapareció al instante como luz[277] apagada por el viento.

—Ya, ya veo.

—¿No las conoce usted?

—Por mi vida que no.

—Son las Troyas, las niñas de Troya. Pues no conoce usted nada bueno... Tres chicas preciosísimas, hijas de un

---

[276] Antinoo, conocido por su belleza masculina, era un esclavo-paje del emperador Adriano (quien reinó entre 117 y 138 A. D.). Antinoo se ahogó en el Nilo en 138 y fue deificado por Adriano.
[277] «una luz»

coronel de Estado Mayor de plaza[278], que murió en las calles de Madrid el 54[279].

La celosía se abrió de nuevo y comparecieron dos caras.

—Se están burlando de nosotros —dijo Tafetán, haciendo una seña amistosa a las niñas.

—¿Las conoce usted?

—¿Pues no las he de conocer? Las pobres están en la miseria. Yo no sé cómo viven. Cuando murió don Francisco Troya se hizo una suscripción para mantenerlas; pero esto duró poco.

—¡Pobres muchachas! Me figuro que no serán un modelo de honradez...

—¿Por qué no?... Yo no creo lo que en el pueblo se dice de ellas.

Funcionó de nuevo la celosía.

—Buenas tardes, niñas —gritó don Juan Tafetán dirigiéndose a las tres, que artísticamente agrupadas aparecieron—. Este caballero dice que lo bueno no debe esconderse, y que abran ustedes toda la celosía.

Pero la celosía se cerró, y alegre concierto de risas difundió una extraña alegría por la triste calle. Creeríase que pasaba una bandada de pájaros.

—¿Quiere usted que vayamos allá? —dijo de súbito Tafetán.

Sus ojos brillaban, y una sonrisa picaresca retozaba en sus amoratados labios.

—Pero ¿qué clase de gente es ésa?

—Ande usted, señor de Rey... Las pobrecitas son honradas. ¡Bah! Si se alimentan del aire, como los camaleones. Diga usted: el que no come, ¿puede pecar? Bastante virtuosas son las infelices. Y si pecaran, limpiarían su conciencia con el gran ayuno que hacen.

—Pues vamos.

Un momento después, don Juan Tafetán y Pepe Rey

---

[278] «de Plazas»

[279] En julio de 1854, el pueblo de Madrid se rebeló en contra de un gobierno corrompido y reaccionario, y, tras una serie de escaramuzas y batallas callejeras, terminó victorioso.

entraron[280] en la sala. El aspecto de la miseria, que con horribles esfuerzos pugnaba por no serlo, afligió al joven. Las tres muchachas eran muy lindas, principalmente las dos más pequeñas, morenas[281], pálidas, de negros ojos y sutil talle. Bien vestidas y bien calzadas habrían parecido retoños de duquesa en canditura[281bis] para entroncar con príncipes.

Cuando la visita entró, las tres se quedaron muy cortadas; pero bien pronto mostraron la índole de su genial frívolo y alegre. Vivían en la miseria, como los pájaros en la prisión, sin dejar de cantar tras los hierros, lo mismo que en la opulencia del bosque. Pasaban el día cosiendo, lo cual indicaba, por lo menos, un principio de honradez; pero en Orbajosa ninguna persona de su posición se trataba con ellas. Estaban, hasta cierto punto, proscritas, degradadas, acordonadas, lo cual indicaba también algún motivo de escándalo. Pero en honor de la verdad, debe decirse que la mala reputación de las Troyas consistía, más que nada, en su fama de chismosas, enredadoras, traviesas y despreocupadas. Dirigían anónimos a graves personas; ponían motes a todo viviente de Orbajosa, desde el obispo al último zascandil; tiraban piedrecitas a los transeúntes; chicheaban escondidas tras las rejas para reírse con la confusión y azoramiento del que pasaba; sabían todos los sucesos de la vecindad, para lo cual tenían en constante uso los tragaluces y agujeros[282] de la parte alta de la casa; cantaban de noche en el balcón; se vestían de máscara en Carnaval para meterse en las casas más alcurniadas, con otras majaderías y libertades propias de los pueblos pequeños. Pero cualquiera que fuese la razón, ello es que el agraciado triunvirato troyano[283] tenía sobre sí un estigma de esos que, una vez puestos por susceptible vecindario, acompañan implacablemente hasta más allá de la tumba.

—¿Este es el caballero que dicen ha venido a sacar minas de oro? —preguntó[284] una.

---

[280] «entraban»
[281] Se omite «morenas».
[281bis] «candidatura», obvio error.
[282] «agujeros todos»   [283] «el triunvirato Troyano»   [284] «dijo»

—¿Y a derribar la catedral para hacer con las piedras de ella una fábrica de zapatos? —añadió otra.

—¿Y a quitar de Orbajosa la siembra del ajo para poner algodón o el árbol de la canela?

Pepe no pudo reprimir la risa ante tales despropósitos.

—No viene sino a hacer una recolección de niñas bonitas para llevárselas a Madrid —dijo Tafetán.

—¡Ay! ¡De buena gana me iría! —exclamó una.

—A las tres, a las tres me las llevo —afirmó Pepe—. Pero sepamos una cosa: ¿por qué se reían ustedes de mí cuando estaba en la ventana del Casino?

Tales palabras fueron la señal de nuevas risas.

—Éstas son unas tontas —dijo la mayor.

—Fue porque dijimos que usted se merece[285] algo más que la niña de doña Perfecta.

—Fue porque ésta dijo que usted está perdiendo el tiempo, y que Rosarito no quiere sino gente de iglesia.

—¡Qué cosas tienes! Yo no he dicho tal cosa. Tú dijiste que este caballero es ateo luterano y entra en la catedral fumando y con el sombrero puesto.

—Pues yo no lo inventé —manifestó la menor—, que eso me lo dijo ayer Suspiritos.

—¿Y quién es esa Suspiritos que dice de mí tales tonterías?

—Suspiritos es... Suspiritos.

—Niñas mías —dijo Tafetán con semblante almibarado—. Por ahí va el naranjero. Llamadle, que os quiero convidar a naranjas.

Una de las tres llamó al vendedor[286].

La conversación entablada por las niñas desagradó bastante a Pepe Rey, disipando su impresión de contento entre[287] aquella chusma alegre y comunicativa. No pudo, sin embargo, contener la risa cuando vio a don Juan Tafetán descolgar un guitarrillo y rasguearlo con la gracia y destreza de los años juveniles.

---

[285] «merece» [286] «naranjero» [287] «la ligera impresión de contento que experimentó al encontrarse entre»

—Me han dicho que cantan ustedes[288] a las mil maravillas —manifestó Rey.

—Que cante don Juan Tafetán.

—Yo no canto.

—Ni yo —dijo la segunda, ofreciendo al ingeniero algunos cascos de la naranja[289] que acababa de mondar.

—María Juana, no abandones la costura —dijo la Troya mayor—. Es tarde y hay que acabar la sotana esta noche.

—Hoy no se trabaja. Al demonio las agujas —gritó Tafetán[290]; y en seguida entonó una canción[291].

—La gente se para en la calle —dijo la Troya segunda, asomándose al balcón—. Los gritos de don Juan Tafetán se oyen desde la plaza... ¡Juana, Juana!

—¿Qué?

—Por la calle va Suspiritos.

La más pequeña voló al balcón.

—Tírale una cáscara de naranja.

Pepe Rey se asomó también; vio que por la calle pasaba una señora, y que, con diestra puntería, la menor de las Troyas le asestó un cascarazo en el moño. Después cerraron con precipitación[292], y las tres se esforzaban en sofocar convulsamente su risa para que no se oyera desde la vía pública.

—Hoy no se trabaja —gritó una, volcando de un puntapié la cesta de la costura.

—Es lo mismo que decir: «mañana no se come» —añadió la mayor, recogiendo los enseres.

Pepe Rey se echó instintivamente mano[293] al bolsillo. De buena gana les hubiera dado una limosna. El espectáculo de aquellas infelices huérfanas, condenadas por el mundo a causa de su frivolidad, le entristecía sobremanera. Si el único pecado de las Troyas, si el único desahogo con que compensaban su soledad, su pobreza y abandono, era tirar cortezas de naranja al transeúnte,

---

[288] «que ustedes saben cantar»   [289] «de naranja»   [290] «—exclamó Tafetán.»   [291] «En seguida entonó una canción.»   [292] «precipitadamente,»   [293] «la mano»

bien se las podía disculpar. Quizás las austeras costumbres del poblachón en que vivían las había preservado del vicio; pero las desgraciadas carecían de compostura y comedimiento, fórmula común y más visible del pudor, y bien podía suponerse que habían echado por la ventana algo más que cáscaras. Pepe Rey sentía hacia ellas una lástima profunda. Observó sus miserables vestidos, compuestos, arreglados y remendados de mil modos para que pareciesen nuevos; observó sus zapatos rotos... y otra vez se llevó la mano al bolsillo.

—Podrá el vicio reinar aquí —dijo para sí—; pero las fisonomías, los muebles, todo me indica que éstos son los infelices restos de una familia honrada. Si estas pobres muchachas fueran tan malas como dicen, no vivirían tan pobremente ni trabajarían. ¡En Orbajosa hay hombres ricos!

Las tres niñas se le acercaban sucesivamente. Iban de él al balcón, del balcón a él, sosteniendo conversación picante y ligera, que indicaba, fuerza es decirlo, una especie de inocencia en medio de tanta frivolidad y despreocupación.

—Señor don José, ¡qué excelente señora es doña Perfecta!

—Es la única persona de Orbajosa que no tiene apodo; la única[294] de que no se habla mal en Orbajosa.

—Todos la respetan.

—Todos la adoran.

A estas frases el joven respondió[295] con alabanzas de su tía; pero se le pasaban ganas de sacar dinero del bolsillo y decir: «María Juana, tome usted para unas botas. Pepa, tome[296] para que se compre un vestido. Florentina, tome[297] para que coman una semana...» Estuvo a punto de hacerlo como lo pensaba[298]. En un momento en que las tres corrieron al balcón para ver quién pasaba, don Juan Tafetán se acercó a él y en voz baja le dijo:

—¡Qué monas son! ¿No es verdad?... ¡Pobres criatu-

_____

[294] «la única persona»   [295] «respondía»   [296] «tome usted»   [297] «tome usted»   [298] «como pensaba»

ras! Parece mentira que sean tan alegres, cuando... bien puede asegurarse que hoy no han comido.

—¡Don Juan, don Juan —gritó Pepilla—. Por ahí viene su amigo de usted, Nicolasito Hernández, o sea *Cirio Pascual*, con su sombrero de tres pisos. Viene rezando en voz baja, sin duda por las almas de los que ha mandado al hoyo con sus usuras.

—¿A que no le dicen ustedes el remoquete?

—¿A que sí?

—Juana, cierra las celosías. Dejémosle que pase, y cuando vaya por la esquina, yo gritaré: ¡*Cirio, Cirio Pascual!*...

Don Juan Tafetán corrió al balcón.

—Venga usted, don José, para que conozca este tipo.

Pepe Rey aprovechó el momento en que las tres muchachas y don Juan se regocijaban en el balcón, llamando a Nicolasito Hernández con el apodo que tanto le hacía rabiar, y acercándose con toda cautela a uno de los costureros que en la sala había, colocó dentro de él media onza que le quedaba del juego.

Después corrió al balcón, a punto que las dos más pequeñas gritaban entre locas risas: «¡*Cirio Pascual, Cirio Pascual!*»

XIII

Un *casus belli*[299]

Después de esta travesura, las tres entablaron con los caballeros[300] una conversación tirada sobre asuntos y personas de la ciudad. El ingeniero, recelando que su fechoría se descubriese estando él presente, quiso marcharse, lo cual disgustó mucho a las Troyas. Una de éstas, que había salido fuera de la sala, regresó diciendo:

—Ya está Suspiritos en campaña colgando la ropa.

---

[299] «Un 'Casus Belli'»   [300] «los dos caballeros»

—Don José querrá verla —indicó otra.

—Es una señora muy guapa. Y ahora se peina a estilo [301] de Madrid. Vengan ustedes.

Lleváronles al comedor de la casa (pieza de rarísimo uso), del cual se salía a un terrado, donde había algunos tiestos de flores y no pocos trastos abandonados y hechos añicos [302]. Desde allí veíase el hondo patio de una casa colindante, con una galería llena de verdes enredaderas y hermosas macetas esmeradamente cuidadas. Todo indicaba allí una vivienda de gente modesta, pulcra y hacendosa.

Acercándose al borde de la azotea, las de Troya [303] miraron atentamente a la casa vecina, e imponiendo silencio a los galanes, se retiraron luego a la parte del terrado [304] desde donde nada se veía ni había peligro de ser visto.

—Ahora sale de la despensa con un cazuelo de garbanzos —dijo María Juana estirando el cuello para ver un poco.

—¡Zas! —exclamó otra, arrojando una piedrecilla.

Oyóse el ruido del proyectil al chocar contra los cristales de la galería, y luego una colérica voz que gritaba:

—Ya nos han roto otro cristal esas...

Ocultas las tres en el rincón del terrado, junto a los dos caballeros, sofocaban la risa.

—La señora Suspiritos está muy incomodada —dijo Rey—. ¿Por qué la llaman así?

—Porque siempre que habla suspira entre palabra y palabra, y aunque de nada carece, siempre se está lamentando.

Hubo un momento de silencio en la casa de abajo. Pepita Troya atisbó con cautela.

—Allá viene otra vez —murmuró en voz baja, imponiendo silencio—. María, dame una china. A ver... ¡zas!... allá va.

—No le has acertado. Dio en el suelo.

---

[301] «al estilo»   [302] «pedazos»   [303] «Las de Troya, acercándose al borde de la azotea,»   [304] «a aquella parte del terrado»

—A ver si puedo yo...[305] Esperaremos a que salga otra vez de la despensa.

—Ya, ya sale. En guardia, Florentina.

—¡A la una, a las dos, a las tres!... ¡Paf!...

Oyóse abajo un grito de dolor, un voto, una exclamación varonil, pues era un hombre el que la daba. Pepe Rey pudo distinguir claramente estas palabras:

—¡Demonche! Me han agujereado la cabeza esas... ¡Jacinto, Jacinto! Pero ¿qué canalla de vecindad es ésta?...

—¡Jesús, María y José, lo que he hecho! —exclamó llena de consternación Florentina—: le di en la cabeza[306] al señor don Inocencio.

—¿Al Penitenciario? —dijo Pepe Rey.

—Sí.

—¿Vive en esa casa?

—¿Pues dónde ha de vivir?

—Esa señora de los suspiros...

—Es su sobrina, su ama o no sé qué. Nos divertimos con ella porque es muy cargante; pero con el señor Penitenciario no solemos gastar bromas.

Mientras rápidamente se pronunciaban las palabras de este diálogo, Pepe Rey vio que frente al terrado, y muy cerca de él, se abrían los cristales de una ventana perteneciente a la misma casa bombardeada; vio que aparecía una cara risueña, una cara conocida, una cara cuya vista le aturdió y le consternó y le puso pálido y trémulo. Era Jacintito, que, interrumpido en sus graves estudios, abrió la ventana de su despacho, presentándose en ella con la pluma en la oreja. Su rostro púdico, fresco y sonrosado, daba a tal aparición aspecto semejante al de una aurora.

—Buenas tardes, señor don José —dijo festivamente.

La voz de abajo gritaba de nuevo:

—¡Jacinto, pero Jacinto!

—Allá voy. Estaba saludando a un amigo...

—Vámonos, vámonos —gritó Florentina con zozo-

---

[305] «si yo puedo»   [306] «Le he dado en la cabeza»

bra—. El señor Penitenciario va a subir al cuarto de *don Nominavito* y nos echará un responso.

—Vámonos, sí; cerremos la puerta del comedor.

Abandonaron en tropel el terrado.

—Debieron ustedes prever que Jacinto las vería desde su templo del saber —dijo Tafetán.

—*Don Nominavito* es amigo nuestro —repuso una de ellas—. Desde su templo de la ciencia nos dice a la calladita mil ternezas, y también nos echa besos volados.

—¿Jacinto? —preguntó el ingeniero—. Pero ¿qué endiablado nombre le han puesto ustedes?

—*Don Nominavito*...

Las tres rompieron a reír.

—Lo llamamos así porque es muy sabio.

—No: porque cuando nosotras éramos chicas, él era chico también; pues... sí. Salíamos al terrado a jugar, y le sentíamos estudiando en voz alta sus lecciones.

—Sí, y todo el santo día estaba cantando.

—Declinando, mujer. Eso es: se ponía de este modo *Nominavito rosa*, *Genivito*, *Davito*, *Acusavito*.

—Supongo que yo también tendré mi nombre postizo —dijo Pepe Rey.

—Que se lo diga a usted María Juana —replicó Florentina ocultándose.

—¿Yo?... díselo tú, Pepa.

—Usted no tiene nombre todavía, don José.

—Pero lo tendré. Prometo que vendré a saberlo, a recibir la confirmación —indicó el joven, con intención de retirarse.

—Pero ¿se va usted?

—Sí. Ya han perdido ustedes bastante tiempo. Niñas, a trabajar. Esto de arrojar piedras a los vecinos y a los transeúntes no es la ocupación más a propósito para unas jóvenes tan lindas y de tanto mérito... Conque abur...

Y sin esperar más razones ni hacer caso de los cumplidos de las muchachas, salió a toda prisa de la casa, dejando en ella a don Juan Tafetán.

La escena que había presenciado, la vejación sufrida

por el canónigo, la inopinada presencia [307] del doctorcillo, aumentaron las confusiones, recelos y presentimientos desagradables que turbaban el alma del pobre ingeniero. Deploró con toda su alma haber entrado en casa de las Troyas, y resuleto a emplear mejor el tiempo mientras su hipocondría le durase, recorrió las calles de la población.

Visitó el mercado, la calle de la Tripería, donde estaban las principales tiendas; observó los diversos aspectos que ofrecían la industria y comercio de la gran Orbajosa, y como no hallara sino nuevos motivos de aburrimiento, encaminóse al paseo de las Descalzas; pero no vio en él más que algunos perros vagabundos, porque con motivo del viento molestísimo que reinaba, caballeros y señoras se habían quedado en sus casas. Fue a la botica, donde hacían tertulia diversas especies de progresistas rumiantes, que estaban perpetuamente masticando un tema sin fin; pero allí se aburrió más. Pasaba al fin junto a la catedral, cuando sintió el órgano y los hermosos cantos de coro. Entró, arrodillóse [308] delante del altar mayor, recordando las advertencias que acerca de la compostura dentro de la iglesia le hiciera su tía; visitó luego una capilla, y disponíase [309] a entrar en otra, cuando un acólito, celador o perrero, se le acercó, y con modales muy descorteses y descompuesto lenguaje, le habló así:

—Su Ilustrísima dice que se plante usted en la calle.

El ingeniero sintió que la sangre se agolpaba en su cerebro. Sin decir una palabra obedeció. Arrojado de todas partes por fuerza superior o por su propio hastío, no tenía más recurso que ir a casa de su tía, donde le esperaban:

1.º El tío Licurgo, para anunciarle un segundo pleito. 2.º El señor don Cayetano, para leerle un nuevo trozo de su discurso sobre los linajes de Orbajosa. 3.º Caballuco, para un asunto que no había manifestado. 4.º Doña Perfecta y su sonrisa bondadosa, para lo que se verá en el capítulo siguiente.

---

[307] «aparición»   [308] «arrodillándose»   [309] «se disponía»

XIV

La discordia sigue creciendo

Una nueva tentativa de ver a su prima Rosario fracasó al caer de la tarde. Pepe Rey se encerró en su cuarto para escribir varias cartas, y no podía apartar de su mente una idea fija.

—Esta noche o mañana —decía— se acabará esto de una manera o de otra.

Cuando le llamaron para la cena, doña Perfecta se dirigió a él en el comedor, diciéndole de buenas a primeras:

—Querido Pepe, no te apures; yo aplacaré al señor don Inocencio... Ya estoy enterada. María Remedios, que acaba de salir de aquí, me lo ha contado todo.

El semblante de la señora irradiaba satisfacción, semejante a la de un artista orgulloso de su obra.

—¿Qué?

—Yo te disculparé, hombre. Tomarías algunas copas en el Casino, ¿no es esto? He aquí el resultado de las malas compañías. ¡Don Juan Tafetán, las Troyas!... Esto es horrible, espantoso. ¿Has meditado bien...?

—Todo lo he meditado, señora —repuso Pepe, decidido a no entrar en discusiones con su tía.

—Me guardaré muy bien de escribirle a tu padre lo que has hecho.

—Puede usted escribirle lo que guste.

—Vamos: te defenderás desmintiéndome.

—Yo no desmiento.

—Luego confiesas que estuviste en casa de esas...

—Estuve.

—Y que le diste media onza, porque, según me ha dicho María Remedios, esta tarde bajó Florentina a la tienda del extremeño a que le cambiaran[310] media onza. Ellas

---

[310] «cambiara»

no podían haberla ganado con su costura. Tú estuviste hoy en casa de ellas: luego...

—Luego yo se la di. Perfectamente.

—¿No lo niegas?

—¡Qué he de negarlo! Creo que puedo hacer de mi dinero lo que mejor me convenga.

—Pero de seguro sostendrás que no apedreaste al señor Penitenciario.

—Yo no apedreo.

—Quiero decir que ellas en presencia tuya...

—Eso es otra cosa.

—E insultaron a la pobre María Remedios.

—Tampoco lo niego.

—¿Y cómo justificarás tu conducta? Pepe..., por Dios. No dices nada; no te arrepientes, no protestas..., no...

—Nada, absolutamente nada, señora.

—Ni siquiera procuras desagraviarme.

—Yo no he agraviado a usted...

—Vamos, ya no te falta más que... Hombre, coge ese palo y pégame.

—Yo no pego.

—¡Qué falta de respeto! ¡Qué...! ¿No cenas?

—Cenaré.

Hubo una pausa de más de un cuarto de hora. Don Cayetano, doña Perfecta y Pepe Rey comían en silencio. Éste se interrumpió cuando don Inocencio entró en el comedor.

—¡Cuánto lo he sentido, señor don José de mi alma!... Créame usted [311] que lo he sentido de veras —dijo estrechando la mano al joven y mirándole con expresión de lástima.

El ingeniero no supo qué contestar; tanta era su confusión.

—Me refiero al suceso de esta tarde.

—¡Ah!... ya.

—A la expulsión de usted del sagrado recinto de la iglesia catedral.

---

[311] «Créame»

—El señor obispo —dijo Pepe Rey— debía pensarlo mucho antes de arrojar a un cristiano de la iglesia.

—Y es verdad; yo no sé quién le ha metido en la cabeza a Su Ilustrísima que usted es hombre de malísimas costumbres; yo no sé quién le ha dicho que usted hace alarde de ateísmo en todas partes; que se burla de cosas [312] y personas sagradas, y aun que proyecta derribar la catedral para edificar con sus piedras una gran fábrica de alquitrán. Yo he procurado disuadirle; pero Su Ilustrísima es un poco terco.

—Gracias por tanta bondad.

—Y eso que el señor Penitenciario no tiene motivos para guardarte tales consideraciones. Por poco más le dejan en el sitio esta tarde.

—¡Bah!... ¿pues qué? —dijo el sacerdote riendo—. ¿Ya se tiene aquí noticia de la travesurilla?... Apuesto a que María Remedios vino con el cuento. Pues se lo prohibí, se lo prohibí de un modo terminante. La cosa en sí no vale la pena: ¿no es verdad, señor de Rey?

—Puesto que usted así lo juzga... [313]

—Ese es mi parecer. Cosas de muchachos... La juventud, digan lo que quieran [314] los modernos, se inclina al vicio y a las acciones viciosas. El señor don José, persona [315] de grandes prendas, no podía ser perfecto... ¿Qué tiene de particular que esas graciosas niñas le sedujeran, y después de sacarle el dinero le hicieran cómplice de sus desvergonzados y criminales insultos a la vecindad? Querido amigo mío, por la dolorosa parte que me cupo en los juegos de esta tarde —añadió, llevándose la mano a la región lastimada—, no me doy por ofendido, ni siquiera mortificaré a usted con recuerdos de tan desagradable incidente. He sentido verdadera pena al saber que María Remedios había venido a contarlo todo... ¡Es tan chismosa mi sobrina...! Apostamos a que también contó lo de la media onza, y los retozos de usted con las niñas en el tejado, y las carreras y pelliz-

---

[312] «las cosas»   [313] «lo juzga así...»   [314] «digan lo que digan»
[315] «que es una persona»

cos, y el bailoteo de don Juan Tafetán... ¡Bah! estas cosas debieran quedar en secreto.

Pepe Rey no sabía lo que le mortificaba más, sí la severidad de su tía o las hipócritas condescendencias del canónigo.

—¿Por qué no se han de decir? —indicó la señora—. Él mismo no parece avergonzado de su conducta. Sépanlo todos. Únicamente se guardará secreto de esto a mi querida hija, porque en su estado nervioso son temibles los accesos de cólera.

—Vamos, que no es para tanto, señora —añadio el Penitenciario—. Mi opinión es que no se vuelva a hablar del asunto, y cuando esto lo dice el que recibió la pedrada, los demás pueden darse por satisfechos... Y no fue broma lo del trastazo, señor don José, pues creí [316] que me abrían un boquete en el casco y que se me salían por él los sesos...

—¡Cuánto siento este incidente!... —balbució Pepe Rey—. Me causa verdadera pena, a pesar de no haber tomado parte...

—La visita de usted a esas señoras Troyas llamará la atención en el pueblo —dijo el canónigo—. Aquí no estamos en Madrid, señores; aquí no estamos [317] en ese centro de corrupción, de escándalo...

—Allá puedes visitar los lugares más inmundos —manifestó doña Perfecta—, sin que nadie lo sepa.

—Aquí nos miramos mucho —prosiguió don Inocencio—. Reparamos todo lo que hacen los vecinos, y con tal sistema de vigilancia, la moral pública se sostiene a conveniente altura... Créame usted, amigo mío, créame usted, y no digo esto por mortificarle: usted ha sido el primer caballero de su posición que a la luz del día... el primero, sí señor... *Trojœ qui primus ab oris* [318].

Después se echó a reír, dando algunas palmadas en la espalda al ingeniero en señal de amistad y benevolencia.

—¡Cuán grato es para mí —dijo el joven, encubriendo

---

[316] «creía»   [317] «no estamos»
[318] *Quien primero llegó de las costas de Troya* (del comienzo de *La Eneida* de Virgilio).

su cólera con las palabras que creyó más oportunas [319] para contestar a la solapada ironía de sus interlocutores— ver tanta generosidad y tolerancia, cuando yo merecía [320], por mi criminal proceder...!

—¿Pues qué? A un individuo que es de nuestra propia sangre y que lleva nuestro nombre [321] —dijo doña Perfecta—, ¿se le puede tratar como a un cualquiera? Eres mi sobrino, eres hijo del mejor y más santo de los hombres, mi querido hermano Juan, y esto basta. Ayer tarde estuvo aquí el secretario del señor obispo a manifestarme que Su Ilustrísima está muy disgustado porque te tengo en mi casa.

—¿También eso? —murmuró el canónigo.

—También eso. Yo respondí que [322], salvo el respeto que el señor obispo me merece y lo mucho que le quiero y reverencio, mi sobrino es mi sobrino y no puedo echarle de mi casa.

—Es una nueva singularidad que encuentro en este país —dijo Pepe Rey, pálido de ira—. Por lo visto, aquí el obispo gobierna las casas ajenas.

—Es [323] un bendito. Me quiere tanto, que se le figura... se le figura que nos vas a comunicar tu ateísmo, tu despreocupación, tus raras ideas... Repetidas veces le he dicho [324] que tienes un fondo excelente.

—Al talento superior debe siempre concedérsele algo —manifestó don Inocencio.

—Y esta mañana, cuando estuve en casa de las de Cirujeda, ¡ay! tú no puedes figurarte cómo me pusieron la cabeza... Que si habías venido a derribar la catedral; que si eras comisionado de los protestantes ingleses para ir predicando la herejía por España; que pasabas la noche entera jugando en el Casino; que salías borracho... «Pero, señoras —les dije—, ¿quieren ustedes que yo envíe a mi sobrino a la posada?» Además, en lo de las embriagueces no tienen razón, y en cuanto al juego, no sé que jugaras hasta hoy.

---

[319] «propias»   [320] «merecería»   [321] «nuestro mismo nombre»
[322] «Yo dije que»   [323] «Él es»   [324] «Yo le he dicho repetidas veces»

Pepe Rey se hallaba en esa situación de ánimo en que el hombre más prudente siente dentro de sí violentos ardores y una fuerza ciega y brutal que tiende a estrangular, abofetear, romper cráneos y machacar huesos. Pero doña Perfecta era señora y además su tía; don Inocencio era anciano y sacerdote. Además de esto, las violencias de obra son de mal gusto, impropias [325] de personas cristianas y bien educadas. Quedaba el recurso de dar libertad a su comprimido encono por medio de la palabra, manifestada decorosamente y sin faltarse a sí mismo; pero aún le pareció prematuro este postrer recurso, que no debía emplear, según su juicio, hasta el instante de salir definitivamente de aquella casa de Orbajosa [326]. Resistiendo, pues, el furibundo ataque, aguardó.

Jacinto llegó cuando la cena concluía.

—Buenas noches, señor don José... —dijo, estrechando la mano del caballero [327]—. Usted y sus amigas no me han dejado trabajar esta tarde. No he podido escribir una línea [328]. ¡Y tenía que hacer!...

—¡Cuánto lo siento, Jacinto! Pues, según me dijeron, usted las acompaña algunas veces en sus juegos y retozos.

—¡Yo! —exclamó el rapaz, poniéndose como la grana—. ¡Bah! bien sabe usted que Tafetán no dice nunca palabra de verdad... Pero ¿es cierto, señor de Rey, que se marcha usted?

—¿Lo dicen por ahí?...

—Sí: lo he oído en el Casino, en casa de don Lorenzo Ruiz.

Rey contempló durante un rato las frescas facciones de *don Nominavito*. Después dijo:

—Pues no es cierto. Mi tía está muy contenta de mí; desprecia las calumnias con que me obsequian [329] los orbajosenses... y no me arrojará de su casa aunque en ello se empeñe el señor obispo.

—Lo que es arrojarte... jamás. ¡Qué diría tu padre!...

—A pesar de sus bondades, queridísima tía, a pesar

---

[325] «de mal gusto e impropias»   [326] «de aquella casa y de Orbajosa»
[327] «joven»   [328] «ni una línea»   [329] «me están obsequiando»

de la amistad cordial del señor canónigo, quizás[330] decida yo marcharme...

—¡Marcharte!

—¡Marcharse usted!

En los ojos de doña Perfecta brilló una luz singular. El canónigo, a pesar de ser hombre muy experto en el disimulo, no pudo ocultar su alegría[331].

—Sí; y tal vez esta misma noche.

—¡Pero hombre, qué arrebatado eres!... ¿Por qué no esperas siquiera a mañana temprano?... A ver... Juan, que vayan a llamar al tío Licurgo para que prepare la jaca... Supongo que llevarás algún fiambre... ¡Nicolasa!... Ese pedazo de ternera que está en el aparador... Librada, la ropa del señorito...

—No, no puedo creer que usted tome determinación tan brusca —dijo don Cayetano, creyéndose obligado a tomar alguna parte en aquella cuestión.

—Pero volverá usted... ¿no es eso? —preguntó el canónigo.

—¿A qué hora pasa el tren de la mañana? —preguntó doña Perfecta, por cuyos ojos asomaba[332] la febril impaciencia de su alma.

—Sí, me marcho esta misma noche.

—Pero, hombre, si no hay luna.

En el alma de doña Perfecta, en el alma del Penitenciario, en la juvenil alma del doctorcillo, retumbaron como una armonía celeste estas palabras: «Esta misma noche.»

—Por supuesto, querido Pepe, tú volverás... Yo he escrito hoy a tu padre, a tu excelente padre... —indicó[333] doña Perfecta con todos los síntomas fisiognómicos[334] que aparecen cuando se va a derramar una lágrima.

—Molestaré a usted con algunos encargos —manifestó el sabio.

—Buena ocasión para pedir el cuaderno que me falta de la obra del abate Gaume[335] —indicó el abogadejo.

---

[330] «quizá»   [331] «júbilo»   [332] «claramente asomaba»   [333] «exclamó»   [334] «fisionómicos»

[335] El abate Jean-Joseph Gaume (1802-79), un escritor francés del partido ultra católico.

—Vamos, Pepe, que tienes unos arrebatos y unas salidas! —murmuró la señora sonriendo, con la vista fija en la puerta del comedor—. Pero se me olvidaba decirte que Caballuco está esperando: desea hablarte[336].

XV

Sigue creciendo hasta que se declara la guerra[337]

Todos miraron hacia la puerta, donde apareció la imponente figura del Centauro, serio, cejijunto, confuso al querer saludar con amabilidad, hermosamente salvaje, pero desfigurado por la violencia que hacía para sonreír urbanamente y pisar quedo y tener en correcta postura los hercúleos brazos.

—Adelante, señor Ramos —dijo Pepe Rey.

—No, no[338] —objetó doña Perfecta—. Si es una tontería lo que tiene que decirte.

—Que lo diga.

—Yo no debo consentir que en mi casa se ventilen estas cuestiones ridículas...

—¿Qué quiere de mí el señor Ramos?

Caballuco pronunció algunas palabras.

—Basta, basta... —dijo[339] doña Perfecta riendo—. No molestes más a mi sobrino. Pepe, no hagas caso de ese majadero... ¿Quieren ustedes que les diga en qué consiste el enojo del gran Caballuco?

—¿Enojo? Ya me lo figuro —indicó el Penitenciario, recostándose en el sillón y riendo expansivamente y con estrépito.

—Yo quería decirle al señor don José... —gruñó el formidable jinete.

---

336 «está esperando para hablarte.»
337 «SIGUE CRECIENDO, CRECIENDO HASTA QUE SE DECLARA LA GUE-RRA.» Este título de capítulo parece cambiar por primera vez después de la edición de 1902.
338 «Pero no»   339 «exclamó»

—Hombre, calla, por Dios, no nos aporrees los oídos.

—Señor Caballuco —apuntó[340] el canónigo—, no es mucho que los señores de la corte desbanquen a los rudos caballistas de estas salvajes tierras...

—En dos palabras, Pepe, la cuestión es ésta: Caballuco es no sé qué...

La risa le impidió continuar.

—No sé qué —añadió don Inocencio— de una de las niñas de Troya, de Mariquita Juana, si no estoy equivocado.

—¡Y está celoso! Después de su caballo, lo primero de la creación es Mariquilla Troya.

—¡Dios me valga![341] —exclamó la señora—. ¡Pobre Cristóbal! ¿Has creído que una persona como mi sobrino?... Vamos a ver, ¿qué ibas a decirle? Habla.

—Ya hablaremos el señor don José y yo —repuso bruscamente el bravo de la localidad.

Y sin decir más se retiró.

Poco después Pepe Rey salió del comedor para ir a su cuarto. En la galería hallóse frente a frente con su troyano antagonista, y no pudo reprimir la risa al ver la torva seriedad del ofendido cortejo.

—Una palabra —dijo éste, plantándose descaradamente ante el ingeniero—. ¿Usted sabe quién soy yo?

Diciendo esto puso la pesada mano en el hombro del joven con tan insolente franqueza, que éste no pudo menos de rechazarle enérgicamente.

—No es preciso aplastar para eso.

El valentón, ligeramente desconcertado, se repuso al instante, y mirando a Rey con audacia provocativa, repitió su estribillo:

—¿Sabe usted quién soy yo?

—Sí: ya sé que es usted un animal.

Apartóle a un lado bruscamente[342] y entró en su cuarto. Según el estado del cerebro de nuestro desgraciado amigo en aquel instante, sus acciones debían sin-

---

[340] «dijo» [341] «¡Bonito apunte!» [342] «Apartóle bruscamente hacia un lado»

tetizarse en el siguiente brevísimo y definitivo plan: romperle la cabeza a Caballuco sin pérdida de tiempo; despedirse en seguida de su tía con razones severas, aunque corteses, que le llegaran al alma; dar un frío adiós al canónigo y un abrazo al inofensivo don Cayetano; administrar, por fin de fiesta, una paliza al tío Licurgo; partir de Orbajosa aquella misma noche, y sacudirse el polvo de los zapatos a la salida de la ciudad[343].

Pero los pensamientos del perseguido joven no podían apartarse, en medio de tantas amarguras, de otro desgraciado ser a quien suponía en situación más aflictiva y angustiosa que la suya propia. Tras el ingeniero entró en la estancia una criada.

—¿Le diste mi recado? —preguntó él.

—Sí, señor, y me dio esto.

Rey tomó de las manos de la muchacha un pedacito de periódico, en cuya margen[344] leyó estas palabras: «Dicen que te vas. Yo me muero.»

Cuando volvió al comedor, el tío Licurgo se asomaba a la puerta preguntando:

—¿A qué hora hace falta la jaca?

—A ninguna —contestó vivamente Rey.

—¿Luego no te vas esta noche? —dijo doña Perfecta—. Mejor es que lo dejes para mañana.

—Tampoco.

—Pues ¿cuando?

—Ya veremos —dijo fríamente el joven, mirando a su tía con imperturbable calma—. Por ahora no pienso marcharme.

Sus ojos lanzaban enérgico reto[345]. Doña Perfecta se puso primero encendida, pálida después. Miró al canónigo, que se había quitado las gafas de oro para limpiarlas, y luego clavó sucesivamente la vista en los demás que ocupaban la estancia, incluso Caballuco, que, en-

---

343 Referencia al evangelio de San Lucas (IX, 5).
344 «en cuyo margen»
345 Comienza un nuevo párrafo después de esta frase, para indicar que «sus ojos» se refiere a Pepe y no a su tía.

trando poco antes, se sentara en el borde de una silla. Doña Perfecta les miró como mira un general a sus queridos cuerpos de ejército. Después examinó el semblante meditabundo y sereno de Pepe Rey[346], de aquel estratégico enemigo que se presentaba inopinadamente[347] cuando se le creía en vergonzosa fuga.

¡Ay! ¡Sangre, ruina y desolación!... Una gran batalla se preparaba.

XVI

Noche

Orbajosa dormía. Los mustios farolillos del público alumbrado despedían en encrucijadas y callejones su postrer fulgor, como cansados ojos que no pueden vencer el sueño. A la débil luz[348] se escurrían, envueltos en sus capas, los vagabundos, los rondadores, los jugadores. Sólo el graznar del borracho o el canto del enamorado turbaban la callada paz de la ciudad histórica. De pronto, el *Ave María Pusísima* de vinoso sereno sonaba como un quejido enfermizo del durmiente poblachón.

En la casa de doña Perfecta también había silencio. Turbábalo tan sólo un diálogo que en la biblioteca del señor don Cayetano sostenían éste y Pepe Rey. Sentábase el erudito reposadamente en el sillón de su mesa de estudio, la cual aparecía cubierta por innúmeros papeles[349], conteniendo notas, apuntes y referencias[350]. Rey fijaba los ojos en el copioso montón[351]; pero sus pensamientos volaban, sin duda, en regiones distantes[352] de aquella sabiduría.

—Perfecta —dijo el anticuario— es mujer excelente; pero tiene el defecto[353] de escandalizarse por cualquier

---

[346] «de su sobrino,» [347] «de improviso» [348] «A su débil luz» [349] «diversas suertes de papeles» [350] «y referencias, sin que el más pequeño desorden las confundiese, a pesar de su mucha diversidad y abundancia.» [351] «montón de papeles» [352] «muy distantes» [353] «aunque es una mujer excelente, tiene el defecto»

acción insignificante[354]. Amigo, en estos pueblos de provincia el menor[355] desliz se paga caro. Nada encuentro de particular en que usted fuese a casa de las Troyas. Se me figura que don Inocencio, bajo su capita de hombre de bien, es algo cizañoso. ¿A él qué le importa?...

—Hemos llegado a un punto, señor don Cayetano, en que urge[356] tomar una determinación enérgica. Yo necesito ver y hablar a Rosario.

—Pues véala usted.

—Es que no me dejan —respondió el ingeniero, dando un puñetazo en la mesa—. Rosario está secuestrada...

—¡Secuestrada! —exclamó el sabio con incredulidad—. La verdad, no me gusta su cara[357], ni su aspecto, ni menos el estupor que se pinta en sus bellos ojos. Está triste, habla poco, llora... Amigo don José, me temo mucho que esa niña se vea atacada de la terrible enfermedad que ha hecho tantas víctimas en mi familia[358].

—¡Una terrible enfermedad! ¿Cuál?

—La locura..., mejor dicho, manías. En la familia[359] no ha habido uno solo que se librara de ellas. Yo, yo soy el único que he[360] logrado escapar.

—¡Usted!... Dejando a un lado las manías[361] —dijo Rey con impaciencia—, yo quiero ver a Rosario.

—Nada más natural. Pero el aislamiento en que su madre la tiene es un sistema higiénico, querido Pepe; el único empleado[362] con éxito en todos los individuos de mi familia. Considere usted que la persona cuya presencia y voz debe de hacer[363] más impresión en el delicado sistema nervioso de Rosarillo es el elegido de su corazón.

—A pesar de todo —insistió Pepe—, yo quiero verla.

—Quizás Perfecta no se oponga a ello —dijo el sabio, fijando la atención[364] en sus notas y papeles—. No quiero meterme en camisa de once varas.

---

[354] «acción frívola e insignificante.»   [355] «al menor»   [356] «es preciso»   [357] «La verdad es que no me gusta su cara,»   [358] «en los individuos de mi familia.»   [359] «En mi familia»   [360] «ha»   [361] «un lado manías»   [362] «el único sistema que se ha empleado»   [363] «debe hacer»   [364] «su atención»

El ingeniero, viendo que no podía sacar partido del buen Polentinos, se retiró para marcharse.

—Usted va a trabajar, y no quiero estorbarle.

—No; aún tengo tiempo. Vea usted el cúmulo de preciosos datos que he reunido hoy. Atienda usted... «En 1537 un vecino de Orbajosa, llamado Bartolomé del Hoyo, fue a Civitta-Vecchia en las galeras del marqués de Castel-Rodrigo.» Otra: «En el mismo año, dos hermanos, hijos también de Orbajosa, y llamados Juan y Rodrigo González del Arco, se embarcaron en los seis navíos que salieron de Maestrique el 20 de febrero, y que a la altura de Calais toparon con un navío inglés y los flamencos que mandaba Van Owen...» En fin, fue aquello una importante hazaña de nuestra Marina. He descubierto que un orbajosense, un tal Mateo Díaz Coronel, alférez de la Guardia, fue el que escribió en 1709 y dio a la estampa en Valencia el *Métrico encomio, fúnebre canto, lírico elogio, descripción numérica, gloriosas fatigas, angustiadas glorias de la Reina de los Ángeles.* Poseo un preciosísimo ejemplar de esta obra, que vale un Perú... Otro orbajosense es autor de aquel famoso *Tractado de las diversas suertes de la Gineta*, que enseñé a usted ayer; y, en resumen, no doy un paso por el laberinto de la historia inédita sin tropezar con algún paisano ilustre. Yo pienso sacar todos esos nombres de la injusta oscuridad y olvido en que yacen. ¡Qué goce tan puro, querido Pepe, es devolver todo su lustre a las glorias, ora épicas, ora literarias, del país en que hemos nacido! Ni qué mejor empleo puede dar un hombre al escaso entendimiento que del cielo recibiera, a la fortuna heredada y al tiempo breve con que puede contar en el mundo la existencia más dilatada[365]... Gracias a mí, se verá que Orbajosa es ilustre cuna del genio español. Pero ¿qué digo? ¿No se conoce bien su prosapia ilustre en la nobleza, en la hidalguía de la actual generación *urbsaugustana*? Pocas localidades conocemos en que crezcan con más lozanía las plantas y arbustos de todas las vir-

---

[365] «la más dilatada existencia»

tudes, libres de la hierba maléfica[366] de los vicios. Aquí todo es paz, mutuo respeto, humildad cristiana. La caridad se practica aquí como en los tiempos evangélicos; aquí no se conoce la envidia; aquí no se conocen las pasiones criminales; y si oye usted hablar de ladrones y asesinos, tenga por seguro que no son hijos de esta noble tierra, o que pertenecen al número de los infelices pervertidos por las predicaciones demagógicas. Aquí verá usted el carácter nacional en toda su pureza, recto, hidalgo, incorruptible, puro, sencillo, patriarcal, hospitalario, generoso... Por eso gusto tanto de vivir en esta pacífica soledad, lejos del laberinto de las ciudades, donde reinan ¡ay! la falsedad y el vicio. Por eso no han podido sacarme de aquí los muchos amigos que tengo en Madrid; por eso vivo en la dulce compañía de mis leales paisanos y de mis libros, respirando sin cesar esta salutífera atmósfera de honradez, que se va poco a poco reduciendo en nuestra España, y sólo existe en las humildes, en las cristianas[367] ciudades que con las emanaciones de sus virtudes saben conservarla[368]. Y no crea usted: este sosegado aislamiento ha contribuido mucho, queridísimo Pepe, a librarme de la terrible enfermedad connaturalizada en mi familia. En mi juventud, yo, lo mismo que mis hermanos y padre, padecía lamentable propensión a las más absurdas manías; pero aquí me tiene usted tan pasmosamente curado, que no conozco tal enfermedad, sino cuando la veo en los demás. Por eso mi sobrinilla me tiene tan inquieto.

—Celebro que los aires de Orbajosa le hayan preservado a usted —dijo Rey, no pudiendo reprimir un sentimiento de burlas que, por ley extraña, nació en medio de su tristeza—. A mí me han probado tan mal, que creo he de ser maniático dentro de poco tiempo si sigo aquí.

---

[366] «la maléfica hierba»   [367] «las humildes y cristianas»
[368] En una forma irónica, a través del falso historiador don Cayetano, nos presenta Galdós el programa que inicia con esta novela, de hacer un estudio de las sociedades provinciales de España, donde se preservan, sin adulteración, no las eternas virtudes, sino los eternos defectos que las caracterizan.

Conque buenas noches, y que trabaje usted mucho.

—Buenas noches.

Dirigióse a su habitación; mas no sintiendo sueño ni necesidad de reposo físico, sino, por el contrario, fuerte excitación que le impulsaba a agitarse y divagar, cavilando y moviéndose, se paseó de un ángulo a otro de la pieza. Después abrió la ventana que a la huerta daba [369], y poniendo los codos en el antepecho [370] contempló la inmensa negrura de la noche. No se veía nada. Pero el hombre ensimismado lo ve todo, y Rey, fijos los ojos en la oscuridad, miraba cómo se iba desarrollando sobre ella el abigarrado paisaje de sus desgracias. La sombra no le permitía ver las flores de la tierra, ni las del cielo, que son las estrellas. La misma falta casi absoluta de claridad producía el efecto de un ilusorio movimiento en las masas de árboles, que se extendían al parecer; iban perezosamente y regresaban enroscándose, como el oleaje de un mar de sombras. Formidable flujo y reflujo, una lucha entre fuerzas no bien manifiestas, agitaban [371] la silenciosa esfera. Contemplando aquella extraña proyección de su alma sobre la noche, el matemático decía [372]:

—La batalla será terrible. Veremos quién sale triunfante.

Los insectos de la noche hablaron a su oído, diciéndole misteriosas palabras. Aquí, un chirrido áspero; allí, un chasquido semejante al que hacemos con la lengua; allá, lastimeros murmullos; más lejos, un son vibrante parecido al de la esquila supendida al cuello de la res vagabunda. De súbito sintió Rey una consonante extraña, una rápida nota propia tan sólo de la lengua y de los labios humanos, exhalación que cruzó por su cerebro [373] como un relámpago. Sintió culebrear dentro de sí aquella S fugaz, que se repitió una y otra vez, aumentando de intensidad. Miró a todos lados, hacia [374] la parte alta de la casa, y en una ventana creyó distinguir un objeto semejante a un

369 «que daba a la huerta»   370 «en el antepecho de ella,»   371 «no bien manifestadas agitaban»   372 «El matemático, contemplando aquella extraña proyección de su alma sobre la noche, decía:»   373 «humanos. Esta expresión cruzó por el cerebro del joven»   374 «miró hacia»

ave blanca que movía las alas. Por la mente excitada de Pepe Rey cruzó en un instante la idea del fénix, de la paloma, de la garza real... y, sin embargo, aquella ave no era más que un pañuelo.

Saltó el ingeniero por la ventana [375] a la huerta. Observando bien, vio la mano y el rostro de su prima. Creyó distinguir [376] el tan usual movimiento de imponer silencio llevando el dedo a los labios. Después, la simpática sombra alargó el brazo hacia abajo y desapareció. Pepe Rey entró de nuevo en su cuarto rápidamente, y procurando no hacer ruido pasó a la galería, avanzando después lentamente por ella. Sentía el palpitar de su corazón, como si hachazos recibiera [377] dentro del pecho. Esperó un rato... al fin [378] oyó distintamente tenues golpes en los peldaños de la escalera. Uno, dos, tres... Producían aquel rumor unos zapatitos.

Dirigióse hacia allá en medio de una oscuridad casi profunda, y alargó los brazos para prestar apoyo a quien descendía [379]. En su alma reinaba una ternura exaltada y profunda; pero ¿a qué negarlo?, tras aquel dulce sentimiento surgió de repente, como infernal inspiración otro que era un terrible deseo de venganza. Los pasos se acercaban descendiendo. Pepe Rey avanzó, y unas manos que tanteaban en el vacío chocaron con las suyas. Las cuatro ¡ay! se unieron en estrecho apretón.

XVII

Luz a oscuras

La galería era larga y ancha. A un extremo estaba la puerta del cuarto donde moraba el ingeniero; en el centro, la del comedor; al otro extremo [380] la escalera y una puerta grande y cerrada, con un peldaño en el

---

[375] «El ingeniero saltó por la ventana»   [376] «Le pareció distinguir»   [377] «como si recibiera hachazos»   [378] «un rato... Al fin»   [379] «bajaba»   [380] «comedor, y al otro extremo»

umbral. Aquella puerta era la de una capilla, donde los Polentinos tenían los santos de su devoción doméstica. Alguna vez se celebraba en ella el santo sacrificio de la misa.

Rosario dirigió a su primo hacia la puerta de la capilla, y se dejó caer en el escalón.

—¿Aquí?... —murmuró Pepe Rey.

Por los movimientos de la mano derecha de Rosario comprendió que ésta se santiguaba.

—Prima querida, Rosario... ¡Gracias por haberte dejado ver! —exclamó estrechándola con ardor entre sus brazos.

Sintió los dedos fríos de la joven sobre sus labios, imponiéndole silencio. Los besó con frenesí.

—Estás helada... Rosario..., ¿por qué tiemblas así?

Daba diente con diente, y su cuerpo todo se estremecía con febril convulsión. Rey sintió en su cara el abrasador fuego del rostro de su prima, y alarmado, exclamó:

—Tu frente es un volcán. Tienes fiebre.

—Mucha.

—¿Estás enferma realmente?

—Sí...

—Y has salido...

—Por verte.

El ingeniero la estrechó entre sus brazos para darle abrigo; pero no bastaba.

—Aguarda —dijo vivamente, levantándose—. Voy a mi cuarto a traer mi manta de viaje.

—Apaga la luz, Pepe.

Rey había dejado encendida la luz dentro de su cuarto, y por la puerta de éste salía una tenue claridad, iluminando la galería. Volvió al instante. La oscuridad era ya profunda. Tentando las paredes pudo llegar hasta donde estaba su prima. Reuniéronse y la arropó cuidadosamente de los pies a la cabeza.

—¡Qué bien estás ahora, niña mía!

—Sí, ¡qué bien!... Contigo.

—Conmigo... y para siempre —exclamó con exaltación el joven.

Pero observó que se desasía de sus brazos y se levantaba.

—¿Qué haces?

Sintió el ruido de un hierrecillo. Rosario introducía[381] una llave en la invisible cerradura, y abría cuidadosamente la puerta en cuyo umbral se habían sentado. Leve olor de humedad, inherente a toda pieza cerrada por mucho tiempo, salía de aquel recinto oscuro como una tumba. Pepe Rey se sintió llevado de la mano, y la voz de su prima dijo muy débilmente:

—Entra.

Dieron algunos pasos. Creíase él conducido a ignotos lugares Elíseos por el ángel de la noche. Ella tanteaba. Por fin volvió a sonar su dulce voz, murmurando:

—Siéntate.

Estaban junto a un banco de madera. Los dos se sentaron. Pepe Rey la abrazó de nuevo. En el mismo instante su cabeza chocó con un cuerpo muy duro.

—¿Qué es esto?

—Los pies.

—Rosario... ¿qué dices?

—Los pies del divino Jesús, de la imagen de Cristo Crucificado, que adoramos en mi casa.

Pepe Rey sintió como una fría lanzada que le traspasó el corazón.

—Bésalos —dijo imperiosamente la joven.

El matemático besó los helados pies de la santa imagen.

—Pepe —preguntó[382] después la señorita, estrechando ardientemente la mano de su primo—. ¿Tú crees en Dios?

—¡Rosario!... ¿qué dices ahí? ¡Qué locuras piensas! —repuso con perplejidad el primo.

—Contéstame.

Pepe Rey sintió humedad en sus manos.

—¿Por qué lloras? —dijo lleno de turbación. —Rosario, me estás matando con tus dudas absurdas. ¡Que si creo en Dios! ¿Lo dudas tú?

---

[381] «entraba»   [382] «exclamó»

—Yo no; pero todos dicen que eres ateo.

—Desmerecerías a mis ojos, te despojarías de tu aureola de pureza, si dieras [383] crédito a tal necedad.

—Oyéndote calificar de ateo, y sin poder convencerme de lo contrario por ninguna razón, he protestado desde el fondo de mi alma contra tal calumnia. Tú no puedes ser ateo. Dentro de mí tengo yo vivo y fuerte el sentimiento de tu religiosidad, como el de la mía propia.

—¡Qué bien has hablado! Entonces, ¿por qué me preguntas si creo en Dios?

—Porque quería escucharlo de tu misma boca y recrearme oyéndotelo decir. ¡Hace tanto tiempo que no oigo tu voz!... ¿Qué mayor gusto que oírla de nuevo, después de tan gran silencio, diciendo: «Creo en Dios»?

—Rosario, hasta los malvados creen en Él. Si existen ateos, que no lo dudo, son los calumniadores, los intrigantes de que está infestado el mundo... Por mi parte, me importan poco las intrigas y las calumnias, y si tú te sobrepones a ellas y cierras tu corazón a los sentimientos de discordia que una mano aleve quiere introducir en él, nada se opondrá a nuestra felicidad.

—Pero ¿qué nos pasa? Pepe, querido Pepe... ¿tú crees en el diablo?

El ingeniero calló. La oscuridad de la capilla no permitía a Rosario ver la sonrisa con que su primo acogiera tan extraña pregunta.

—Será preciso creer en él —dijo al fin.

—¿Qué nos pasa? Mamá me prohíbe verte; pero, fuera de lo del ateísmo no habla mal de ti. Díceme que espere; que tú decidirás; que te vas, que vuelves... Háblame con franqueza... ¿Has formado mala idea de mi madre?

—De ninguna manera —replicó Rey, apremiado por su delicadeza.

---

[383] «de pureza y de prestigio si dieras»

—¿No crees, como yo, que me quiere mucho, que nos quiere a los dos, que sólo desea nuestro bien, y que al fin hemos de alcanzar de ella el consentimiento que deseamos?

—Si tú lo crees así, yo también... Tu mamá nos adora a entrambos... Pero, querida Rosario, es preciso reconocer [384] que el demonio ha entrado en esta casa.

—No te burles... —repuso ella con cariño—. ¡Ay!, mamá es muy buena. Ni una sola vez me ha dicho que no fueras digno de ser mi marido. No insiste más que en lo del ateísmo. Dicen [385] que tengo manías, y que ahora me ha entrado la de quererte con toda mi alma. En nuestra familia es ley no contrariar de frente las manías congénitas que tenemos, porque atacándolas se agravan más.

—Pues yo creo que a tu lado hay buenos médicos que se han propuesto curarte, y que al fin, adorada niña mía, lo conseguirán [386].

—¡No, no, no mil veces! —exclamó Rosario, apoyando su frente en el pecho de su novio—. Quiero volverme loca contigo. Por ti estoy padeciendo; por ti estoy enferma; por ti desprecio la vida y me expongo a morir... Ya lo preveo; mañana estaré peor, me agravaré... Moriré: ¡qué me importa!

—Tú no estás enferma —repuso él con energía—; tú no tienes sino una perturbación moral que, naturalmente, trae ligeras afecciones nerviosas; tú no tienes más que la pena ocasionada por esta horrible violencia que están ejerciendo sobre ti. Tu alma sencilla y generosa no lo comprende. Cedes, perdonas a los que te hacen daño; te afliges, atribuyendo tu desgracia a funestas influencias sobrenaturales; padeces en silencio; entregas tu inocente cuello al verdugo; te dejas matar, y el mismo cuchillo hundido en tu garganta, te parece la espina de una flor que se te clavó al pasar. Rosario, desecha esas ideas: considera nuestra verdadera situación, que es grave; mira la causa de ella donde verdaderamente está, y no te

---

[384] «confesar» [385] «Dicen además» [386] «lo van a conseguir»

acobardes, no cedas a la mortificación que se te impone[387], enfermando tu alma y tu cuerpo. El valor de que careces te devolverá la salud, porque tú no estas realmente enferma, querida niña mía: tú estás... ¿quieres que lo diga? estás asustada, aterrada. Te pasa lo que los antiguos no sabían definir y llamaban maleficio. ¡Rosario, ánimo, confía en mí! Levántate y sígueme. No te digo más.

—¡Ay, Pepe..., primo mío!..., se me figura que tienes razón —exclamó Rosarito anegada en llanto—. Tus palabras resuenan en mi corazón como golpes violentos que, estremeciéndome, me dan nueva vida. Aquí en esta oscuridad, donde no podemos vernos las caras, una luz inefable sale de ti y me inunda el alma. ¿Qué tienes tú, que así me transformas? Cuando te conocí, de repente fui otra. En los días en que he dejado de verte me he visto volver a mi antiguo estado insignificante, a mi cobardía primera. Sin ti vivo en el Limbo, Pepe mío... Haré lo que me dices, me levanto y te sigo. Iremos juntos a donde quieras. ¿Sabes que me siento bien? ¿Sabes que no tengo ya fiebre, que recobro las fuerzas, que quiero correr y gritar, que todo mi ser se renueva, y se aumenta y se centuplica para adorarte? Pepe, tienes razón. Yo no estoy enferma, yo no estoy sino acobardada; mejor dicho, fascinada.

—Eso es: fascinada.

—Fascinada. Terribles ojos me miran y me dejan muda y trémula. Tengo miedo; ¿pero a qué?... Tú solo posees[388] el extraño poder de devolverme la vida. Oyéndote, resucito. Yo creo que si me muriera y fueras a pasear junto a mi sepultura, desde lo hondo de la tierra sentiría tus pasos. ¡Oh, si pudiera verte ahora!... Pero estás aquí, a mi lado, y no dudo[389] que eres tú... ¡Tanto tiempo sin verte!... Yo estaba loca. Cada día de soledad me parecía un siglo... Me decían que mañana, que mañana, y vuelta con mañana. Yo me asomaba a la

---

[387] «que te impone» [388] «tienes» [389] «no puedo dudar»

ventana por las noches[390], y la claridad de la luz de tu cuarto me servía de consuelo. A veces tu sombra en los cristales era para mí una aparición divina. Yo extendía los brazos hacia fuera, derramaba lágrimas y gritaba con el pensamiento, sin atreverme a hacerlo con la voz. Cuando recibí tu recado por conducto de la criada; cuando me dio[391] tu carta diciéndome que te marchabas, me puse muy triste; creí que se me iba saliendo el alma del cuerpo y que me moría por grados. Yo caía, caía como el pájaro herido cuando vuela, que va cayendo y muriéndose, todo al mismo tiempo... Esta noche, cuando te vi despierto tan tarde, no pude resistir el anhelo de hablar contigo[392], y bajé. Creo que todo el atrevimiento que puedo tener en mi vida lo he consumido y empleado en una sola acción, en ésta, y que ya no podré dejar de ser cobarde... Pero tú me darás aliento; tú me darás fuerzas; tú me ayudarás, ¿no es verdad?... Pepe, primo mío querido, dime que sí; dime que tengo fuerzas, y las tendré; dime que no estoy enferma, y no lo estaré. Ya no lo estoy. Me encuentro tan bien, que me río de mis males ridículos.

Al decir esto, Rosarito se sintió frenéticamente enlazada por los brazos de su primo. Oyóse un ¡ay!, pero no salió de los labios de ella, sino de los de él, porque habiendo inclinado la cabeza, tropezó violentamente con los pies del Cristo. En la oscuridad es donde se ven las estrellas.

En el estado de su ánimo y en la natural alucinación que producen los sitios oscuros, a Rey le parecía, no que su cabeza había topado con el santo pie, sino que éste se había movido, amonestándole de la manera más breve y más elocuente. Entre serio y festivo alzó la cabeza, y dijo así:

—Señor, no me pegues, que no haré nada malo.

En el mismo instante Rosario tomó la mano del ingeniero[393], oprimiéndola contra su corazón. Oyóse

---

[390] «Yo me asomaba por las noches a la ventana,»   [391] «recibí»   [392] «de hablarte»   [393] «joven»

una voz pura, grave, angelical, conmovida, que habló de este modo:

—Señor que adoro, Señor Dios del mundo y tutelar de mi casa y de mi familia; Señor a quien Pepe también adora; Santo Cristo bendito que moriste en la cruz por nuestros pecados: ante Ti, ante Tu cuerpo herido, ante Tu frente coronada de espinas, digo que éste es mi esposo, y que después de Ti es el que más ama mi corazón; digo que le declaro mío [394], y que antes moriré que pertenecer a otro. Mi corazón y mi alma son suyos. Haz que el mundo no se oponga a nuestra felicidad, y concédeme [395] el favor de esta unión, que ha de ser buena ante el mundo [396] como lo es en mi conciencia.

—Rosario, eres mía —exclamó Pepe con exaltación—. Ni tu madre ni nadie lo impedirá.

La prima inclinó su hermoso busto inerte sobre el pecho del primo. Temblaba en los amantes brazos varoniles, como la paloma en las garras del águila.

Por la mente del ingeniero pasó como un rayo la idea de que existía el demonio; pero entonces el demonio era él. Rosario hizo ligero movimiento de miedo: tuvo como el temblor de sorpresa que anuncia el peligro.

—Júrame que no desistirás —dijo turbadamente Rey, atajando aquel movimiento.

—Te lo juro por las cenizas de mi padre, que están...

—¿Dónde?

—Bajo nuestros pies.

El matemático sintió que se levantaba bajo sus pies la losa...; pero no, no se levantaba: es que él creyó notarlo así, a pesar de ser matemático.

—Te lo juro —repitió Rosario— por las cenizas de mi padre y por Dios, que nos está mirando... Que nuestros cuerpos, unidos como están, reposen bajo estas losas cuando Dios quiera llevarnos de este mundo.

—Sí —repitió Pepe Rey—, con emoción profunda, sintiendo en su alma una [397] turbación inexplicable.

---

[394] «mi esposo»   [395] «felicidad, concédeme»   [396] «que juro será buena ante todo el mundo»   [397] «llena su alma de una»

Ambos permanecieron en silencio durante breve rato. Rosario se había levantado.

—¿Ya?

Volvió a sentarse.

—Tiemblas otra vez —dijo Pepe—. Rosario, tú estás mala; tu frente abrasa.

—Parece que me muero —murmuró la joven con desaliento—. No sé qué tengo.

Cayó sin sentido en brazos de su primo. Agasajándola, notó que el rostro de la joven se cubría de helado sudor.

—Está realmente enferma —dijo para sí—. Esta salida es una verdadera calaverada.

Levantóla en sus brazos, tratando de reanimarla, pero ni el temblor de ella ni el desmayo cesaban, por lo cual resolvió sacarla de la capilla, a fin de que el aire fresco la reanimase. Así fue, en efecto. Recobrado el sentido, manifestó Rosario mucha inquietud por hallarse a tal hora fuera de su habitación. El reloj de la catedral dio las cuatro.

—¡Qué tarde! —exclamó la joven—. Suéltame, primo. Me parece que puedo andar. Verdaderamente estoy muy mala.

—Subiré contigo.

—Eso de ninguna manera. Antes iré arrastrándome hasta mi cuarto... ¿No te parece que se oye un ruido...?

Ambos callaron. La ansiedad de su atención determinó un silencio absoluto.

—¿No oyes nada, Pepe?

—Absolutamente nada.

—Pon atención... Ahora, ahora vuelve a sonar. Es un rumor que no sé si suena lejos, muy lejos, o cerca, muy cerca. Lo mismo podría ser la respiración de mi madre que el chirrido de la veleta que está en la torre de la catedral. ¡Ah! Tengo un oído muy fino [398].

---

[398] La caracterización de Rosario en este capítulo no ha sido lo suficientemente comentada por los críticos. En ella encontramos elementos de esa supersensibilidad que junto a sus dos obsesiones, su madre y la iglesia, emblemáticamente representadas en este párrafo por la respira-

—Demasiado fino... Conque, querida prima, te subiré en brazos.

—Bueno, súbeme hasta lo alto de la escalera. Después iré yo sola. En cuanto descanse un poco, me quedaré como si tal cosa... ¿Pero no oyes?

Detuviéronse en el primer peldaño.

—Es un sonido metálico.

—¿La respiración de tu mamá?

—No, no es eso. El rumor viene de muy lejos. ¿Será el canto de un gallo?

—Podrá ser.

—Parece que suenan dos palabras, diciendo: *allá voy, allá voy.*

—Ya, ya oigo —murmuró Pepe Rey.

—Es un grito.

—Es una corneta.

—¡Una corneta!

—Sí. Sube pronto. Orbajosa va a despertar... Ya se oye con claridad. No es trompeta, sino clarín. La tropa se acerca.·

—¡Tropa!

—No sé por qué me figuro que esta invasión militar ha de ser provechosa para mí... Estoy alegre, Rosario arriba pronto.

—También yo estoy alegre. Arriba.

En un instante la subió, y los dos amantes se despidieron, hablándose al oído tan quedamente que apenas se oían.

—Me asomaré por la ventana que da a la huerta, para decirte que he llegado a mi cuarto sin novedad. Adiós.

—Adiós, Rosario. Ten cuidado de no tropezar con los muebles.

—Por aquí navego bien, primo. Ya nos veremos otra vez. Asómate a la ventana de tu aposento [399] si quieres recibir mi parte telegráfico.

---

ción de aquélla y el chirrido de la veleta en la torre de ésta, la llevarán a la locura.

[399] «cuarto»

Pepe Rey hizo lo que se le mandaba; pero aguardó largo rato y Rosario no apareció en la ventana. El ingeniero creía sentir agitadas voces en el piso alto.

XVIII

Tropa

Los habitantes de Orbajosa oían en la crepuscular vaguedad de su último sueño aquel clarín sonoro, y abrían los ojos diciendo:

—¡Tropa!

Unos, hablando consigo mismos, mitad dormidos, mitad despiertos, murmuraban:

—Por fin nos han mandado esa canalla.

Otros se levantaban a toda prisa, gruñendo así:

—Vamos a ver a esos condenados.

Alguno apostrofaba de este modo:

—Anticipo forzoso tenemos... Ellos dicen quintas, contribuciones; nosotros diremos palos y más palos.

En otra casa se oyeron estas palabras, pronunciadas con alegría:

—¡Si vendrá mi hijo!... ¡Si vendrá mi hermano!...

Todo era saltar del lecho, vestirse a prisa, abrir las ventanas para ver el alborotador regimiento que entraba con las primeras luces del día. La ciudad era tristeza, silencio, vejez; el ejército alegría, estrépito, juventud. Entrando el uno en la otra, parecía que la momia recibía por arte maravillosa el don de la vida y, bulliciosa, saltaba fuera del húmedo sarcófago para bailar en torno de él. ¡Qué movimiento, qué algazara, qué risas, qué jovialidad! No existe nada tan interesante como un ejército. Es la patria en su aspecto juvenil y vigoroso. Lo que en el concepto individual tiene o puede tener esa misma patria de inepta, de levantisca, de supersticiosa unas veces, de blasfema otras, desaparece bajo la presión férrea de la disciplina, que de tantas figurillas insignifi-

191

cantes hace un conjunto prodigioso. El soldado, o sea el corpúsculo, al desprenderse después de un *rompan filas*, de la masa en que ha tenido vida regular y a veces sublime, suele conservar algunas de las cualidades peculiares del ejército. Pero esto no es lo más común. A la separación suele acompañar súbito encanallamiento, de lo cual resulta que si un ejército es gloria y honor, una reunión de soldados puede ser calamidad insoportable, y los pueblos que lloran de júbilo y entusiasmo al ver entrar en su recinto un batallón victorioso, gimen de espanto y tiemblan de recelo cuando ven libres y sueltos a los señores soldados.

Esto último sucedió en Orbajosa, porque en aquellos días no había glorias que cantar, ni motivo alguno para tejer coronas ni trazar letreros triunfales, ni mentar siquiera hazañas de nuestros bravos, por cuya razón todo fue miedo y desconfianza en la episcopal ciudad, que, si bien pobre, no carecía de tesoros en gallinas, frutas, dinero y doncellez, los cuales corrían gran riesgo desde que entraron los consabidos alumnos de Marte. Además de esto, la patria de los Polentinos, como ciudad muy apartada del movimiento y bullicio que han traído el tráfico, los periódicos, los ferrocarriles y otros agentes que no hay para qué analizar ahora, no gustaba que la molestasen en su sosegada existencia.

Siempre que se ofrecía coyuntura propia, mostraba viva repulsión a someterse a la autoridad central, que mal o bien nos gobierna; y recordando sus fueros de antaño y mascullándolos de nuevo, como rumia el camello la hierba que ha comido el día antes[400], alardeaba de cierta[401] independencia levantisca, deplorables resabios de behetría[402] que a veces daban[403] no pocos quebraderos de cabeza al gobernador de la provincia.

Otrosí: debe tenerse en cuenta que Orbajosa tenía

---

[400] «anterior»   [401] «solía hacer alarde de cierta»

[402] *Behetría*, una comunidad medieval que tenía el derecho de escoger a su Señor. Hoy, sinónimo de «anarquía».

[403] «dieron»

antecedentes, o mejor dicho, abolengo faccioso. Sin duda conservaba en su seno algunas fibras enérgicas de aquellas que en edad remota, según la entusiasta opinión de don Cayetano, la impulsaron a inauditas acciones épicas; y, aunque en decadencia, sentía de vez en cuando violento afán de hacer grandes cosas, aunque fueran barbaridades y desatinos. Como dio al mundo tantos egregios hijos, quería sin duda que sus actuales vástagos, los Caballucos, Merengues y Pelosmalos, renovasen las *gestas* gloriosas de los de antaño.

Siempre que hubo facciones en España, aquel pueblo dio a entender que no existía en vano sobre la faz de la tierra, si bien nunca sirvió de teatro a una verdadera campaña. Su genio, su situación, su historia, la reducían al papel secundario de levantar partidas. Obsequió al país con esta fruta nacional en tiempo de los Apostólicos (1827)[404]; durante la guerra de los siete años[405], en 1848[406], y en otras épocas de menos eco en la historia patria. Las partidas y los partidarios fueron siempre populares, circunstancia funesta que procedía de la guerra de la Independencia[407], una de esas cosas buenas

---

[404] «nacional en 1827, cuando los Apostólicos,». En 1827 los Apostólicos, una federación de los elementos más reaccionarios de España, levantaron una revuelta en ciertas provincias; *Los Apostólicos*, episodio nacional de la segunda serie, se publicó en 1879, tres años después de esta novela.

[405] «La guerra de los siete años» se refiere a la primera de las guerras carlistas. Cuando murió Fernando VII en 1833, su hermano don Carlos, apoyado por fuerzas reaccionarias del país, rehusó reconocer a Isabel II, hija de Fernando, como legítima heredera del trono. Bajo la ley Sálica, que excluía a las mujeres de los tronos de Francia y España, don Carlos resultaba el legítimo heredero.

[406] El año 1848 fue un año de revoluciones por toda Europa. En España se distinguió por una serie de levantamientos de carácter liberal en contra del régimen del general Narváez.

[407] En esta guerra (1808-14) el pueblo español se levantó en contra de la ocupación francesa de la Península por las tropas de Napoleón. Uno de los factores más importantes en la derrota de los franceses fueron las guerrillas (se dice que fue durante esta guerra cuando se originó y perfeccionó esta estrategia, tan popular en nuestros días; la palabra «guerrilla» ha entrado en el vocabulario de la mayor parte de los idiomas). Después de terminada esta guerra, sin embargo,

que han sido origen de infinitas cosas detestables. *Corruptio optimi pessima*[408]. Y con la popularidad de las partidas y de los partidarios coincidía, siempre creciente, la impopularidad de todo lo que entraba en Orbajosa con visos de delegación o instrumento del poder central. Los soldados fueron siempre tan mal vistos allí, que siempre que los ancianos narraban un crimen, robo, asesinato, violación, o cualquier[409] otro espantable desafuero, añadían: *Esto sucedió cuando vino la tropa*.

Y ya que se ha dicho esto tan importante, bueno será añadir que los batallones enviados allá en los días de la historia[410] que referimos, no iban a pasearse por las calles, llevaban[411] un objeto que clara y detalladamente se verá más adelante. Como dato de no escaso interés, apuntaremos que lo que aquí se va contando ocurrió en un año que no está muy cerca del presente, ni tampoco muy lejos, así como también puede decirse[412] que Orbajosa (entre los romanos *urbs augusta*, si bien algunos eruditos modernos, examinando el *ajosa*, opinan que este rabillo lo tiene por ser patria de los mejores ajos del mundo) no está muy lejos ni tampoco muy cerca de Madrid, no debiendo tampoco asegurarse que enclave sus gloriosos cimientos al Norte ni al Sur, ni al Este ni al Oeste, sino que es posible esté en todas partes y por doquiera que los españoles revuelvan sus ojos y sientan el picar[413] de sus ajos[414].

Repartidas por el Municipio las cédulas de alojamiento, cada cual se fue en busca de su hogar prestado. Les reci-

---

muchos de los integrantes de estas guerrillas se activaron de nuevo en apoyo de las fuerzas de la reacción. La segunda serie de los *Episodios nacionales* de Galdós documenta todo este desarrollo histórico. Recuérdese que Galdós interrumpió esta serie para escribir *Doña Perfecta*.

[408] *La corrupción de los mejores es la peor corrupción.* Motivo importante que en varias formas utiliza Galdós en esta novela. Ver la Introducción, sección III.

[409] «y cualquier»   [410] «en los primeros días de la historia»   [411] «pues que llevaban»   [412] «se puede decir»   [413] «picor»

[414] Reitera Galdós en este párrafo el carácter arquetípico de su ciudad ficticia, y el ejemplar de su narración, destinada a «doquiera que los españoles revuelvan sus ojos».

bían de muy mal talante, dándoles acomodo en los lugares más atrozmente inhabitables de cada casa[415]. Las muchachas del pueblo no eran, en verdad, las más descontentas; pero se ejercía sobre ellas una gran vigilancia, y no era decente mostrar alegría por la visita de tal canalla. Los pocos soldados hijos de la comarca eran los únicos que estaban a cuerpo de rey. Los demás eran considerados como extranjeros.

A las ocho de la mañana, un teniente coronel de caballería entró con su cédula en casa de doña Perfecta Polentinos. Recibiéronle los criados, por encargo de la señora[416], que, hallándose en deplorable situación de ánimo, no quiso bajar al encuentro del militarote[417], y señaláronle para vivienda la única habitación al parecer disponible de la casa: el cuarto que ocupaba Pepe Rey.

—Que se acomoden como puedan —dijo doña Perfecta con expresión de hiel y vinagre—. Y si no caben, que se vayan a la calle.

¿Era su intención molestar de este modo al infame sobrino, o realmente no había en el edificio otra pieza disponible? No lo sabemos, ni las crónicas de donde esta verídica historia ha salido dicen una palabra acerca de tan importante cuestión. Lo que sabemos de un modo incontrovertible es que, lejos de mortificar a los dos huéspedes el verse enjaulados juntos[418], causóles sumo gusto por ser amigos antiguos. Grande y alegre sorpresa tuvieron uno y otro cuando se encontraron, y no cesaban de hacerse preguntas y lanzar exclamaciones, ponderando la extraña casualidad que los unía en tal sitio y ocasión.

—Pinzón... ¡tú por aquí!... Pero ¿qué es esto? No sospechaba que estuvieras tan cerca...

—Oí[419] decir que andabas por estas tierras, Pepe Rey; pero nunca[420] creí encontrarte en la horrible, en la salvaje Orbajosa.

—¡Casualidad feliz!...[421] porque esta casualidad es

---

[415] «de las casas» [416] «de su señora» [417] «soldadote» [418] «que les embaularan juntos,» [419] «Yo oí» [420] «tampoco» [421] «¡Pero qué casualidad feliz!»

felicísima, providencial... Pinzón, entre tú y yo vamos a hacer algo grande en este poblacho.

—Y tendremos tiempo de meditarlo —repuso el otro, sentándose en el lecho donde el ingeniero yacía [422]—, porque, según parece, viviremos los dos en esta pieza. ¿Qué demonios de casa es ésta?

—Hombre, la de mi tía. Habla con más respeto. ¿No conoces a mi tía?... Pero voy a levantarme.

—Me alegro, porque con eso me acostaré yo, que bastante lo necesito... ¡Qué camino, amigo Pepe; qué camino y qué pueblo!

—Dime, ¿venís a pegar fuego a Orbajosa?

—¡Fuego!

—Dígolo porque yo tal vez os ayudaría.

—¡Qué pueblo! ¡Pero qué pueblo! —exclamó el militar, tirando el chacó, poniendo a un lado espada y tahalí, cartera de viaje y capote—. Es la segunda vez que nos mandan aquí. Te juro que a la tercera pido la licencia absoluta.

—No hables mal de esta buena gente. ¡Pero qué a tiempo has venido! Parece que te manda Dios en mi ayuda, Pinzón... Tengo un proyecto terrible, una aventura, si quieres llamarla así; un plan, amigo mío... y me hubiera sido muy difícil salir adelante sin ti. Hace un momento me volvía loco cavilando, y dije lleno de ansiedad: «Si yo tuviera aquí un amigo, un buen amigo...»

—Proyecto, plan, aventura... Una de dos, señor matemático: o es dar la dirección a los globos, o algo de amores...

—Es formal, muy formal. Acuéstate, duerme un poco, y después hablaremos.

—Me acostaré, pero no dormiré. Puedes contarme todo lo que quieras. Sólo te pido que hables lo menos posible de Orbajosa.

—Precisamente de Orbajosa quiero hablarte [423]. Pero ¿tú también tienes antipatía a esa cuna de tantos varones insignes?

---

[422] «estaba acostado»   [423] «quiero hablar»

—Estos ajeros... los llamamos los ajeros..., pues digo que serán todo lo insignes que tú quieras; pero a mí me pican como los frutos del país. He aquí un pueblo [424] dominado por gentes que enseñan la desconfianza, la superstición y el aborrecimiento a todo el género humano. Cuando estemos despacio te contaré un sucedido... un lance, mitad gracioso, mitad terrible, que me ocurrió [425] aquí el año pasado... Cuando te lo cuente, tú te reirás y yo echaré chispas de cólera... Pero, en fin, lo pasado, pasado.

—Lo que a mí me pasa no tiene nada de gracioso.

—Pero los motivos de mi aborrecimiento a este poblachón son diversos. Has de saber que aquí asesinaron a mi padre, el 48, unos desalmados partidarios. Era brigadier y estaba fuera de servicio. Llamóle el Gobierno, y pasaba por Villahorrenda para ir a Madrid, cuando fue cogido por media docena de tunantes... Aquí hay varias dinastías de guerrilleros. Los Aceros, los Caballucos, los Pelosmalos...; un presidio suelto, como dijo quien sabía muy bien lo que decía.

—¿Supongo que la venida de dos regimientos con alguna caballería no será por gusto de visitar estos amenos vergeles?

—¡Qué ha de ser! Venimos a recorrer el país. Hay muchos depósitos de armas. El Gobierno no se atreve a destituir a la mayor parte de los Ayuntamientos sin desparramar algunas compañías por estos pueblos. Como hay tanta agitación facciosa en esta [426] tierra; como dos provincias cercanas están ya infestadas, y como además este distrito municipal de Orbajosa tiene una historia tan brillante en todas las guerras civiles, hay temores de que los bravos de por aquí se echen a los caminos a saquear lo que encuentren.

—¡Buena precaución! Pero creo que mientras esta gente no perezca y vuelva a nacer; mientras hasta las piedras no muden de forma, no habrá paz en Orbajosa.

—Ésa es también mi opinión —dijo el militar, encen-

[424] «Este es un pueblo»   [425] «pasó»   [426] «por esta»

diendo un cigarrillo—. ¿No ves que los partidarios son la gente mimada en este país? A todos los que asolaron la comarca en 1848 y en otras épocas, o a falta de ellos, a sus hijos, les encuentras colocados en los fielatos, en puertas, en el Ayuntamiento, en la conducción del correo; los hay que son alguaciles, sacristanes, comisionados de apremios. Algunos se han hecho temibles caciques, y son los que amasan las elecciones y tienen influjo en Madrid, reparten destinos..., en fin, esto da grima.

—Dime, ¿y no se podrá esperar que los partidarios hagan una fechoría en estos días? Si así fuera, arrasarían ustedes [427] el pueblo, y yo les ayudaría.

—Si en mí consistiera... Ellos harán de las suyas —dijo Pinzón—, porque las facciones de las dos provincias cercanas crecen como una maldición de Dios. Y, acá para entre los dos, amigo Rey, yo creo que esto va largo. Algunos se ríen y aseguran que no puede haber otra guerra civil como la pasada. No conocen el país, no conocen a Orbajosa y sus habitantes. Yo sostengo que esto que ahora empieza lleva larga cola, y que tendremos una nueva lucha cruel y sangrienta que durará lo que Dios quiera. ¿Qué opinas tú?

—Amigo, en Madrid me reía yo de todos los que hablaban de la posibilidad de una guerra civil tan larga y terrible como la de siete años [428]; pero ahora, después que estoy aquí...

—Es preciso engolfarse en estos países encantadores, ver de cerca esta gente y oírle dos palabras para saber de qué pie cojea.

—Pues sí... sin poder explicarme [429] en qué fundo mis ideas, ello es que desde aquí veo las cosas de otra manera, y pienso en la posibilidad de largas y feroces guerras.

—Exactamente.

—Pero ahora, más que la guerra pública, me preocupa

[427] «ustedes arrasarían»

[428] Por fin llegó, como Galdós continuó prediciendo durante el resto de su vida, sesenta años después de escribir estas líneas.

[429] «explicar»

una privada en que estoy metido y que he declarado hace poco.

—¿Dijiste que ésta es la casa de tu tía? ¿Cómo se llama?

—Doña Perfecta Rey de Polentinos.

—¡Ah! La conozco de nombre. Es una persona excelente y la única de quien no he oído hablar mal a los *ajeros*[430]. Cuando estuve aquí la otra vez, en todas partes oía ponderar su bondad, su caridad, sus virtudes.

—Sí, mi tía es muy bondadosa, muy amable —murmuró[431] Rey.

Después quedó pensativo breve rato.

—Pero ahora recuerdo... —exclamó de súbito Pinzón—. ¡Cómo se van atando cabos...! Sí, en Madrid me dijeron que te casabas con una prima. Todo está descubierto. ¿Es aquella linda y celestial Rosarito?

—Pinzón, hablaremos detenidamente.

—Se me figura que hay contrariedades.

—Hay algo más. Hay luchas terribles. Se necesitan amigos poderosos, listos, de iniciativa, de gran experiencia en los lances difíciles, de gran astucia y valor.

—Hombre, eso es todavía más grave que un desafío.

—Mucho más grave. Se bate uno fácilmente con otro hombre. Con mujeres, con invisibles enemigos que trabajan en la sombra es imposible.

—Vamos, ya soy todo oídos.

El teniente coronel Pinzón descansaba, cuan largo era, sobre el lecho. Pepe Rey acercó una silla, y apoyando en el mismo lecho el codo y en la mano la cabeza, empezó su conferencia, consulta, exposición de plan o lo que fuera, y habló larguísimo rato. Oíale Pinzón con curiosidad profunda, y sin decir nada, salvo algunas preguntillas sueltas para pedir nuevos datos o la aclaración de alguna oscuridad. Cuando Rey concluyó, Pinzón estaba serio. Estiróse en la cama, desperezándose con la placentera convulsión de quien no ha dormido en tres noches, y después dijo así:

---

430 «ajeros»   431 «dijo»

—Tu plan es arriesgado y difícil.

—Pero no imposible.

—¡Oh! no, que nada hay imposible en este mundo. Piénsalo bien.

—Ya lo he pensado.

—¿Y estás resuelto a llevarlo adelante? Mira que esas cosas ya no se estilan. Suelen salir mal. y no dejan bien parado a quien las hace.

—Estoy resuelto.

—Pues aunque el asunto es arriesgado y grave, muy grave, aquí me tienes dispuesto[432] a ayudarte en todo y por todo.

—¿Cuento contigo?

—Hasta morir.

XIX

Combate terrible.—Estrategia[433]

Los primeros fuegos no podían tardar. A la hora de la comida, después de ponerse de acuerdo con Pinzón respecto al plan convenido, cuya primera condición era que ambos amigos fingirían no conocerse, Pepe Rey fue al comedor. Allí encontró a su tía, que acababa de llegar de la catedral, donde pasaba, según su costumbre, toda la mañana. Estaba sola y parecía hondamente preocupada. El ingeniero observó que sobre aquel semblante pálido y marmóreo, no exento de cierta hermosura, se proyectaba la misteriosa sombra de un celaje. Al mirar recobraba la claridad siniestra; pero miraba poco, y después de una rápida observación del rostro de su sobrino, el de la bondadosa dama se ponía otra vez en su estudiada penumbra.

Aguardaban en silencio la comida. No esperaron a

---

432 «estoy dispuesto»   433 «COMBATE TERRIBLE. ESTRATEGIA»

don Cayetano, porque éste había ido a Mundogrande. Cuando empezaron a comer, doña Perfecta dijo:

—Y ese militarote que nos ha regalado hoy el Gobierno, ¿no viene a comer?

—Parece tener más sueño que hambre —repuso el ingeniero sin mirar a su tía.

—¿Le conoces tú?

—No le he visto en mi vida.

—Pues estamos divertidos con los huéspedes que nos manda el Gobierno. Aquí tenemos nuestras camas y nuestra comida para cuando a esos perdidos de Madrid se les antoje disponer de ellas.

—Es que hay temores de que se levanten partidas —dijo Pepe Rey, sintiendo que una centella corría por todos sus miembros— y el Gobierno está decidido a aplastar a los orbajosenses, a exterminarlos[434], a hacerlos polvo.

—Hombre, para, para, por Dios, no nos pulverices —exclamó la señora con sarcasmo—. ¡Pobrecitos de nosotros! Ten piedad, hombre, y deja vivir a estas infelices criaturas. Y qué, ¿serás tú de los que ayuden a la tropa en la grandiosa obra de nuestro aplastamiento?

—Yo no soy militar. No haré más que aplaudir cuando vea extirpados para siempre los gérmenes de guerra civil, de insubordinación, de discordia, de behetría, de bandolerismo y de barbarie que existen aquí para vergüenza de nuestra época y de nuestra patria.

—Todo sea por Dios.

—Orbajosa, querida tía, casi no tiene más que ajos y bandidos, porque bandidos son los que en nombre de una idea política o religiosa se lanzan a correr aventuras cada cuatro o cinco años.

—Gracias, gracias, querido sobrino —dijo doña Perfecta palideciendo—. ¿Conque Orbajosa no tiene más que eso? Algo más habrá aquí, algo más que tú no tienes y que has venido a buscar entre nosotros.

Rey sintió el bofetón. Su alma se quemaba. Érale muy difícil guardar a su tía las consideraciones que por sexo,

---

[434] «aplastarlos»

estado y posición merecía. Hallábase en el disparadero de la violencia, y un ímpetu irresistible le empujaba, lanzándole contra su interlocutora.

—Yo he venido a Orbajosa —dijo— porque usted me mandó llamar; usted concertó con mi padre...

—Sí, sí, es verdad —repuso la señora, interrumpiéndole vivamente y procurando recobrar su habitual dulzura—. No lo niego. Aquí el verdadero culpable he sido yo. Yo tengo la culpa de tu aburrimiento, de los desaires que nos haces, de todo lo desagradable que en mi casa ocurre con motivo de tu venida.

—Me alegro de que usted lo conozca.

—En cambio, tú eres un santo. ¿Será preciso también que me ponga de rodillas ante tu graciosidad, y te pida perdón?...

—Señora —dijo Pepe Rey gravemente, dejando de comer—, ruego a usted que no se burle de mí de una manera tan despiadada. Yo no puedo ponerme en ese terreno... No he dicho más sino que vine a Orbajosa llamado por usted.

—Y es cierto. Tu padre y yo concertamos que te casaras con Rosario. Viniste a conocerla. Yo te acepté, desde luego, como hijo... Tú aparentaste amar a Rosario...

—Perdóneme usted —objetó Pepe—. Yo amaba y amo a Rosario; usted aparentó aceptarme por hijo; usted, recibiéndome con engañosa cordialidad, empleó desde el primer momento todas las artes de la astucia para contrariarme y estorbar el cumplimiento de las promesas[435] hechas a mi padre; usted se propuso desde el primer día desesperarme, aburrirme, y con los labios llenos de sonrisas y de palabras cariñosas, me ha estado matando, achicharrándome a fuego lento; usted ha lanzado contra mí en la oscuridad y a mansalva un enjambre de pleitos; usted me ha destituido del cargo oficial que traje a Orbajosa; usted me ha desprestigiado en la ciudad; usted me ha expulsado de la catedral; usted me ha tenido en constante ausencia de la escogida de mi corazón; usted ha

---

[435] «proposiciones»

mortificado a su hija con un encierro inquisitorial que le hará perder la vida, si Dios no pone su mano en ello.

Doña Perfecta se puso como la grana. Pero aquella viva llamarada de su orgullo ofendido y de su pensamiento descubierto, pasó rápidamente, dejándola pálida y verdosa. Sus labios temblaban. Arrojando el cubierto con que comía, se levantó de súbito. El sobrino se levantó también.

—¡Dios mío, Santa Virgen del Socorro! —exclamó la señora, llevándose ambas manos a la cabeza y comprimiéndosela con el ademán[436] propio de la desesperación—. ¿Es posible que yo merezca tan atroces insultos? Pepe, hijo mío, ¿eres tú el que habla?... Si he hecho lo que dices, en verdad que soy muy pecadora.

Dejóse caer en el sofá y se cubrió el rostro con las manos. Pepe, acercándose lentamente a ella, observó su angustioso sollozar[437] y las lágrimas que abundantemente derramaba. A pesar de su convicción no pudo vencer la ternura[438] que se apoderó de él, y acobardándose, sintió cierta[439] pena por lo mucho y fuerte que había dicho.

—Querida tía —indicó, poniéndole la mano en el hombro—. Si me contesta usted con lágrimas y suspiros, me conmoverá, pero no me convencerá. Razones y no sentimientos me hacen falta. Hábleme usted, dígame que me equivoco al pensar lo que pienso, pruébemelo después, y reconoceré mi error.

—Déjame. Tú no eres hijo de mi hermano. Si lo fueras, no me insultarías como me has insultado. ¿Conque yo soy una intrigante, una comedianta, una harpía hipócrita, una diplomática de enredos caseros?...

Al decir esto la señora había descubierto su rostro y contemplaba a su sobrino con expresión beatífica. Pepe estaba perplejo. Las lágrimas, así como la dulce voz de la hermana de su padre, no podían ser fenómenos

---

[436] «según ademán»   [437] «el angustioso sollozar de su tía»
[438] «el ligero enternecimiento»   [439] «sintiéndose cobarde, experimentó cierta»

insignificantes para el alma del ingeniero[440]. Las palabras le retozaban en la boca para pedir perdón. Hombre de gran energía por lo común, cualquier accidente de sensibilidad, cualquier agente que obrase sobre su corazón, le trocaba de súbito en niño. Achaques de matemático. Dicen que Newton era también así.

—Yo quiero darte las razones que pides —dijo doña Perfecta, indicándole que se sentase[441] junto a ella—. Yo quiero desagraviarte. ¡Para que veas si soy buena, si soy indulgente, si soy humilde...! ¿Crees que te contradiré[442], que negaré en absoluto los hechos de que me has acusado?... Pues no, no los niego.

El ingeniero no volvía de su asombro[443].

—No los niego —prosiguió la señora—. Lo que niego es la dañada intención que les atribuyes. ¿Con qué derecho te metes a juzgar lo que no conoces sino por indicios y conjeturas? ¿Tienes tú la suprema inteligencia que se necesita para juzgar de plano las acciones de los demás y dar sentencia sobre ellas? ¿Eres Dios para conocer las intenciones?

Pepe se asombró más.

—¿No es lícito emplear alguna vez en la vida medios indirectos para conseguir un fin bueno y honrado? ¿Con qué derecho juzgas acciones mías que no comprendes bien? Yo, querido sobrino, ostentando una sinceridad que tú no mereces, te confieso que sí, que, efectivamente, me he valido de subterfugios para conseguir un fin bueno, para conseguir lo que al mismo tiempo era beneficioso para ti y para mi hija... ¿No comprendes? Parece que estás lelo... ¡Ah! Tu gran entendimiento de matemático y de filósofo alemán no es capaz de penetrar estas sutilezas de una madre prudente.

—Es que me asombro más y más cada vez —dijo Pepe Rey[444].

—Asómbrate todo lo que quieras; pero confiesa tu

[440] «matemático   [441] «sentara»
[442] «contradeciré» (¿cambio erróneo?)
[443] «se quedó asombrado»   [444] «el ingeniero»

barbaridad —manifestó la dama, aumentando en bríos—; reconoce tu ligereza y brutal comportamiento conmigo, al acusarme como lo has hecho. Eres un mozalbete sin experiencia ni otro saber que el de los libros, que nada enseñan del mundo ni del corazón. Tú de nada entiendes más que de hacer caminos y muelles. ¡Ay, señorito mío! En el corazón humano no se entra por los túneles de los ferrocarriles, ni se baja a sus hondos abismos por los pozos de las minas. No se lee en la conciencia ajena con los microscopios de los naturalistas, ni se decide la culpabilidad del prójimo nivelando las ideas con teodolito.

—¡Por Dios, querida tía!...

—¿Para qué nombras a Dios si no crees en Él? —dijo doña Perfecta con solemne acento—. Si creyeras en Él, si fueras buen cristiano, no aventurarías pérfidos juicios sobre mi conducta. Yo soy una mujer piadosa, ¿entiendes? Yo tengo mi conciencia tranquila, ¿entiendes? Yo sé lo que hago y por qué lo hago, ¿entiendes?

—Entiendo, entiendo, entiendo.

—Dios, en quien tú no crees, ve lo que tú no ves ni puedes ver: el intento. Y no te digo más; no quiero entrar en explicaciones largas, porque no lo necesito. Tampoco me entenderías si te dijera que deseaba alcanzar mi objeto sin escándalo, sin ofender a tu padre, sin ofenderte a ti, sin dar que hablar a las gentes con una negativa explícita... Nada de esto te diré, porque tampoco lo entenderás, Pepe. Eres matemático. Ves lo que tienes delante y nada más; la naturaleza brutal y nada más; rayas, ángulos, pesos y nada más. Ves el efecto y no la causa. El que no cree en Dios no ve causas. Dios es la suprema intención del mundo. El que le desconoce, necesariamente ha de juzgar de todo como juzgas tú, a lo tonto. Por ejemplo, en la tempestad no ve más que destrucción; en el incendio, estragos; en la sequía, miseria; en los terremotos, desolación, y, sin embargo, orgulloso señorito, en todas esas aparentes calamidades hay que buscar la bondad de la intención; sí, señor, la intención siempre buena de quien no puede hacer nada malo.

Esta embrollada, sutil y mística dialéctica no convenció a Rey; pero no quiso seguir a su tía por la áspera senda de tales argumentaciones, y sencillamente le dijo:

—Bueno; yo respeto las intenciones...

—Ahora que pareces reconocer tu error —prosiguió la piadosa señora, cada vez más valiente—, te haré otra confesión, y es que voy comprendiendo que hice mal en adoptar tal sistema, aunque mi objeto era inmejorable. Dado tu carácter arrebatado, dada tu incapacidad para comprenderme, debí abordar la cuestión de frente y decirte: «Sobrino mío: no quiero que seas esposo de mi hija.»

—Ese es el lenguaje que debió emplear usted conmigo desde el primer día —repuso el ingeniero, respirando con desahogo, como quien se ve libre de enorme peso—. Agradezco mucho a usted esas [445] palabras. Después de ser acuchillado en las tinieblas, ese bofetón a la luz del día me complace mucho.

—Pues te repito el bofetón, sobrino —afirmó la señora con tanta energía como displicencia—. Ya lo sabes. No quiero que te cases con Rosario.

Pepe calló. Hubo una larga pausa, durante la cual los dos estuvieron mirándose atentamente, cual si la cara de cada uno fuese para el contrario la más perfecta obra del arte.

—¿No entiendes lo que te he dicho? —repitió ella—. Que se acabó todo, que no hay boda.

—Permítame usted, querida tía —dijo el joven con entereza—, que no me aterre con la intimación. En el estado a que han llegado las cosas, la negativa de usted es de escaso valor para mí.

—¿Qué dices? —gritó fulminante doña Perfecta.

—Lo que usted oye. Me casaré con Rosario.

Doña Perfecta se levantó indignada, majestuosa, terrible. Su actitud era la del anatema hecho mujer. Rey permaneció sentado, sereno, valiente, con el valor pasivo de una creencia profunda y de una resolución inquebran-

---

[445] «estas»

table. El desplome de toda la iracundia de su tía, que le amenazaba, no le hizo pestañear. Él era así.

—Eres un loco. ¡Casarte tú con mi hija, casarte tú con ella, no queriendo yo!...

Los labios trémulos de la señora articularon estas palabras con verdadero acento trágico[446].

—¡No queriendo usted!... Ella opina de distinto modo.

—¡No queriendo yo!... —repitió la dama—. Sí, y lo digo y lo repito: no quiero, no quiero.

—Ella y yo lo deseamos.

—Menguado, ¿acaso no hay en el mundo más que ella y tú? ¿No hay padres, no hay sociedad, no hay conciencia, no hay Dios?

—Porque hay sociedad, porque hay conciencia, porque hay Dios —afirmó gravemente Rey, levantándose y alzando el brazo y señalando al cielo—, digo y repito que me casaré con ella.

—¡Miserable, orgulloso! Y si todo lo atropellaras, ¿crees que no hay leyes para impedir tu violencia?

—Porque hay leyes digo y repito que me casaré con ella.

—Nada respetas.

—Nada que sea indigno de respeto.

—Y mi autoridad, y mi voluntad, yo... ¿yo no soy nada?

—Para mí su hija de usted es todo: lo demás nada.

La entereza de Pepe Rey era como los alardes de una fuerza incontrastable, con perfecta conciencia de sí misma. Daba golpes secos, contundentes, sin atenuación de ningún género. Sus palabras parecían, si es permitida la comparación, una artillería despiadada. Doña Perfecta cayó de nuevo en el sofá; pero no lloraba, y una convulsión nerviosa agitaba sus miembros[447].

—¡De modo que para este ateo infame —exclamó con franca rabia— no hay conveniencias sociales; no hay nada más que un capricho! Eso es una avaricia indigna. Mi hija es rica.

---

[446] «con el verdadero acento de la tragedia.»
[447] Esta última frase está en párrafo aparte.

—Si piensa usted herirme con ese arma sutil, tergiversando la cuestión e interpretando torcidamente mis sentimientos, para lastimar mi dignidad, se equivoca, querida tía. Llámeme usted avaro. Dios sabe lo que soy.

—No tienes dignidad.

—Esa es una opinión como otra cualquiera. El mundo podrá tenerla a usted en olor de infalibilidad: yo no [448]. Estoy muy lejos de creer que las sentencias de usted no tengan apelación ante Dios.

—Pero ¿es cierto lo que dices?... Pero ¿insistes después de mi negativa?... Tú lo atropellas todo; eres un monstruo, un bandido.

—Soy un hombre.

—¡Un miserable! Acabemos: yo te niego a mi hija, yo te la niego.

—¡Pues yo la tomaré! No tomo más que lo que es mío.

—Quítate de mi presencia —gritó [449] la señora, levantándose de súbito—. Fatuo, ¿crees que mi hija se acuerda de ti?

—Me ama, lo mismo que yo a ella.

—¡Mentira, mentira!

—Ella misma me lo ha dicho. Dispénseme usted si en esta ocasión doy más fe a la opinión de ella que a la de su mamá.

—¿Cuándo te lo ha dicho, si no la has visto en muchos días?

—La he visto anoche, y me ha jurado ante el Cristo de la capilla que sería mi mujer.

—¡Oh escándalo y libertinaje!... Pero ¿qué es esto? ¡Dios mío, qué deshonra! —exclamó doña Perfecta, comprimiéndose otra vez con ambas manos la cabeza y dando algunos pasos por la habitación—. ¿Rosario salió anoche de su cuarto?

—Salió para verme. Ya era tiempo.

—¡Qué vil conducta la tuya! Has procedido como los ladrones; has procedido como los seductores adocenados.

---

[448] «infalibilidad. Yo no.»   [449] «exclamó»

—He procedido según la escuela de usted. Mi intención era buena.

—¡Y ella bajó!... ¡Ah! lo sospechaba. Esta mañana, al amanecer, la sorprendí vestida en su cuarto. Díjome que había salido no sé a qué... El verdadero criminal eres[450] tú, tú... Esto es una deshonra. Pepe, esperaba todo de ti, menos tan grande ultraje... Todo acabó. Márchate. No existes para mí. Te perdono, con tal de que te vayas... No diré una palabra de esto a tu padre... ¡Qué horrible egoísmo! No, no hay amor en ti. ¡Tú no amas a mi hija!

—Dios sabe que la adoro, y esto me basta[451].

—No pongas a Dios en tus labios, blasfemo, y calla —exclamó doña Perfecta—. En nombre de Dios, a quien puedo invocar, porque creo en Él, te digo que mi hija no será jamás tu mujer. Mi hija se salvará. Pepe: mi hija no puede ser condenada en vida al infierno, porque infierno es la unión contigo.

—Rosario será mi esposa —repitió el matemático con patética calma.

Irritábase más la piadosa señora con la energía serena de su sobrino. Con voz entrecortada habló así:

—No creas que me amedrentan tus amenazas. Sé lo que digo. Pues qué, ¿se puede atropellar un hogar, una familia; se puede atropellar la autoridad humana y divina?

—Yo atropellaré todo —dijo el ingeniero, empezando a perder su calma y expresándose con alguna agitación.

—¡Lo atropellarás todo! ¡Ah! Bien se ve que eres un bárbaro, un salvaje, un hombre que vive de la violencia.

—No, querida tía. Soy manso, recto, honrado y enemigo de violencias[452]; pero entre usted y yo; entre usted, que es la ley, y yo, que soy el destinado a acatarla, está una pobre criatura atormentada, un ángel de Dios sujeto a inicuos martirios. Este espectáculo, esta injusticia, esta violencia inaudita es la que convierte mi rectitud en barbarie, mi razón en fuerza, mi honradez en violencia pare-

---

[450] «lo eres»   [451] «y me basta.»   [452] «de violencia;»

cida a la de los asesinos y ladrones; este espectáculo, señora mía, es lo que me impulsa a no respetar la ley de usted; lo que me impulsa a pasar sobre ella, atropellándolo todo[453]. Esto, que parece desatino[454], es una ley ineludible. Hago lo que hacen las sociedades cuando una brutalidad tan ilógica como irritante se opone a su marcha. Pasan por encima y todo lo destrozan con feroz acometida. Tal soy yo en este momento; yo mismo no me conozco. Era razonable y soy un bruto; era respetuoso y soy insolente; era culto y me encuentro salvaje. Usted me ha traído a este horrible extremo, irritándome y apartándome del camino del bien por donde tranquilamente iba. ¿De quién es la culpa, mía o de usted?

—¡Tuya, tuya!

—Ni usted ni yo podemos resolverlo[455]. Creo que ambos carecemos de razón. En usted violencia e injusticia; en mí injusticia y violencia. Hemos venido a ser tan bárbaro el uno como el otro, y luchamos y nos herimos sin compasión. Dios lo permite así. Mi sangre caerá sobre la conciencia de usted; la de usted caerá sobre la mía. Basta ya, señora. No quiero molestar a usted con palabras inútiles. Ahora entraremos en los hechos.

—¡En los hechos, bien! —dijo doña Perfecta más bien rugiendo que hablando—. No creas que en Orbajosa falta Guardia Civil.

—Adiós, señora. Me retiro de esta casa. Creo que volveremos a vernos[456].

—Vete, vete, vete ya —gritó ella, señalando la puerta con enérgico ademán.

Pepe Rey salió. Doña Perfecta, después de pronunciar algunas palabras incoherentes, que eran la más clara expresión de su ira, cayó en un sillón con muestras de cansancio o de ataque nervioso. Acudieron las criadas.

—¡Que vayan a llamar al señor don Inocencio! —gritó—. ¡Al instante!... ¡pronto!... ¡que venga!...

Después mordió el pañuelo.

---

[453] «es lo que me impulsa a pasar atropellándolo todo.» [454] «un desatino» [455] «lo podemos resolver» [456] «nos volveremos a ver.»

XX

Rumores.—Temores [457]

Al día siguiente de esta disputa lamentable corrieron por toda Orbajosa, de casa en casa, de círculo en círculo, desde el Casino a la botica y desde el paseo de las Descalzas a la puerta de Baidejos, rumores varios sobre Pepe Rey y su conducta. Todo el mundo los repetía, y los comentarios iban siendo tantos, que si don Cayetano los recogiese y compilase, formaría con ellos un rico *Thesaurum* de la benevolencia orbajosense [458]. En medio de la diversidad de especies que corrían, había conformidad en algunos puntos culminantes, uno de los cuales era el siguiente:

Que el ingeniero, enfurecido porque doña Perfecta se negaba a casar a Rosarito con un ateo, había *alzado la mano* a su tía.

Estaba viviendo el joven en la posada de la viuda de Cuzco, establecimiento *montado*, como ahora se dice, no a la altura, sino a la bajeza de los más primorosos atrasos [459] del país. Visitábale con frecuencia el teniente coronel Pinzón a fin de ponerse de acuerdo en la intriga que tramaban [460], y para cuyo eficaz desempeño mostraba el soldado felices disposiciones. Ideaba a cada instante nuevas travesuras y artimañas, apresurándose a llevarlas del pensamiento a la obra con excelente humor, si bien solía decir a su amigo:

—El papel que estoy haciendo, querido Pepe, no se debe contar entre los más airosos; pero por dar un disgusto a Orbajosa y su gente, andaría yo a cuatro pies.

---

[457] «RUMORES.—TEMORES»

[458] Nótese como Galdós subjetiviza la narración haciendo que su narrador comente «(disputa *lamentable*)» y se burle irónicamente de don Cayetano y de los orbajosenses («*Thesaurum* de la benevolencia orbajosense»).

[459] «retrasos»   [460] «para ponerse de acuerdo respecto al enredo que entre manos traían,»

No sabemos qué sutiles trazas empleó el ladino militar, maestro en ardides del mundo; pero lo cierto es que a los tres días de alojamiento había logrado hacerse muy simpático en la casa. Agradaba su trato a doña Perfecta, que no podía oír sin emoción sus zalameras alabanzas de la grandeza, piedad y magnificencia augusta de la señora. Con don Inocencio estaba a partir un confite. Ni la madre ni el Penitenciario le estorbaban que hablase a Rosario (a quien se dio libertad después de la ausencia del feroz primo), y con sus cortesanías alambicadas, su hábil lisonja y destreza suma, adquirió en la casa de Polentinos auge[461] y hasta familiaridad. Pero el objeto de todas sus artes era una doncella[462], que tenía por nombre Librada, a quien sedujo (castamente hablando) para que transportase recados y cartitas a Rosario, fingiéndose enamorado de ésta. No resistió la muchacha al soborno, realizado con bonitas palabras y mucho dinero, porque ignoraba la procedencia de las esquelas y el verdadero sentido de tales líos, pues si llegara a entender que todo era una nueva diablura de don José, aunque éste le gustaba mucho, no hiciera traición a su señora por todo el dinero del mundo.

Estaban un día en la huerta doña Perfecta, don Inocencio, Jacinto y Pinzón. Hablóse de la tropa y de la misión que a Orbajosa traía, hallando coyuntura el señor Penitenciario de[463] condenar la tiránica conducta del Gobierno, y sin saber cómo nombraron a Pepe Rey.

—Todavía está en la posada —dijo el abogadillo—. Le he visto ayer, y me ha dado memorias para usted, doña Perfecta.

—¿Hase visto mayor insolencia?... ¡Ah!, señor Pinzón, no extrañe usted que emplee este lenguaje, tratándose de un sobrino carnal...; ya sabe usted..., aquel caballerito que se aposentaba en el cuarto que usted ocupa.

—¡Sí, ya lo sé! No le trato; pero le conozco de vista y de fama. Es amigo íntimo de nuestro brigadier.

---

[461] «considerable auge»   [462] «criada»   [463] «que traía a Orbajosa, en cuyo tratado el señor Penitenciario halló tema para»

—¿Amigo íntimo del brigadier?

—Sí, señora; del que manda la brigada que ha venido a este país, y que se ha repartido entre diferentes pueblos.

—¿Y dónde está? —preguntó la dama.

—En Orbajosa.

—Creo que se aposenta en casa de Polavieja [464] —indicó Jacinto.

—Su sobrino de usted —continuó Pinzón— y el brigadier Batalla son íntimos amigos, se quieren entrañablemente, y a todas horas se les ve juntos por las calles del pueblo.

—Pues, amiguito, mala idea formo de ese señor jefe —repuso doña Perfecta.

—Es un... es un infeliz —dijo Pinzón, en el tono propio de quien, por respeto, no se atreve a aplicar una calificación dura.

—Mejorando lo presente, señor Pinzón, y haciendo una salvedad honrosísima en honor de usted —afirmó la señora—, no puede negarse que en el Ejército español hay cada tipo...

—Nuestro brigadier era un excelente militar antes de darse al espiritismo...

—¡Al espiritismo!

—¡Esa secta que llama a los fantasmas y duendes por medio de las patas de las mesas! —exclamó el canónigo riendo.

—Por curiosidad, sólo por curiosidad —dijo Jacintito con énfasis—, he encargado a Madrid la obra de Allan Kardec [465]. Bueno es enterarse de todo.

—¿Pero es posible que tales disparates...? ¡Jesús! Dígame usted, Pinzón, ¿mi sobrino también es de esa secta de pie de banco?

—Me parece que él fue quien catequizó a nuestro bravo brigadier Batalla.

—¡Pero Jesús!

---

[464] «de la Polavieja»

[465] Hippolyte-Léon Denizard Rivail (1803-69), más conocido por su seudónimo «Allan Kardec», fue un escritor francés autor de muchísimas obras sobre el espiritismo.

—Eso es; y cuando se le antoje —observó[466] don Inocencio sin poder contener la risa— hablará con Sócrates, San Pablo, Cervantes y Descartes, como hablo yo ahora con Librada para pedirle un fosforito. ¡Pobre señor de Rey! Bien dije yo que aquella cabeza no estaba buena.

—Por lo demás —continuó Pinzón—, nuestro brigadier es un buen militar. Si de algo peca es de excesivamente duro. Toma tan al pie de la letra las órdenes del Gobierno, que si le contrarían mucho aquí, será capaz de no dejar piedra sobre piedra en Orbajosa. Sí, les prevengo a ustedes que estén con cuidado.

—Pero ese monstruo nos va a cortar la cabeza a todos. ¡Ay! señor don Inocencio; estas visitas de la tropa me recuerdan lo que he leído en la vida de los mártires, cuando se presentaba un procónsul romano en un pueblo de cristianos...

—No deja de ser exacta la comparación —dijo el Penitenciario, mirando al militar por encima de las gafas.

—Es un poco triste; pero siendo verdad, debe decirse —manifestó Pinzón con benevolencia—. Ahora, señores míos, están ustedes a merced de nosotros.

—Las autoridades del país —objetó Jacinto— funcionan aún perfectamente.

—Creo que se equivoca usted —repuso el soldado, cuya fisonomía observaban con profundo interés la señora y el Penitenciario—. Hace una hora ha sido destituido el alcalde de Orbajosa.

—¿Por el Gobernador de la provincia?

—El Gobernador ha sido sustituido por un delegado del Gobierno que debió llegar esta mañana. Los Ayuntamientos todos cesarán hoy. Así lo ha mandado el ministro, porque temía, no sé con qué motivo, que no prestaban apoyo a la autoridad central.

—Bien, bien estamos —murmuró el canónigo, frunciendo el ceño y echando adelante el labio inferior.

Doña Perfecta meditaba.

---

[466] «dijo»

—También han sido quitados algunos jueces de primera instancia, entre ellos el de Orbajosa.

—¡El juez! ¡Periquito!... ¿Ya no es juez Periquito? —exclamó doña Perfecta con voz y gesto semejantes a los de las personas que tienen la desgracia de ser picadas por una víbora.

—Ya no es juez de Orbajosa el que lo era[467] —dijo Pinzón—. Mañana vendrá[468] el nuevo.

—¡Un desconocido!

—¡Un desconocido!

—Un tunante quizás... ¡El otro era tan honrado!... —dijo la señora con zozobra—. Jamás le pedí cosa alguna que al punto no me concediera. ¿Sabe usted quién será el alcalde nuevo?

—Dicen que viene un corregidor.

—Vamos, diga usted de una vez que viene el Diluvio, y acabaremos —manifestó el canónigo levantándose.

—¿De modo que estamos a merced del señor brigadier?

—Por algunos días, ni más ni menos. No se enfaden ustedes conmigo. A pesar de mi uniforme, me desagrada el militarismo[469]; pero nos mandan pegar... y pegamos. No puede haber oficio más canalla que el nuestro.

—Sí que lo es, sí que lo es —dijo la señora disimulando mal su furor—. Ya que usted lo ha confesado... Con que ni alcalde, ni juez...

—Ni Gobernador de la provincia.

—Que nos quiten también al señor obispo y nos manden un monaguillo en su lugar.

—Es lo que falta... Si aquí les dejan[470] —murmuró don Inocencio, bajando los ojos— no se pararán en pelillos.

—Y todo es porque se teme el levantamiento de partidas en Orbajosa —indicó la señora, cruzando las manos y agitándolas de arriba abajo, desde la barba a las rodillas—. Francamente, Pinzón, no sé cómo no se levantan

<hr>

[467] «lo era ayer» [468] «llegará» [469] «soy enemigo del militarismo» [470] «dejan hacerlo»

hasta las piedras. No le deseo mal ninguno a ustedes[471]; pero lo justo sería que el agua que beben[472] se les convirtiera en lodo... ¿Dijo usted que mi sobrino es íntimo amigo del brigadier?

—Tan íntimo que no se separan en todo el día; fueron compañeros de colegio. Batalla le quiere como un hermano y le complace en todo. En su lugar de usted, señora, yo no estaría tranquilo.

—¡Oh! ¡Dios mío! ¡Temo un atropello!... —exclamó ella muy desasosegada.

—Señora —afirmó el canónigo con energía—. Antes que consentir un atropello en esta honrada casa; antes que consentir que se hiciera el menor vejamen[473] a esta nobilísima familia, yo... mi sobrino... los vecinos todos de Orbajosa...

Don Inocencio no concluyó. Su cólera era tan viva, que se le trababan las palabras en la boca. Dio algunos pasos marciales, y después se volvió a sentar.

—Me parece que no son vanos esos temores —dijo Pinzón—. En caso necesario, yo...

—Y yo... —repitió Jacinto.

Doña Perfecta había fijado los ojos en la puerta vidriera del comedor, tras la cual dejóse ver una graciosa figura. Mirándola, parecía que en el semblante de la señora se ennegrecían más las sombrías nubes del temor.

—Rosario, pasa aquí, Rosario —dijo, saliendo a su encuentro—. Se me figura que tienes hoy mejor cara y estás más alegre, sí... ¿No les parece a ustedes que Rosario tiene mejor cara? ¡Si parece otra!

Todos convinieron en que tenía retratada en su semblante la más viva felicidad.

---

[471] «usted»   [472] «beben ustedes»   [473] «antes que consentir el menor vejamen hecho»

XXI

Desperta, ferro [474]

Por aquellos días publicaron los periódicos de Madrid las siguientes noticias:

«No es cierto que en los alrededores de Orbajosa se haya levantado partida alguna. Nos escriben de aquella localidad que el país está tan poco dispuesto a aventuras, que se considera inútil en aquel punto la presencia de la brigada Batalla.

Dícese que la brigada Batalla saldrá de Orbajosa, porque no hacen falta allí fuerzas del Ejército, e irá a Villajuán de Nahara, donde han aparecido algunas partidas.

Ya es seguro que los Aceros recorren con algunos jinetes el término de Villajuán, próximo al distrito judicial de Orbajosa. El gobernador de la provincia de X... ha telegrafiado al Gobierno diciendo que Francisco Acero entró en las Roquetas, donde cobró un semestre y pidió raciones. Domingo Acero (Faltriquera) vagaba por la sierra del Jubileo, activamente perseguido por la Guardia Civil, que le mató un hombre y aprehendió a otro. Bartolomé Acero fue el que quemó el registro civil de Lugarnoble, llevándose en rehenes al alcalde y a dos de los principales propietarios.

En Orbajosa reina tranquilidad completa, según carta que tenemos a la vista, y allí no piensan más que en trabajar el campo para la próxima cosecha de ajos, que promete ser magnífica. Los distritos inmediatos sí están infestados de partidas; pero la brigada Batalla dará buena cuenta de ellas.»

En efecto: Orbajosa estaba tranquila. Los Aceros, aquella dinastía guerrera [475], merecedora, según algunas

---

[474] «¡DESPERTA, FERRO!» Expresión en provenzal utilizada por los *almogávares*, una especie de milicia compuesta en su mayoría de catalanes y aragoneses entre los cuales se usaba esa lengua en la Edad Media.
[475] «aguerrida»

gentes, de figurar en el *Romancero*, había tomado por su cuenta la provincia cercana; pero la insurrección no cundía en el término de la ciudad episcopal. Creeríase que la cultura moderna había al fin vencido en su lucha con las levantiscas costumbres de la gran behetría, y que ésta saboreaba las delicias de una paz duradera. Y esto es tan cierto, que el mismo Caballuco, una de las figuras más caracterizadas de la rebeldía histórica de Orbajosa, decía claramente a todo el mundo que él no quería *reñir con el Gobierno* ni *meterse en danzas* que podían costarle caras.

Dígase lo que se quiera, el arrebatado carácter de Ramos había tomado asiento con los años, enfriándose un poco la fogosidad que con la existencia recibiera de los Caballucos padres y abuelos, la mejor casta de cabecillas[476] que ha asolado la tierra. Cuéntase, además, que por aquellos días el nuevo Gobernador de la provincia *celebró una conferencia* con este importante personaje, *oyendo de sus labios las mayores seguridades* de contribuir al reposo público y evitar toda ocasión de disturbios. Aseguran fieles testigos que se le veía en amor y compaña[477] con los militares, partiendo un piñón con éste o el otro sargento en la taberna, y hasta se dijo que le iban a dar un buen destino en el Ayuntamiento de la capital de la provincia. ¡Oh, cuán difícil es para el historiador, que presume de imparcial, depurar la verdad en esto de las opiniones y pensamientos de los insignes personajes que han llenado el mundo con su nombre! No sabe uno a qué atenerse, y la falta de datos ciertos da origen a lamentables equivocaciones. En presencia de hechos tan culminantes como la jornada de Brumario[478], como el saco de Roma por Borbón[479], como

---

[476] «guerreros»   [477] «compañía»

[478] En el calendario de la Revolución Francesa, el segundo mes, empezando el 22 de octubre y terminando el 20 de noviembre, se llamó Brumario. El 18 de dicho mes, del año VII (9 de noviembre de 1799), Napoleón derrocó el Directorio y se proclamó jefe del gobierno de Francia. Carlos Marx escribió un análisis de esta famosa acción política.

[479] En 1527 tuvo lugar el saco de Roma por los ejércitos de Carlos V encabezados por el Condestable de Borbón.

la ruina de Jesuralén[480], ¿qué psicólogo, ni qué historiador podrá determinar los pensamientos que les precedieron o les siguieron en la cabeza de Bonaparte, Carlos V y Tito? ¡Responsabilidad inmensa la nuestra! Para librarnos en parte de ella, refiramos palabras, frases y aun discursos del mismo emperador orbajosense, y de este modo cada cual formará la opinión que juzgue[481] más acertada[482].

No cabe duda alguna de que Cristóbal Ramos salió, ya anochecido, de su casa, y atravesando por la calle del Condestable, vio tres labriegos que en sendas mulas venían en dirección contraria a la suya, y preguntándoles que a do[483] caminaban, repusieron que a la casa de la señora doña Perfecta a llevarle varias primicias de frutos de las huertas y algún dinero de las rentas vencidas. Eran el señor Pasolargo[484], un mozo a quien llamaban Frasquito González, y el tercero, de mediana edad y recia complexión, recibía el nombre de Vejarruco, aunque el suyo verdadero era José Esteban Romero. Volvió atrás Caballuco, solicitado por la buena compañía de aquella gente, con quien tenía franca y antigua amistad, y entró con ellos en casa de la señora. Esto ocurría, según los más verosímiles datos, al anochecer, y dos días después de aquel en que doña Perfecta y Pinzón hablaron lo que en el anterior capítulo ha podido ver quien lo ha[485] leído. Entretúvose el gran Ramos dando a Librada ciertos recados de poca importancia que una vecina confiara a su buena memoria, y cuando entró en el comedor ya los tres labriegos antes mencionados y el señor Licurgo, que asimismo, por singular coincidencia, estaba presente, habían entablado conversación sobre asuntos de la cosecha y de la casa. La señora tenía un humor endiablado;

---

[480] El emperador romano Tito cercó y destrozó Jerusalén el año 70 de nuestra era.

[481] «que le parezca»

[482] Vuelve el narrador a jugar irónica e indirectamente con la idea de «corrupción» (ver Introducción, III): de Napoleón, Carlos V y Tito a *Caballuco*...

[483] «adónde»   [484] «Paso Largo,»   [485] «haya»

a todo ponía faltas, y reprendíales ásperamente, por la sequía del cielo y la infecundidad de la tierra, fenómenos de que ellos los pobrecitos no tenían culpa. Presenciaba la escena el señor Penitenciario. Cuando entró Caballuco, saludóle afectuosamente el buen canónigo, señalándole un asiento a su lado.

—Aquí está el personaje —dijo la señora con desdén—. ¡Parece mentira que se hable tanto de un hombre de tan poco valer! Dime, Caballuco: ¿es verdad que te han dado de bofetadas unos soldados esta mañana?

—¡A mí! ¡A mí! —dijo el Centauro levantándose indignado, cual si recibiera el más grosero insulto.

—Así lo han dicho —añadió la señora—. ¿No es verdad? Yo lo creí, porque quien en tan poco se tiene... Te escupirán, y tú te creerás honrado con la saliva de los militares.

—¡Señora! —vociferó Ramos con energía—. Salvo el respeto que debo a usted, que es mi madre, más que mi madre, mi señora, mi reina..., pues digo que salvo el respeto que debo [486] a la persona que me ha dado todo lo que tengo..., salvo el respeto...

—¿Qué?... Parece que vas a decir mucho y no dices nada.

—Pues digo que, salvo el respeto, eso de la bofetada es una calumnia —añadió, expresándose con extraordinaria dificultad—. Todos hablan de mí, que si entro o salgo [487], que si voy, que si vengo... Y todo ¿por qué? Porque quieren tomarme por figurón para que revuelva el país. Bien está Pedro en su casa, señoras y caballeros. ¿Que ha venido la tropa?... Malo es; pero ¿qué le vamos a hacer?... ¿Que han quitado al alcalde y al secretario y al juez?... Malo es; yo quisiera que se levantaran contra ellos las piedras de Orbajosa; pero di mi palabra al Gobernador, y hasta ahora yo...

Rascóse la cabeza, frunció el adusto ceño, y, con lengua cada vez más torpe, prosiguió así:

—Yo seré bruto, pesado, ignorante, querencioso, tes-

_____

[486] «le debo»   [487] «si salgo»

tarudo y todo lo que quieran; pero a caballero no me gana nadie.

—Lástima de Cid Campeador —dijo con el mayor desprecio doña Perfecta—. ¿No cree usted, como yo, señor Penitenciario, que en Orbajosa no hay ya un solo hombre que tenga vergüenza?

—Grave opinión es esa —repuso el capitular, sin mirar a su amiga ni apartar de su barba la mano en que apoyaba el meditabundo rostro—. Pero se me figura que este vecindario ha aceptado con excesiva sumisión el pesado yugo del militarismo.

Licurgo y los tres labradores reían con toda su alma.

—Cuando los soldados y las autoridades nuevas—dijo la señora— nos hayan llevado el último real, después de deshonrado el pueblo, enviaremos a Madrid, en una urna cristalina[488], a todos los valientes de Orbajosa para que los pongan en el museo o los enseñen por las calles.

—¡Viva la señora! —exclamó con vivo ademán el que llamaban Vejarruco—. Lo que ha parlado[489] es como el oro. No se dirá que por mí no hay[490] valientes, pues no estoy con los Aceros por aquello de que tiene uno tres hijos y mujer y puede suceder cualquier estropicio; que si no...

—¿Pero tú[491] no has dado tu palabra al Gobernador? —le preguntó la señora.

—¿Al Gobernador? —exclamó el nombrado Frasquito González—. No hay en todo el país tunante[492] que más merezca un tiro. Gobernador y Gobierno, todos son lo mismo. El cura nos predicó el domingo tantas cosas altisonantes sobre las herejías y ofensas a la religión que hacen en Madrid... ¡Oh! había que oírle... Al fin dio muchos gritos en el púlpito, diciendo que la religión ya no tenía defensores.

—Aquí está el gran Cristóbal Ramos —dijo la señora dando fuerte palmada en el hombro del Centauro—. Monta a caballo; se pasea en la plaza y en el camino

---

[488] «de cristal»   [489] «dicho»   [490] «No se dirá por mí que no hay»   [491] «Pues ¿tú»   [492] «un tunante»

real para llamar la atención de los soldados; venle éstos, se espantan de la fiera catadura del héroe y echan todos a correr muertos de miedo.

La señora terminó su frase con una risa exagerada, que se hacía más chocante por el profundo silencio de los que la oían. Caballuco estaba pálido.

—Señor Pasolargo[493] —continuó la dama, poniéndose seria—; esta noche, mándeme[494] acá a su hijo Bartolomé para que se quede aquí. Necesito tener buena gente en casa; y aun así, bien podrá suceder que el mejor día amanezcamos mi hija y yo asesinadas.

—¡Señora! —exclamaron todos.

—¡Señora! —gritó Caballuco levantándose—. ¿Eso es broma o qué es?

—Señor Vejarruco, señor Pasolargo[495] —continuó la señora, sin mirar al bravo de la localidad—: no estoy segura en mi casa. Ningún vecino de Orbajosa lo está, y menos yo. Vivo con el alma en un hilo. No puedo pegar los ojos en toda la noche.

—Pero ¿quién, quién se atreverá...?

—Vamos —dijo Licurgo con ardor—, que yo, viejo y enfermo, seré capaz de batirme con todo el Ejército español si tocan el pelo de la ropa a la señora...

—Con el señor Caballuco —observó Frasquito González— basta y sobra.

—¡Oh! no —repuso doña Perfecta con cruel sarcasmo—. No ven ustedes que Ramos ha dado su palabra al Gobernador...

Caballuco volvió a sentarse, y poniendo una pierna sobre la otra, cruzó las manos sobre ellas.

—Me basta un cobarde —añadió implacablemente el ama—, con tal que no haya dado palabras. Quizás pase yo por el trance de ver asaltada mi casa, de ver que me arrancan de los brazos a mi querida hija, de verme atropellada e insultada del modo más infame...

---

[493] «Paso Largo»   [494] «cuando vaya usted a su casa, mándeme»
[495] «Paso Largo»

No pudo continuar. La voz se ahogó en su garganta y rompió a llorar desconsoladamente.

—¡Señora, por Dios, cálmese usted!... Vamos... no hay motivo todavía... —dijo precipitadamente y con semblante y voz de aflicción suma don Inocencio—. También es preciso un poquito de resignación para soportar las calamidades que Dios nos envía.

—Pero ¿quién... señora? ¿Quién se atreverá a tales vituperios? —preguntó uno de los cuatro.

—Orbajosa entera se pondría sobre un pie para defender a la señora[496].

—Pero ¿quién, quién?... —repitieron todos.

—Vaya, no la molesten ustedes con preguntas importunas —dijo con oficiosidad el Penitenciario—. Pueden retirarse.

—No, no, que se queden —manifestó vivamente la señora, secando sus lágrimas—. La compañía de mis buenos servidores es para mí un gran consuelo.

—Maldita sea mi casta —dijo el tío Lucas, dándose un puñetazo en la rodilla—, si todos estos gatuperios no son obra del mismísimo sobrino de la señora.

—¿Del hijo de don Juan Rey?

—Desde que le vi en la estación de Villahorrenda y me habló con su voz melosilla y sus mimos de hombre cortesano —manifestó Licurgo— le tuve por un grandísimo..., no quiero acabar por respeto a la señora... Pero yo le conocí... le señalé desde aquel día, y no me equivoco, no[497]. Sé muy bien, como dijo el otro, que por el hilo se saca el ovillo, por la muestra se conoce el paño y por la uña el león.

—No se hable mal en mi presencia de ese desdichado joven —dijo la de Polentinos severamente—. Por grandes que sean sus faltas, la caridad nos prohíbe hablar de ellas y darles publicidad.

—Pero la caridad —manifestó don Inocencio con cierta energía— no nos impide precavernos contra los

---

[496] Es parte del parlamento anterior.
[497] «y yo no me equivoco.»

malos; y de eso se trata. Ya que han decaído tanto los caracteres y el valor en la desdichada Orbajosa; ya que este pueblo parece dispuesto a poner la cara para que escupan en ella cuatro soldados y un cabo, busquemos alguna defensa uniéndonos.

—Yo me defenderé como pueda —dijo con resignación y cruzando las manos doña Perfecta—. ¡Hágase la voluntad del Señor!

—Tanto ruido para nada... ¡Por vida de...! ¡En esta casa son de la piel del miedo!... —exclamó Caballuco, entre serio y festivo—. No parece sino que el tal don Pepito es una *región* (léase legión) de demonios. No se asuste usted, señora mía. Mi sobrinillo Juan, que tiene trece años, guardará la casa, y veremos, sobrino por sobrino, quién puede más.

—Ya sabemos todos lo que significan tus guapezas y valentías —replicó la dama—. ¡Pobre Ramos; quieres echártela de bravucón, cuando ya se ha visto que no vales para nada!

Ramos palideció ligeramente, fijando en la señora una mirada singular en que se confundían el espanto y el respeto.

—Sí, hombre, no me mires así. Ya sabes que no me asusto de fantasmones. ¿Quieres que te hable de una vez con claridad? Pues eres un cobarde.

Ramos, moviéndose como el que siente en[498] diversas partes de su cuerpo molestas picazones, demostraba gran desasosiego. Su nariz expelía y recobraba[499] el aire como la de un caballo. Dentro de aquel corpachón combatía consigo misma por echarse fuera, rugiendo y destrozando, una tormenta, una pasión, una barbaridad. Después de modular a medias algunas palabras, mascando otras, levantóse y bramó de esta manera:

—¡Le cortaré la cabeza al señor Rey!

—¡Qué desatino! Eres tan bruto como cobarde —dijo palideciendo[500]—. ¿Qué hablas ahí de matar, si yo no

---

[498] «el que tiene por»   [499] «recogía»   [500] «dijo la señora palideciendo»

224

quiero que maten a nadie, y mucho menos a mi sobrino, persona a quien amo a pesar de sus maldades?

—¡El homicidio! ¡Qué atrocidad! —exclamó el señor don Inocencio escandalizado—. Ese[501] hombre está loco.

—¡Matar!... La idea tan sólo de un homicidio me horroriza, Caballuco —dijo la señora cerrando los dulces ojos—. ¡Pobre hombre! Desde que has querido mostrar valentía, has aullado como un lobo carnicero. Vete de aquí, Ramos; me causas espanto.

—¿No dice la señora que tiene miedo? ¿No dice que atropellarán la casa, que robarán a la niña?

—Sí, lo temo.

—Y eso ha de hacerlo un solo hombre —indicó[502] Ramos con desprecio, volviendo a sentarse—. Eso lo ha de hacer don Pepe Poquita Cosa con sus matemáticas. Hice mal en decir que le rebanaría el pescuezo. A un muñeco de ese estambre se le coge de una oreja y se le echa de remojo en el río.

—Sí, ríete ahora, bestia. No es mi sobrino solo quien ha de cometer todos esos desafueros que has mencionado y que yo temo, pues si fuese él solo no le temería[503]. Con mandar a Librada que se ponga en la puerta con una escoba... bastaría...[504] No es él solo, no.

—¿Pues quién...?

—Hazte el borrico. ¿No sabes tú que mi sobrino y el brigadier que manda esa condenada tropa se han confabulado...?

—¡Confabulado! —exclamó Caballuco demostrando no entender la palabra.

—Que están de compinche —apuntó[505] Licurgo—. Fabularse quiere decir estar de compinche. Ya me barruntaba yo lo que dice la señora.

—Todo se reduce a que el brigadier y los oficiales son uña y carne de don José, y lo que él quiera lo quieren esos soldadotes, y esos soldadotes harán toda clase de atropellos y barbaridades, porque ese es su oficio.

_____

[501] «Este» [502] «dijo» [503] «temiera» [504] «Mandaría a Librada que se pusiera en la puerta con una escoba... y bastaba...» [505] «dijo»

—Y no tenemos alcalde que nos ampare.

—Ni juez.

—Ni Gobernador. Es decir, que estamos a merced de esa infame gentuza.

—Ayer —dijo Vejarruco— unos soldados se llevaron engañada a la hija más chica del tío Julián, y la pobre no se atrevió a volver a su casa[506]; mas la encontraron llorando y descalza junto a la fuentecilla vieja, recogiendo los pedazos de la cántara rota[507].

—¡Pobre don Gregorio Palomeque!, el escribano de Naharilla Alta —dijo Frasquito[508]—. Estos pillos le robaron todo el dinero que tenía en su casa. Pero el brigadier, cuando se lo contaron, contestó que era mentira.

—Tiranos más tiranos no nacieron de madre —manifestó el otro—. ¡Cuando digo que por punto no estoy con los Aceros...!

—¿Y qué se sabe de Francisco Acero? —preguntó mansamente doña Perfecta—. Sentiría que le ocurriera algún percance. Dígame usted, don Inocencio: ¿Francisco Acero no nació en Orbajosa?

—No; él y su hermano son de Villajuán.

—Lo siento por Orbajosa —dijo doña Perfecta—. Esta pobre ciudad ha entrado en desgracia. ¿Sabe usted si Francisco Acero dio palabra al Gobernador de no molestar a los pobres soldaditos en sus robos de doncellas, en sus sacrilegios[509], en sus infames felonías?

Caballuco dio un salto. Ya no se sentía punzado, sino herido por atroz sablazo. Encendido el rostro y con los ojos llenos de fuego, gritó de este modo:

—Yo di mi palabra al Gobernador porque el Gobernador me dijo que venían con buen fin.

—Bárbaro, no grites. Habla como la gente y te escucharemos.

---

[506] «a casa»

[507] Nótese el eufemismo simbólico que utiliza Galdós para indicar el verdadero resultado del abuso.

[508] «Frasquito González»   [509] «en sus irreligiosidades, en sus sacrilegios»

—Le prometí[510] que ni yo ni ninguno de mis amigos levantaríamos partidas en tierra de Orbajosa... A todo el que ha querido salir porque le retozaba la guerra en el cuerpo, le he dicho: *Vete con los Aceros, que aquí no nos movemos*... Pero tengo mucha gente honrada, sí, señora, y buena, sí, señora, y valiente, sí, señora, que está desperdigada por los caseríos y las aldeas, por arrabales y montes[511], cada uno en su casa, ¿eh? Y en cuanto yo les diga la mitad de media palabra, ¿eh?, ya están todos descolgando las escopetas, ¿eh?, y echando a correr a caballo o a pie para ir a donde[512] yo les mande... Y no me anden con gramáticas, que si yo di mi palabra, fue porque la di, y si no salgo es porque no quiero salir, y si quiero que haya partidas las habrá, y si no quiero, no; porque yo soy quien soy, el mismo hombre de siempre, bien lo saben todos... Y digo otra vez que no vengan con gramáticas, ¿estamos...? y que no me digan las cosas al revés, ¿estamos...?; y si quieren que salga me lo declaren con toda la boca abierta, ¿estamos?..., porque para eso nos ha dado Dios la lengua, para decir esto y aquello. Bien sabe la señora quién soy, así como bien sé yo que le debo la camisa que me pongo, y el pan que como hoy, y el primer garbanzo que chupé cuando me despecharon, y la caja en que enterraron a mi padre[513] cuando murió, y las medicinas y el médico que me sanaron[514] cuando estuve enfermo; y bien sabe la señora que si ella me dice: «Caballuco, rómpete la cabeza», voy a aquel rincón y contra la pared me la rompo; bien sabe la señora que si ahora dice ella que es de día, yo, aunque vea la noche, creeré que me equivoco y que es claro día; bien sabe la señora que ella y su hacienda son antes que mi vida, y que si delante de mí la pica un mosquito, le perdono porque es mosquito; bien sabe la señora que la quiero más que a cuanto hay debajo del sol... A un hombre de tanto corazón se le dice: «Caballuco, so animal, haz esto o lo otro», y basta de ritólicas, basta de mete y saca[515]

---

[510] «Yo prometí»   [511] «y los arrabales y los montes»   [512] «adonde»   [513] «madre»   [514] «pusieron bueno»   [515] «ritólicas y mete y saca»

de palabrejas y sermoncillos al revés y pincha por aquí y pellizca por allá.

—Vamos, hombre, sosiégate —dijo doña Perfecta con bondad—. Te has sofocado como aquellos oradores republicanos que venían a predicar aquí la religión libre, el amor libre y no sé cuántas cosas libres... Que te traigan un vaso de agua.

Caballuco hizo con el pañuelo una especie de rodilla, apretado envoltorio o más bien pelota, y se lo pasó por la ancha frente y cogote para limpiarse ambas partes, cubiertas de sudor. Trajéronle un vaso de agua, y el señor canónigo, con una mansedumbre que cuadraba perfectamente a su carácter sacerdotal, lo tomó de manos de la criada para presentárselo y sostener el plato mientras bebía. El agua se escurría por el gaznate de Caballuco produciendo un claqueteo sonoro.

—Ahora tráeme[516] otro a mí, Libradita[517] —dijo don Inocencio—. También tengo un poco de fuego dentro.

XXII

¡Desperta!

—Respecto a lo de las partidas —dijo doña Perfecta cuando concluyeron de beber—, sólo te digo que hagas lo que tu conciencia te dicte.

—Yo no entiendo de dictados[518] —gritó Ramos—. Haré lo que sea del gusto de la señora.

—Pues yo no te aconsejaré nada en asunto tan grave —repuso ella, con la circunspección y comedimiento que tan bien le sentaban—. Eso es muy grave, gravísimo, y yo no puedo aconsejarte nada.

—Pero el parecer de usted...

—Mi parecer es que abras los ojos y veas; que abras los oídos y oigas... Consulta tu corazón...; yo te concedo que tienes un gran corazón... Consulta a ese juez, a ese consejero que tanto sabe, y haz lo que él te mande.

516 «tráigame»   517 «señora Librada»   518 «ditados»

Caballuco meditó, pensó todo lo que puede pensar una espada.

—Los de Naharilla Alta —dijo Vejarruco— nos contamos ayer y éramos trece, propios para cualquier cosita mayor... Pero como temíamos que la señora se enfadara no hicimos nada. Es tiempo ya de trasquilar.

—No te preocupes de la trasquila —dijo la señora—. Tiempo hay. No se dejará de hacer por eso.

—Mis dos muchachos —manifestó Licurgo— riñeron ayer el uno con el otro, porque uno quería irse con Francisco Acero y el otro no. Yo les dije: «Despacio, hijos míos, que todo se andará. Esperad, que tan buen pan hacen aquí como en Francia.»

—Anoche me dijo Roque Pelosmalos —manifestó el tío Pasolargo[519]—, que en cuanto el señor Ramos dijera tanto así, ya estaban todos con las armas en la mano. ¡Qué lástima que los dos hermanos Burguillos se hayan ido a labrar las tierras de Lugarnoble!

—Vaya usted a buscarlos —dijo el ama vivamente—. Lucas[520], propórciónale un caballo al tío Pasolargo[521].

—Yo, si la señora me lo manda y el señor Ramos también —dijo Frasquito González—, iré a Villahorrenda a ver si Robustiano, el guarda de montes y su hermano Pedro, quieren también.

—Me parece buena idea. Robustiano no se atreve a venir a Orbajosa, porque me debe un piquillo. Puedes decirle que le perdono los seis duros y medio... Esta pobre gente, que tan generosamente sabe sacrificarse por una buena idea, se contenta con tan poco... ¿No es verdad, señor don Inocencio?

—Aquí nuestro buen Ramos —repuso el canónigo— me dice que sus amigos están descontentos con él por su tibieza; pero que en cuanto le vean determinado se pondrán todos la canana al cinto.

—Pero qué, ¿te determinas[522] a echarte a la calle? —dijo a Ramos la señora[523]— No te he aconsejado[524]

---

519 «Paso Largo»   520 «Señor Lucas»   521 «Paso Largo»   522 «estás determinado»   523 «dijo la señora»   524 «aconsejo»

yo tal cosa, y si lo haces es por tu voluntad. Tampoco el señor don Inocencio te habrá dicho una palabra en este[525] sentido. Pero cuando tú lo decides así, razones muy poderosas tendrás... Dime, Cristóbal, ¿quieres cenar? ¿Quieres tomar algo? Con franqueza...

—En cuanto a que yo aconseje al señor Ramos que se eche al campo —dijo don Inocencio, mirando por encima de los cristales de sus anteojos—, razón tiene la señora. Yo, como sacerdote, no puedo aconsejar tal cosa. Sé que algunos lo hacen, y aun toman las armas; pero esto me parece impropio, muy impropio, y no seré yo quien les[526] imite. Llevo mis escrúpulos[527] hasta el extremo de no decir una palabra al señor Ramos sobre la peliaguda cuestión de su levantamiento en armas. Yo sé que Orbajosa lo desea; sé que le bendecirán todos los habitantes de esta noble ciudad; sé que vamos a tener aquí hazañas dignas de pasar a la historia; pero, sin embargo, permítaseme un discreto silencio.

—Está muy bien dicho —añadió doña Perfecta—. No me gusta que los sacerdotes se mezclen en tales asuntos. Un clérigo ilustrado debe conducirse de este modo. Bien sabemos que en circunstancias solemnes y graves, por ejemplo, cuando peligran la patria y la fe, están los sacerdotes en su terreno incitando a los hombres a la lucha y aun figurando en ella. Pues que Dios mismo ha tomado parte en célebres batallas, bajo la forma de ángeles o santos, bien pueden sus ministros hacerlo. Durante la guerra contra los infieles, ¿cuántos obispos acaudillaron las tropas castellanas?

—Muchos, y algunos fueron insignes guerreros. Pero estas edades no son aquéllas[528], señora. Verdad es que si vamos a mirar atentamente las cosas, la fe peligra ahora más que antes... Pues ¿qué representan esos ejércitos que ocupan nuestra ciudad y pueblos inmediatos? ¿Qué representan? ¿Son otra cosa más que el infame instrumento de que se valen para sus pérfidas conquis-

525 «ese»   526 «los»   527 «escrupulosidad»   528 «estos tiempos no son como aquéllos»

tas y el exterminio de las creencias, los ateos y protestantes de que está infestado Madrid?... Bien lo sabemos todos. En aquel centro de corrupción, de escándalo, de irreligiosidad y descreimiento, unos cuantos hombres malignos, comprados por el oro extranjero, se emplean en destruir en nuestra España la semilla de la fe... Pues ¿qué creen ustedes? Nos dejan a nosotros decir misa y a ustedes oírla por un resto de consideración, por vergüenza; pero el mejor día... Por mi parte, estoy tranquilo. Soy un hombre que no se apura por ningún interés temporal y mundano. Bien lo sabe la señora doña Perfecta, bien lo saben todos los que me conocen. Estoy tranquilo y no me asusta el triunfo de los malvados. Sé muy bien que nos aguardan días terribles; que cuantos vestimos el hábito sacerdotal tenemos la vida pendiente de un cabello, porque España, no lo duden ustedes, presenciará escenas como aquellas de la Revolución francesa, en que perecieron miles de sacerdotes piadosísimos en un solo día[529]... Mas no me apuro. Cuando toquen a degollar, presentaré mi cuello; ya he vivido bastante. ¿Para qué sirvo yo? Para nada, para nada.

—Comido de perros me vea yo —gritó Vejarruco mostrando el puño, no menos duro y fuerte que un martillo— si no acabamos pronto con toda esa canalla ladrona.

—Dicen que la semana que viene comienza el derribo de la catedral —indicó Frasquito.

—Supongo que la derribarán con picos y martillos —dijo el canónigo sonriendo—. Hay artífices que no tienen esas herramientas, y, sin embargo, adelantan más edificando. Bien saben ustedes que, según tradición piadosa, nuestra hermosa capilla del Sagrario fue derribada por los moros en un mes y reedificada en seguida por los ángeles en una sola noche... Dejarles, dejarles que destruyan[530].

—En Madrid, según nos contó la otra noche el cura

[529] «en un mismo día»   [530] «Dejadles, dejadles que derriben.»

de Naharilla —dijo Vejarruco—, ya quedan tan pocas iglesias que algunos curas dicen misa[531] en medio de la calle, y como les aporrean y les dicen injurias y también les escupen, muchos no quieren decirla[532].

—Felizmente, aquí, hijos míos —manifestó don Inocencio—, no hemos tenido aún escenas de esa naturaleza. ¿Por qué? Porque saben qué clase de gente sois; porque tienen noticia de vuestra piedad ardiente y de vuestro valor... No le arriendo la ganancia a los primeros que pongan la mano en nuestros sacerdotes y en nuestro culto... Por supuesto, dicho se está que, si no se les ataja a tiempo, harán diabluras. ¡Pobre España, tan santa y tan humilde y tan buena! ¡Quién había de decir que llegarían a estos apurados extremos!... Pero yo sostengo que la impiedad no triunfará, no, señor. Todavía hay gente valerosa, todavía hay gente de aquella de antaño, ¿no es verdad, señor Ramos?

—Todavía la hay, sí, señor —repuso éste.

—Yo tengo una fe ciega en el triunfo de la ley de Dios. Alguno ha de salir en defensa de ella. Si no son unos serán otros. La palma de la victoria, y con ella la gloria eterna, alguien se la ha de llevar. Los malvados perecerán, si no hoy, mañana. Aquel que va contra la ley de Dios, caerá, no hay remedio. Sea de esta manera, sea de la otra, ello es que ha de caer. No le salvan ni sus argucias, ni sus escondites, ni sus artimañas. La mano de Dios está alzada sobre él y le herirá sin falta. Tengámosle compasión y deseemos su arrepentimiento... En cuanto a vosotros, hijos míos, no esperéis que os diga una palabra sobre el paso que seguramente vais a dar. Sé que sois buenos; sé que vuestra determinación generosa y el noble fin que os guía lavan toda mancha pecaminosa ocasionada por el derramamiento de sangre[533]; sé que Dios os bendice; que vuestra victoria, lo mismo que vuestra muerte os sublimarán a los ojos de los hombres y a los de Dios; sé que se os deben palmas y alabanzas y toda suerte de

---

[531] «misas»   [532] «no la quieren decir.»   [533] «por causa del derramamiento de sangre que pudierais recibir;»

honores; pero a pesar de esto, hijos míos, mi labio no os incitará a la pelea. No lo ha hecho nunca ni ahora lo hará. Obrad con arreglo al ímpetu de vuestro noble corazón. Si él os manda que os estéis en vuestras casas, permaneced en ellas[534]; si él os manda que salgáis, salid en buen hora[535]. Me resigno a ser mártir y a inclinar mi cuello ante el verdugo, si esa miserable tropa continúa aquí. Pero si un impulso hidalgo y ardiente y pío de los hijos de Orbajosa contribuye a la grande obra de la extirpación de las desventuras patrias, me tendré por el más dichoso de los hombres, sólo con ser compatricio vuestro[536], y toda mi vida de estudio[537], de penitencia, de resignación, no me parecerá tan meritoria para aspirar al cielo como un día solo de vuestro heroísmo.

—¡No se puede decir más y mejor! —exclamó doña Perfecta arrebatada de entusiasmo.

Caballuco se había inclinado hacia adelante en su asiento, poniendo los codos sobre las rodillas. Cuando el canónigo acabó de hablar, tomóle la mano y se la besó con fervor.

—Hombre mejor no ha nacido de madre— dijo el tío Licurgo, enjugando o haciendo que enjugaba una lágrima.

—¡Que viva el señor Penitenciario! —gritó Frasquito González, poniéndose en pie y arrojando hacia el techo su gorra.

—Silencio —dijo doña Perfecta—. Siéntate, Frasquito. Tú eres de los de mucho ruido y pocas nueces.

—¡Bendito sea Dios, que le dio a usted ese pico de oro! —exclamó Cristóbal inflamado de admiración—. ¡Qué dos personas tengo delante! Mientras vivan las dos, ¿para qué se quiere más mundo?... Toda la gente de España debiera ser así; pero ¡cómo ha de ser así, si no hay más que pillería! En Madrid, la Corte de[538] donde vienen leyes y mandarines, todo es latrocinio y farsa. ¡Pobre religión, cómo la han puesto!... No se ven más que peca-

---

[534] «estaos en ellas.»   [535] «en buena hora»   [536] «paisano vuestro:»   [537] «estudios»   [538] «que es la corte de»

dos... Señora doña Perfecta, señor don Inocencio, por
el alma de mi padre, por el alma de mi abuelo, por la salvación de la mía, juro que deseo morir.

—¡Morir!

—Que me maten esos perros tunantes; y digo que me
maten, porque yo no puedo descuartizarlos a ellos. Soy
muy chico.

—Ramos, eres grande —dijo la señora[539].

—¿Grande, grande?... Grandísimo por el corazón;
pero ¿tengo yo plazas fuertes, tengo caballería, tengo
artillería?

—Esa es una cosa, Ramos —dijo doña Perfecta sonriendo—, de que yo no me ocuparía. ¿No tiene el enemigo
lo que a ti te hace falta?

—Sí.

—Pues quítaselo...

—Se lo quitaremos, sí, señora. Cuando digo que se lo
quitaremos...

—Querido Ramos —declaró don Inocencio—: envi-
diable posición es la de usted... ¡Destacarse, elevarse
sobre la vil muchedumbre, ponerse al igual de los mayores
héroes del mundo... poder decir que la mano de Dios
guía su mano!... ¡Oh, qué grandeza y honor! Amigo mío,
no es lisonja. ¡Qué apostura, qué gentileza, qué gallar-
día!... No; hombres de tal temple no pueden morir.
El Señor va con ellos, y la bala y hierro enemigos detié-
nense... no se atreven... ¿Qué se han de atrever, viniendo
de cañón y de manos de herejes?... Querido Caballuco,
al ver a usted, al ver su bizarría y caballerosidad, vienen
a mi memoria, sin poderlo remediar, los versos de aquel
romance de la conquista del Imperio de Trapisonda:

> Llegó el valiente Roldán
> de todas armas armado,
> en el fuerte Briador,
> su poderoso caballo,
> y la fuerte Durlindana[540]
> muy bien ceñida a su lado,

---

[539] «dijo solemnemente la señora.»   [540] «Durindana»

la lanza como una entena,
el fuerte escudo embrazado...
Por la visera del yelmo
fuego venía lanzando;
retemblando con la lanza
como un junco muy delgado,
y a toda la hueste junta
fieramente amenazando.

—Muy bien ·—chilló Licurgo batiendo palmas—.
Y digo yo[541] como don Reinaldos:

¡Nadie en don Reinaldos toque
si quiere ser bien librado!
Quien otra cosa quisiere
el será tan bien pagado,
que todo el resto del mundo
no se escape de mi mano
sin quedar pedazos hecho
o muy bien escarmentado.

—Ramos, tú querrás cenar; tú querras tomar algo,
¿no es verdad? —dijo la señora.

—Nada, nada —repuso el Centauro—; deme[542], si
acaso, un plato de pólvora.

Diciendo esto, soltó estrepitosa carcajada, dio varios
paseos por la habitación, observado atentamente por
todos, y deteniéndose junto al grupo, fijó los ojos en
doña Perfecta, y con atronadora voz profirió estas palabras:

—Digo que no hay más que decir. ¡Viva Orbajosa,
muera Madrid!

Descargó la mano sobre la mesa con tal fuerza, que
retembló el piso de la casa.

—¡Qué poderoso brío!—murmuró[543] don Inocencio.

—Vaya, que tienes unos puños...

Todos contemplaban la mesa, que se había partido
en dos pedazos.

---

541 «Y yo digo»   542 «denme,»   543 «dijo»

Fijaban luego los ojos en el nunca bastante admirado Reinaldos o Caballuco. Indudablemente había en su semblante hermoso, en sus ojos verdes, animados por extraño resplandor felino, en su negra cabellera, en su cuerpo hercúleo, cierta expresión y aire de grandeza, un resabio o más bien recuerdo de las grandes razas que dominaron al mundo. Pero su aspecto general era el de una degeneración lastimosa, y costaba trabajo encontrar la filiación noble y heroica en la brutalidad presente. Se parecía a los grandes hombres de don Cayetano, como se parece el mulo al caballo.

XXIII

Misterio

Después de lo que hemos referido, duró mucho la conferencia, pero omitimos lo restante por no ser indispensable para la buena inteligencia de esta relación. Retiráronse al fin, quedando para lo último, como de costumbre, el señor don Inocencio. No habían tenido tiempo aún la señora y el canónigo de cambiar[544] dos palabras, cuando entró en el comedor una criada de edad y mucha confianza, que era el brazo derecho de doña Perfecta, y como ésta la viera inquieta y turbada, llenóse también de turbación, sospechando que algo malo en la casa ocurría.

—No encuentro a la señorita por ninguna parte —dijo la criada respondiendo a las preguntas de la señora.

—¡Jesús! ¡Rosario!... ¿Dónde está mi hija?

—¡Válgame la Virgen del Socorro! —gritó el Penitenciario, tomando el sombrero y disponiéndose a correr tras la señora.

—Buscadla bien... Pero ¿no estaba contigo en su cuarto?

---

[544] «para cambiar»

—Sí, señora —repuso temblando la vieja—; pero el demonio me tentó y me quedé dormida.

—¡Maldito sea tu sueño!... ¡Jesús mío!... ¿Qué es esto? ¡Rosario, Rosario... Librada!

Subieron, bajaron, tornaron a bajar y a subir, llevando luz y registrando todas las piezas. Por último, oyóse en la escalera la voz del Penitenciario[545], que decía con júbilo:

—Aquí está, aquí está. Ya pareció.

Un instante después, madre e hija se encontraban la una frente a la otra en la galería.

—¿Dónde estabas? —preguntó con severo acento doña Perfecta, examinando el rostro de su hija.

—En la huerta —murmuró[546] la niña, más muerta que viva.

—¿En la huerta a estas horas? ¡Rosario!...

—Tenía calor, me asomé a la ventana, se me cayó el pañuelo y bajé a buscarlo.

—¿Por qué no dijiste a Librada que te lo alcanzase?... ¡Librada!... ¿Dónde está esa muchacha? ¿Se ha dormido también?

Librada apareció al fin. Su semblante pálido indicaba la consternación y el recelo del delincuente.

—¿Qué es esto? ¿Dónde estabas? —preguntó con terrible enojo la dama.

—Pues, señora... bajé a buscar la ropa que está en el cuarto de la calle y me quedé dormida.

—Todas duermen aquí esta noche. Me parece que alguna no dormirá en mi casa mañana. Rosario, puedes retirarte.

Comprendiendo que era indispensable proceder con prontitud y energía, la señora y el canónigo emprendieron sin tardanza sus investigaciones. Preguntas, amenazas, ruegos, promesas, fueron empleadas con habilidad suma para inquirir la verdad de lo acontecido. No resultó ni sombra de culpabilidad en la criada anciana; pero Li-

---

545 «la voz del Penitenciario en la escalera,»   546 «repuso»

brada confesó de plano entre lloros y suspiros todas sus bellaquerías, que sintetizamos del modo siguiente:

Poco después de alojarse en la casa, el señor Pinzón empezó a hacer cocos a la señorita Rosario. Dio dinero a Librada, según ésta dijo[547], para tenerla por mensajera de recados y amorosas esquelas. La señorita no se mostró enojada, sino antes bien gozosa, y pasaron algunos días de esta manera. Por último, la sirviente declaró[548] que aquella noche Rosario y el señor Pinzón habían concertado verse y hablarse en la ventana de la habitación de este último, que da a la huerta. Confiaron su pensamiento a la doncella, quien ofreció protegerlo mediante una cantidad que se le entregara en el acto. Según lo convenido, el Pinzón debía salir de la casa a la hora de costumbre y volver ocultamente a las nueve, y entrar en su cuarto, del cual y de la casa saldría también clandestinamente más tarde, para volver sin tapujos a la hora avanzada de costumbre. De este modo no podría sospecharse de él. La Librada aguardó al Pinzón, el cual entró muy envuelto en su capote sin hablar palabra. Metióse en su cuarto a punto que la señorita bajaba a la huerta. La criada[549] mientras duró la entrevista, que no presenció, estuvo de centinela en la galería para avisar a Pinzón cualquier peligro que ocurriese, y al cabo de una hora salió éste[550] como antes, muy bien cubierto con su capote y sin hablar una palabra. Concluida la confesión, don Inocencio preguntó a la desdichada:

—¿Estás segura de que el que entró y salió era el señor Pinzón?

La reo no contestó nada, y sus facciones indicaban gran perplejidad. La señora se puso verde de ira[551].

—¿Tú le viste la cara?

—Pero ¿quién podría ser sino él? —repuso la doncella—. Yo tengo la seguridad de que él era[552]. Fue derecho a su cuarto..., conocía muy bien el camino.

---

[547] «dice»   [548] «sirvienta declara»   [549] «Librada»   [550] «aquél»
[551] Esta última frase se separa en párrafo aparte.
[552] «era él.»

—Es raro —dijo el canónigo—. Viviendo en la casa no necesitaba emplear tales tapujos... Podía haber pretextado una enfermedad y quedarse... ¿No es verdad, señora?

—Librada —exclamó ésta[553] con exaltación de ira—, te juro por Dios que irás a presidio.

Después cruzó las manos, clavándose los dedos de la una en la otra con tanta fuerza que casi se hizo sangre.

—Señor don Inocencio —agregó[554]— Muramos... no hay más remedio que morir.

Después rompió a llorar desconsolada.

—Valor, señora mía —dijo el clérigo con voz patética[555]—. Mucho valor... Ahora es preciso tenerlo grande. Esto requiere serenidad y gran corazón.

—El mío es inmenso —dijo entre sollozos la de Polentinos.

—El mío es pequeñito..., pero[556] allá veremos.

XXIV

La confesión

Entre tanto, Rosario, el corazón hecho pedazos[557], sin poder llorar, sin poder tener calma ni sosiego, traspasada por el frío acero de un inmenso dolor[558], con la mente pasando en veloz carrera del mundo a Dios y de Dios al mundo, aturdida y medio loca, estaba a altas horas de la noche en su cuarto, de hinojos, cruzadas las manos, los pies[559] desnudos sobre el suelo, la ardiente sien apoyada en el borde del lecho, a oscuras, a solas, en silencio. Cuidaba de no hacer el menor ruido, para no llamar la atención de su mamá, que dormía o aparentaba dormir en la habitación inmediata. Elevó al cielo su exaltado pensamiento en esta forma:

---

[553] «la señora» [554] «exclamó» [555] «acento patético.» [556] «—dijo el canónigo—; pero [557] «con el corazón hecho pedazos,» [558] «un dolor inmenso» [559] «con los pies»

—Señor, Dios mío: ¿por qué antes no sabía mentir y ahora sé? ¿Por qué antes no sabía disimular y ahora disimulo? ¿Soy una mujer infame? ¿Esto que siento y que a mí me pasa es la caída de las que no vuelven a levantarse? ¿He dejado de ser buena y honrada...? Yo no me conozco. ¿Soy yo misma [560], o es otra la que está en este sitio...? ¡Qué de terribles cosas en tan pocos días! ¡Cuántas sensaciones diversas! ¡Mi corazón está consumido de tanto sentir...! Señor, Dios mío: ¿oyes mi voz, o estoy condenada a rezar eternamente sin ser oída...? Yo soy buena, nadie me convencerá de que no soy buena. Amar, amar muchísimo, ¿es acaso maldad...? Pero no, esto es una ilusión, un engaño. Soy más mala que las peores mujeres de la tierra. Dentro de mí una gran culebra me muerde y me envenena el corazón... ¿Qué es esto que siento? ¿Por qué no me matas, Dios mío? ¿Por qué no me hundes para siempre en el Infierno...? Es espantoso, pero lo confieso, lo confieso a solas [561] a Dios, que me oye, y lo confesaré ante el sacerdote. Aborrezco a mi madre. ¿En qué consiste esto? No puedo explicármelo. Él no me ha dicho una palabra en contra de mi madre. Yo no sé cómo ha venido esto... ¡Qué mala soy! Los demonios se han apoderado de mí. Señor, ven en mi auxilio, porque no puedo con mis propias fuerzas vencerme... Un impulso terrible me arroja de esta casa [562]. Quiero huir, quiero correr fuera de aquí. Si él no me lleva, me iré tras él arrastrándome por los caminos... ¿Qué divina alegría es ésta que dentro de mi pecho se confunde con tan amarga pena...? Señor, Dios padre mío, ilumíname. Quiero amar tan sólo. Yo no nací para este rencor que me está devorando. Yo no nací para disimular, ni para mentir, ni para engañar. Mañana saldré a la calle, gritaré en medio de ella, y a todo el que pase le diré: *amo, aborrezco*... [563] Mi corazón se desahogará de esta manera... ¡Qué dicha sería poder conciliarlo todo, amar y respetar a todo el mundo! La Virgen Santísima me

---

[560] «¿Soy la misma,» [561] «pero lo confieso a solas» [562] «fuera de esta casa.» [563] «'Amo, aborrezco'»

favorezca... Otra vez la idea terrible. No lo quiero pensar, y lo pienso. No lo quiero[564] sentir, y lo siento. ¡Ah!, no puedo engañarme sobre este particular. No puedo ni destruirlo ni atenuarlo; pero puedo confesarlo y lo confieso, diciéndote: «¡Señor, que aborrezco a mi madre!»

Al fin se aletargó. En su inseguro sueño, la imaginación le reproducía todo lo que había hecho aquella noche, desfigurándolo, sin alterarlo en su esencia. Oía el reloj de la catedral dando las nueve; veía con júbilo a la criada anciana, durmiendo con beatífico sueño, y salía del cuarto muy despacito para no hacer ruido; bajaba la escalera tan suavemente[565], que no movía un pie hasta no estar segura de poder evitar el más ligero ruido. Salía a la huerta, dando una vuelta por el cuarto de las criadas y la cocina; en la huerta deteníase un momento para mirar al cielo, que estaba tachonado de estrellas[566]. El viento callaba. Ningún ruido interrumpía el hondo sosiego de la noche. Parecía existir en ella una atención fija y silenciosa, propia de ojos que miran sin pestañear y oídos que acechan en la expectativa de un gran suceso... La noche observaba.

Acercábase después a la puerta vidriera del comedor, y miraba con cautela a cierta distancia, temiendo que la vieran los de dentro. A la luz de la lámpara del comedor veía de espaldas a su madre[567]. El Penitenciario estaba a la derecha, y su perfil se descomponía de un modo extraño: crecíale la nariz, asemejábase al pico de un ave inverosímil, y toda su figura se tornaba en una recortada sombra negra y espesa, con ángulos aquí y allí, irrisoria, escueta y delgada. Enfrente estaba Caballuco, más semejante a un dragón que a un hombre. Rosario veía sus ojos verdes, como dos grandes linternas de convexos cristales. Aquel fulgor y la imponente figura del animal le infundían[568] miedo. El tío Licurgo y los otros tres se le presentaban como figuritas grotescas. Ella había visto,

---

[564] «puedo» [565] «la escalera suavemente,» [566] «que estaba negro y tachonado de estrellas.» [567] «a su madre de espaldas.» [568] «imponían»

en alguna parte, sin duda en los muñecos de barro de las ferias, aquel reír estúpido, aquellos semblantes toscos y aquel mirar lelo. El dragón agitaba sus brazos, que, en vez de accionar, daban vueltas como aspas de molino, y revolvía de un lado para otro los globos verdes[569], tan semejantes a los fanales de una farmacia[570]. Su mirar cegaba... La conversación parecía interesante. El Penitenciario agitaba las alas. Era una presumida avecilla que quería volar y no podía. Su pico se alargaba y se retorcía. Erizábansele las plumas con síntomas de furor, y después, recogiéndose y aplacándose, escondía la pelada cabeza bajo el ala. Luego, las figurillas de barro se agitaban queriendo ser personas, y Frasquito González se empeñaba en pasar por hombre.

Rosario sentía un pavor inexplicable en presencia de aquel amistoso concurso. Alejábase de la vidriera y seguía adelante paso a paso, mirando a todos lados por si era observada[571]. Sin ver a nadie, creía que un millón de ojos se fijaban en ella... Pero sus temores y su vergüenza disipábanse de improviso. En la ventana del cuarto donde habitaba el señor Pinzón aparecía un hombre azul; brillaban en su cuerpo los botones como sartas de lucecillas. Ella se acercaba. En el mismo instante sentía que unos brazos con galones la suspendían como una pluma, metiéndola con rápido movimiento dentro de la pieza. Todo cambiaba. De súbito sonó un estampido, un golpe seco que estremeció la casa[572]. Ni uno ni otro supieron la causa de tal estrépito. Temblaban y callaban.

Era el momento en que el dragón había roto la mesa del comedor[573].

---

[569] «y revolvía los globos verdes,»   [570] «una farmacia, de un lado para otro.»   [571] «por ver si era observada.»   [572] «la casa en sus cimientos.»

[573] Esta descripción de la escena narrada en el capítulo XXII, pero vista desde los ojos y la conciencia de Rosario, constituye un ejemplo extraordinario, *avant la lettre*, de escritura expresionista, creando distorsiones visuales que adelantan las que más tarde caracterizarán las pinturas y el cine de esa escuela. Piénsese en la película *El gabinete del doctor Caligari*.

XXV

Sucesos imprevistos.—Pasajero desconcierto[574]

La escena cambia. Ved una estancia hermosa, clara, humilde, alegre, cómoda y de un aseo sorprendente. Fina estera de junco cubre el piso, y las blancas paredes se adornan con hermosas estampas de santos y algunas esculturas de dudoso valor artístico. La antigua caoba de los muebles brilla lustrada por los frotamientos del sábado, y el altar, donde una pomposa Virgen, de azul y plata vestida, recibe doméstico culto, se cubre de mil graciosas chucherías, mitad sacras, mitad profanas. Hay además cuadritos de mostacilla, pilas de agua bendita, una relojera con *Agnus Dei*, una rizada palma de Domingo de Ramos y no pocos floreros de inodoras rosas de trapo. Enorme estante de roble contiene una rica y escogida biblioteca, y allí está Horacio[575] el epicúreo y sibarita, junto con el tierno Virgilio, en cuyos versos se ve palpitar y derretirse el corazón de la inflamada Dido[576]; Ovidio el narigudo, tan sublime como obsceno y adulador, junto con Marcial, el tunante lenguaraz y conceptista; Tibulo el apasionado, con Cicerón el grande; el severo Tito Livio, con el terrible Tácito, verdugo de los Césares; Lucrecio el panteísta; Juvenal, que con la pluma desollaba; Plauto, el que imaginó las mejores comedias de la antigüedad dando vueltas a la rueda de un

---

[574] «SUCESOS IMPREVISTOS. PASAJERO DESCONCIERTO».

[575] Horacio y los hombres que siguen pertenecen a conocidísimas personalidades literarias de la literatura latina. A Virgilio y a Ovidio se les había mencionado ya más arriba. Siguen Marcial, Tibulo, Cicerón, Tito Livio, Tácito, Lucrecio, Juvenal, Plauto, Séneca, Quintiliano, Salustio, Plinio el viejo y Plinio el joven, Suetonio, Varrón, Livio Andrónico y Rutilo. En una palabra, como dice el narrador, «todas las letras latinas».

[576] Dido, la princesa de Tirio y reina de Cartago, cuyos amores narra Virgilio en *La Eneida*.

molino; Séneca el filósofo, de quien se dijo que el mejor acto de su vida fue su muerte [577]; Quintiliano el retórico; Salustio, el pícaro, que tan bien habla de la virtud; ambos Plinios, Suetonio y Varrón; en una palabra, todas las letras latinas, desde que balbucieron su primera palabra con Livio Andrónico, hasta que exhalaron su postrer suspiro con Rutilio.

Pero haciendo esta rápida enumeración[578], no hemos observado que dos mujeres han entrado en el cuarto. Es muy temprano, pero en Orbajosa se madruga mucho. Los pajaritos cantan que se las pelan en sus jaulas; tocan a misa las campanas de las iglesias, y hacen sonar sus alegres esquilas las cabras que van a dejarse ordeñar a las puertas de las casas.

Las dos señoras que vemos en la habitación descrita vienen de oír misa. Visten de negro, y cada cual trae en la mano derecha su librito de devoción y el rosario envuelto en los dedos.

—Tu tío no puede tardar ya —dijo una de ellas—, le dejamos empezando la misa; pero él despacha pronto, y a estas horas estará en la sacristía quitándose la casulla. Yo me hubiera quedado a oírle la misa, pero hoy es día de mucha fatiga para mí.

—Yo no he oído hoy más que la del señor magistral —dijo la otra—; la del señor magistral, que las dice en un soplo[579], y creo que no me ha sido de provecho, porque estaba muy intranquila[580], sin poder apartar el entendimiento de estas cosas terribles que nos pasan.

—¡Cómo ha de ser!... Es preciso tener paciencia... Veremos lo que nos aconseja tu tío.

—¡Ay! —exclamó la segunda, exhalando un hondo suspiro[581]—. Yo tengo la sangre abrasada.

—Dios nos amparará.

—¡Pensar que una señora como usted se ve[582] amenazada por un...! Y él sigue en sus trece... Anoche, señora doña Perfecta, conforme usted me lo mandó, volví a la posada

---

577 «la muerte»   578 «inútil, aunque rápida enumeración,»   579 «un suspiro»   580 «preocupada»   581 «un hondo y patético suspiro—»   582 «que una persona como usted, una señora como usted, se ve»

de la viuda de Cuzco, y he pedido nuevos informes. El don Pepito y el brigadier Batalla están siempre juntos conferenciando... ¡ay, Jesús, Dios y Señor mío!... conferenciando sobre sus infernales planes y despachando botellas de vino. Son dos perdidos, dos borrachos. Sin duda discurren alguna maldad muy grande. Como me interesó tanto por usted, anoche, estando yo en la posada, vi salir al don Pepito y le seguí...

—¿Y a dónde fue?

—Al Casino; sí, señora, al Casino —repuso la otra, turbándose ligeramente—. Después volvió a su casa. ¡Ay! ¡Cuánto me reprendió mi tío por haber estado hasta muy tarde ocupada en este espionaje! Pero no lo puedo remediar... ¡Jesús divino, ampárame! No lo puedo remediar, y mirando a una persona como usted en trances tan peligrosos, me vuelvo loca... Nada, nada, señora: estoy viendo que a lo mejor esos tunantes asaltan la casa y nos llevan a Rosarito...

Doña Perfecta, fijando[583] la vista en el suelo, meditó largo rato. Estaba pálida y ceñuda. Por fin dijo[584]:

—Pues no veo el modo de impedirlo.

—Yo sí lo veo —dijo vivamente la otra, que era la sobrina del Penitenciario y madre de Jacinto—. Veo un medio muy sencillo: el que he manifestado a usted y no le gusta. ¡Ah! señora mía, usted es demasiado buena. En ocasiones como ésta conviene ser un poco menos perfecta..., dejar a un ladito[585] los escrúpulos. Pues qué, ¿se va a ofender Dios por eso?

—María Remedios —replicó[586] la señora con altanería—, no digas[587] desatinos.

—¡Desatinos!... Usted, con sus sabidurías, no podrá ponerle las peras a cuarto al sobrinejo. ¿Qué cosa más sencilla que la que yo propongo? Puesto que ahora no hay justicia que nos ampare, hagamos nosotros la gran justiciada. ¿No hay en casa de usted hombres que sirvan para cualquier cosa? Pues llamarles y decirles: «Mira

---

[583] «pues era ella, fijando»   [584] «exclamó:»   [585] «lado»   [586] «dijo»
[587] «diga»

Caballuco, Pasolargo [588] o quien sea: esta misma noche te tapujas bien de modo que no seas conocido; llevas contigo a un amiguito [589] de confianza y te pones en la [590] esquina de la calle de la Santa Faz. Aguardáis un rato, y cuando don José Rey pase por la calle de la Tripería para ir al Casino, porque de seguro irá al Casino, ¿entendéis bien?, cuando pase le salís al encuentro y le dais un susto...»

—María Remedios, no seas tonta —indicó con magistral dignidad la señora.

—Nada más que un susto, señora; atienda usted bien a lo que digo, un susto. Pues qué, ¿había yo de aconsejar un crimen...? ¡Jesús, Padre y Redentor mío! Sólo la idea me llena de horror, y parece que veo señales de sangre y fuego delante de mis ojos. Nada de eso, señora mía [591]... Un susto, y nada más que un susto, por lo cual comprenda ese bergante que estamos bien defendidas. Él va solo al Casino, señora, enteramente solo, y allí se junta con sus amigotes, los del sable y morrioncete. Figúrese usted que recibe el susto y que además le quedan algunos huesos quebrantados, sin nada de heridas graves, se entiende...; pues en tal caso, o se acobarda y huye de Orbajosa, o se tiene que meter en la cama por quince días. Eso sí, hay que recomendarles que el susto sea bueno. Nada de matar..., cuidadito con eso; pero sentar bien la mano...

—María —dijo doña Perfecta con orgullo [592]—: tú eres incapaz de una idea elevada, de una resolución grande y salvadora. Eso que me aconsejas es una indignidad cobarde.

—Bueno, pues me callo... ¡Ay de mí, qué tonta soy! —refunfuñó [593] con humildad la sobrina del Penitenciario—. Me guardaré mis tonterías para consolarla a usted después que haya perdido a su hija.

—¡Mi hija!... ¡Perder a mi hija!... —exclamó la señora con súbito arrebato de ira—. Sólo oírlo me vuelve loca.

---

[588] «Paso Largo»   [589] «amigo»   [590] «detrás de la»

[591] Hay que ver la ironía retrospectiva de estas palabras de María Remedios a la luz de la fría orden de «¡Mátale!» que da doña Perfecta a Caballuco.

[592] «altanería»   [593] «exclamó»

No, no me la quitarán. Si Rosario no aborrece a ese perdido, como yo deseo, le aborrecerá. De algo sirve la autoridad de una madre... Le arrancaremos su pasión, mejor dicho, su capricho, como se arranca una hierba tierna que aún no ha tenido tiempo de echar raíces... No; esto no puede ser, Remedios. ¡Pase lo que pase, no será! No le valen a ese loco ni los medios más infames. Antes que verla esposa de mi sobrino, acepto cuanto de malo pueda pasarle, incluso la muerte.

—Antes muerta, antes enterrada y hecha alimento de gusanos —afirmó Remedios, cruzando las manos como quien recita[594] una plegaria—, que verla en poder de... ¡Ay!, señora, no se ofenda usted si le digo una cosa, y es que sería gran debilidad ceder porque Rosarito haya tenido algunas entrevistas secretas con ese atrevido. El caso de anteanoche, según lo contó mi tío, me parece una treta infame de don José para conseguir su objeto por el[595] escándalo. Muchos hacen esto... ¡Ay, Jesús Divino, no sé cómo hay quien le mire la cara a un hombre no siendo sacerdote!

—Calla, calla —dijo doña Perfecta con vehemencia—, no me nombres lo de anteanoche. ¡Qué horrible suceso! María Remedios... Comprendo que la ira puede perder un alma para siempre. Yo me abraso... ¡Desdichada de mí, ver estas cosas y no ser hombre!... Pero si he de decir la verdad sobre lo de anteanoche, aún tengo mis dudas. Librada jura y perjura que fue Pinzón el que entró. ¡Mi hija niega todo; mi hija nunca ha mentido!... Yo insisto en mi sospecha. Creo que Pinzón es un bribón encubridor; pero nada más...

—Volvemos a lo de siempre: a que el autor de todos los males es el dichoso matemático... ¡Ay! No me engañó el corazón cuando le vi por primera vez... Pues, señora mía, resígnese usted a presenciar algo más terrible todavía, si no se decide a llamar a Caballuco y decirle: «Caballuco, espero que...»

—Vuelta a lo mismo; pero tú eres simple...

---

594 «dice»   595 «por medio del»

—¡Oh! Si yo soy muy simplota, lo conozco; pero si no alcanzo más, ¿qué puedo hacer? Digo lo que se me ocurre, sin sabidurías.

—Lo que tú imaginas, esa vulgaridad tonta de la paliza y del susto, se le ocurre a cualquiera. Tú no tienes dos dedos de frente, Remedios; cuando quieres resolver un problema grave, sales con tales patochadas. Yo imagino un recurso más digno de personas nobles y bien nacidas. ¡Apalear! ¡Qué estupidez! Además, no quiero que mi sobrino reciba un rasguño por orden mía: eso de ninguna manera. Dios le enviará su castigo por cualquiera de los admirables caminos que Él sabe elegir. Sólo nos corresponde trabajar porque los designios de Dios no hallen obstáculo. María Remedios, es preciso en estos asuntos ir directamente a las causas de las cosas. Pero tú no entiendes de causas..., tú no ves más que pequeñeces.

—Será así —dijo humildemente la sobrina del cura—. ¡Para qué me hará Dios tan necia, que nada de esas sublimidades entiendo!

—Es preciso ir al fondo, al fondo, Remedios. ¿Tampoco entiendes ahora?

—Tampoco.

—Mi sobrino, no es mi sobrino, mujer; es la blasfemia, el sacrilegio, el ateísmo, la demagogia... ¿Sabes lo que es la demagogia?

—Algo de esa gente que quemó a París con petróleo y los que derriban las iglesias[596] y fusilan imágenes... Hasta ahí vamos bien.

—Pues mi sobrino es todo eso... ¡Ah! ¡Si él estuviera solo en Orbajosa!... Pero no, hija mía. Mi sobrino, por una serie de fatalidades, que son otras tantas pruebas de los males pasajeros que a veces permite Dios para nuestro castigo, equivale a un ejército, equivale a la autoridad del Gobierno, equivale al alcalde, equivale al juez; mi sobrino no es mi sobrino; es la nación oficial, Remedios; es esa segunda nación, compuesta de los

---

[596] «derriban iglesias»

perdidos que gobiernan en Madrid, y que se ha hecho dueña de la fuerza material; de esa nación aparente, porque la real es la que calla, paga y sufre; de esa nación ficticia que firma al pie de los decretos y pronuncia discursos y hace una farsa de gobierno y una farsa de autoridad y una farsa de todo. Eso es hoy mi sobrino; es preciso que te acostumbres a ver lo interno de las cosas. Mi sobrino es el Gobierno, el brigadier, el alcalde nuevo, el juez nuevo, porque todos le favorecen a causa de la unanimidad de sus ideas; porque son uña y carne, lobos de la misma manada... Entiéndelo bien: hay que defenderse de todos ellos, porque todos son uno, y uno es todos; hay que atacarles en conjunto[597], y no con palizas al volver de una esquina, sino como atacaban nuestros abuelos a los moros: ¡a los moros, Remedios!... Hija mía, comprende bien esto; abre tu entendimiento y deja entrar en él una idea que no sea vulgar..., remóntate; piensa en alto, Remedios.

La sobrina de don Inocencio estaba atónita ante tanta grandeza. Abrió la boca para decir algo en consonancia[598] con tan maravilloso pensamiento, pero sólo exhaló un suspiro.

—Como a los moros —repitió doña Perfecta. —Es cuestión de moros y cristianos. ¡Y creías tú que con asustar a mi sobrino se concluía todo!... ¡Qué necia eres! ¿No ves que le apoyan sus amigos? ¿No ves que estamos a merced de esa canalla? ¿No ves que cualquier tenientejo es capaz de pegar fuego a mi casa si se le antoja?... Pero ¿tú no alcanzas esto? ¿No comprendes que es necesario ir al fondo? ¿No comprendes la inmensa grandeza, la terrible extensión de mi enemigo, que no es un hombre, sino una secta?... ¿No comprendes que mi sobrino, tal como está hoy enfrente de mí, no es una calamidad, sino una plaga?... Contra ella, querida Remedios, tendremos aquí un batallón de Dios que aniquile la infernal milicia de Madrid. Te digo que esto va a ser grande y glorioso[599]...

---

[597] «de común,»   [598] «consecuencia»   [599] Galdós está proyectando la que habría de ser la historia de España sesenta años más tarde.

—¡Si al fin fuera...!

—Pero ¿tú lo dudas? Hoy hemos de ver aquí cosas terribles... —dijo con gran impaciencia la señora—. Hoy, hoy. ¿Qué hora es? Las siete. ¡Tan tarde y no ocurre nada!...

—Quizás sepa algo mi tío, que está aquí ya. Le siento subir la escalera.

—Gracias a Dios... —añadió doña Perfecta levantándose para salir al encuentro del Penitenciario—. Él nos dirá algo bueno.

Don Inocencio entró apresurado[600]. Su demudado rostro indicaba que aquella alma, consagrada a la piedad y a los estudios latinos, no estaba tan tranquila como de ordinario.

—Malas noticias —dijo poniendo sobre una silla el sombrero y desatando los cordones del manteo.

Doña Perfecta palideció.

—Están prendiendo gente —añadió don Inocencio bajando la voz, cual si debajo de cada silla estuviera un soldado—. Sospechan, sin duda, que los de aquí no les aguantarían sus pesadas bromas y han ido de casa en casa echando mano a todos los que tenían fama de valientes...

La señora se arrojó en un sillón y apretó fuertemente los dedos contra la madera de los brazos del mueble.

—Falta que se hayan dejado prender —indicó Remedios.

—Muchos de ellos... pero muchos —dijo don Inocencio con ademanes encomiásticos[601], dirigiéndose a la señora— han tenido tiempo de huir, y se han ido con armas y caballos a Villahorrenda.

—¿Y Ramos?

—En la catedral dijéronme[602] que es el que buscan con más empeño... ¡Oh, Dios mío!, prender así a unos infelices que nada han hecho todavía... Vamos, no sé cómo los buenos españoles tienen paciencia. Señora mía doña Perfecta, refiriendo esto de las prisiones me he

---

[600] «apresuradamente»   [601] «encomiados,»   [602] «me dijeron»

olvidado decir[603] a usted que debe marcharse a su casa al momento.

—Sí, al momento... ¿Registrarán mi casa esos bandidos?

—Quizás[604], señora; estamos en un día nefasto —dijo don Inocencio con solemne y conmovido acento—. ¡Dios se apiade de nosotros!

—En mi casa tengo media docena de hombres muy bien armados —repuso la dama, vivamente alterada—. ¡Qué iniquidad! ¿Serán capaces de querer llevárselos también?...

—De seguro el señor Pinzón no se habrá descuidado en denunciarlos. Señora: repito que estamos en un día nefasto. Pero Dios amparará la inocencia[605].

—Me voy. No deje usted de pasar por allá.

—Señora, en cuanto despache la clase..., y me figuro que con la alarma que hay en el pueblo, todos los chicos harán novillos hoy; pero, haya o no clase, iré después por allá... No quiero que salga usted sola, señora. Andan por las calles esos zánganos de soldados con unos humos... ¡Jacinto, Jacinto!

—No es preciso. Me marcharé sola.

—Que vaya Jacinto —dijo la madre de éste—. Ya debe de estar levantado.

Sintiéronse los precipitados pasos del doctorcillo, que bajaba a toda prisa la escalera del piso alto. Venía con el rostro encendido, fatigado el aliento.

—¿Qué hay? —le preguntó su tío.

—En casa de las Troyas —dijo el jovenzuelo—, en casa de esas..., pues...

—Acaba de una vez.

—Está Caballuco.

—¿Allá arriba?... ¿En casa de las Troyas?

—Sí, señor... Me habló desde el terrado; me ha dicho que está temiendo le vayan a coger allí.

—¡Oh, qué bestia!... Ese majadero va a dejarse pren-

---

603 «olvidado de decir»   604 «Quizá,»
605 Se omite esta última frase.

der[606] —exclamó doña Perfecta, hiriendo el suelo con el inquieto pie.

—Quiere bajar aquí y que le escondamos en casa.

—¿Aquí?

Canónigo y sobrina se miraron.

—¡Que baje! —dijo doña Perfecta con vehemente frase.

—¿Aquí? —repitió don Inocencio, poniendo cara de mal humor.

—Aquí —contestó la señora—. No conozco casa donde pueda estar más seguro.

—Puede saltar fácilmente por la ventana de mi cuarto —dijo Jacinto.

—Pues si es indispensable...

—María Remedios —dijo la señora—: si nos cogen a este hombre, todo se ha perdido.

—Tonta y simple soy —repuso la sobrina del canónigo, poniéndose la mano en el pecho y ahogando el suspiro que sin duda iba a salir al público—; pero no le cogerán.

Salió la señora[607] rápidamente, y poco después el Centauro se arrellanaba en la butaca donde el señor don Inocencio solía sentarse a escribir sus semones.

No sabemos cómo llegó a oídos del brigadier Batalla; pero es indudable que este diligente militar tenía noticia de que los orbajosenses habían variado de intenciones, y en la mañana de aquel día dispuso la prisión de los que en nuestro rico lenguaje insurreccional solemos llamar *caracterizados*. Salvóse por milagro el gran Caballuco, refugiándose en casa de las Troyas; pero no creyéndose allí seguro, bajó, como se ha visto, a la santa y no sospechosa mansión del buen canónigo.

Ocupando diversos puntos del pueblo, la tropa ejercía de noche[608] la mayor vigilancia con los que entraban y salían; pero Ramos logró evadirse, burlando, o quizás[609] sin burlar, las precauciones militares. Esto acabó

    [606] «se va a dejar prender»   [607] «La señora salió»   [608] «Por la noche, la tropa, establecida en diversos puntos del pueblo, ejercía»   [609] «quizá»

de encender los ánimos, y multitud de gente se conjuraba en los caseríos cercanos a Villahorrenda, juntándose de noche para dispersarse de día y preparar así el arduo negocio de su levantamiento. Ramos recorrió las cercanías allegando gente y armas, y como las columnas volantes andaban tras los Aceros en tierra de Villajuán de Nahara, nuestro héroe caballeresco adelantó mucho en poco tiempo.

Por las noches arriesgábase con audacia suma a entrar en Orbajosa, valiéndose de medios de astucia o tal vez de sobornos. Su popularidad y la protección que recibía dentro del pueblo servíanle hasta cierto punto de salvaguardia, y no será aventurado decir que la tropa no desplegaba ante aquel osado campeón el mismo rigor que ante los hombres insignificantes de la localidad. En España, y principalmente en tiempo de guerras, que son siempre aquí desmoralizadoras, suelen verse esas condescendencias infames con los grandes, mientras se persigue sin piedad a los pequeños. Valido, pues, de su audacia, del soborno, o no sabemos de qué, Caballuco entraba en Orbajosa, reclutaba más gente, reunía armas y acopiaba dinero. Para mayor seguridad de su persona, o para cubrir el expediente, no ponía los pies en su casa, apenas entraba en la de doña Perfecta para tratar de asuntos importantes y solía cenar en casa de este o del otro amigo, prefiriendo siempre la respetada vivienda[610] de algún sacerdote, y principalmente la de don Inocencio, donde recibiera asilo en la mañana funesta de las prisiones.

En tanto, Batalla había telegrafiado al Gobierno diciéndole que, descubierta una conspiración facciosa, estaban presos sus autores, y los pocos que lograron escapar andaban dispersos y fugitivos, *activamente perseguidos por nuestras columnas.*

---

[610] «el respetable domicilio»

XXVI

María Remedios

Nada más entretenido que buscar el origen de los sucesos interesantes que nos asombran o perturban, ni nada más grato que encontrarlo. Cuando vemos arrebatadas pasiones en lucha encubierta o manifiesta, y llevados del natural impulso inductivo que acompaña[611] siempre a la observación humana, logramos descubrir la oculta fuente de donde aquel revuelto río ha traído sus aguas, sentimos un gozo muy parecido al[612] de los geógrafos y buscadores de tierras.

Este gozo nos lo ha concedido Dios ahora, porque explorando los escondrijos de los corazones que laten en esta historia, hemos descubierto un hecho que seguramente es el engendrador de los hechos más importantes que aquí se narran[613]: una pasión, que es la primera gota de agua de esta alborotada corriente, cuya marcha estamos observando[614].

Continuemos, pues, la narración. Para ello dejemos a la señora de Polentinos, sin cuidarnos de lo que pudo ocurrirle en la mañana de su diálogo con María Remedios. Penetra llena de zozobra en su vivienda, donde se ve obligada a soportar las excusas y cortesanías del señor Pinzón, quien asegura que mientras él existiera, la casa de la señora no sería registrada. Le responde doña Perfecta de un modo altanero, sin dignarse fijar en él los ojos, por cuya razón él pide urbanamente explicaciones de tal desvío, a lo cual ella contesta rogando al señor Pinzón abandone su casa, sin perjuicio de dar oportunamente cuenta de su alevosa conducta dentro de ella.

---

[611] «impulso que acompaña»   [612] «experimentamos sensación muy parecida al gozo»   [613] «que hemos narrado:»

[614] El narrador no puede ser más explícito al introducir, en este capítulo, las muy humanas causas del conflicto en el que hemos visto atrapado a Pepe Rey casi desde el comienzo de esta historia.

Llega don Cayetano y se cruzan palabras de caballero a caballero; pero como ahora nos interesa más otro asunto, dejemos a los Polentinos y al teniente coronel que se las compongan como puedan, y pasemos a examinar los manantiales históricos arriba mencionados[615].

Fijemos la atención en María Remedios, mujer estimable, a la cual es urgente consagrar algunas líneas. Era una señora, una verdadera señora, pues a pesar de su origen humildísimo, las virtudes de su tío carnal el señor don Inocencio, también de bajo origen, mas sublimado por el Sacramento, así como por su saber y respetabilidad, habían derramado extraordinario esplendor sobre toda la familia.

El amor de Remedios a Jacinto era una de las más vehementes pasiones que en el corazón maternal pueden caber. Le amaba con delirio; ponía el bienestar de su hijo sobre todas las cosas humanas; creíale el más perfecto tipo de la belleza y del talento, creados por Dios, y diera por verle feliz y poderoso[616] todos los días de su vida y aun parte de la eterna gloria. El sentimiento materno es el único que, por lo muy santo y noble, admite la exageración; el único que no se bastardea con el delirio. Sin embargo, ocurre un fenómeno singular que no deja de ser común en la vida, y es que si esta exaltación del afecto maternal no coincide con la absoluta pureza del corazón y con la honradez perfecta, suele extraviarse y convertirse en frenesí lamentable, que puede contribuir, como otra cualquiera pasión desbordada, a grandes faltas y catástrofes.

En Orbajosa, María Remedios pasaba por un modelo de virtud y de sobrinas; quizás[617] lo era en efecto. Servía cariñosamente a cuantos la necesitaban; jamás dio motivo a hablillas y murmuraciones de mal género; jamás se mezcló en intrigas. Era piadosa, no sin dejarse llevar a extremos de mojigatería chocante; practicaba la caridad; gobernaba la casa de su tío con habilidad suprema;

---

[615] «aquello de los manantiales arriba mencionados.»   [616] «feliz y grande y poderoso»   [617] «quizá»

era bien recibida, admirada y obsequiada en todas partes, a pesar del sofoco que[618] producía su continuo afán de suspirar y expresarse siempre en tono quejumbroso.

Pero en casa de doña Perfecta, aquella excelente señora sufría una especie de *capitis diminutio*[619]. En tiempos remotos y muy aciagos para la familia del buen Penitenciario, María Remedios (si es verdad, ¿por qué no se ha decir?) había sido lavandera en la casa de Polentinos. Y no se crea por esto que doña Perfecta la miraba con altanería[620]. Tratábala sin orgullo; hacia ella sentía cariño fraternal[621]; comían juntas, rezaban juntas, referíanse sus cuitas, ayudábanse mutuamente en sus caridades y en sus devociones, así como en los negocios de la casa... pero, ¡fuerza es decirlo!, siempre había algo, siempre había una raya invisible, pero infranqueable, entre la señora improvisada y la señora antigua. Doña Perfecta tuteaba a María, y ésta jamás pudo prescindir de ciertas fórmulas. Sentíase tan pequeña la sobrina de don Inocencio en presencia de la amiga de éste, que su humildad nativa tomaba un tinte extraño de tristeza. Veía que el buen canónigo era en la casa una especie de consejero áulico inamovible[622]; veía a su idolatrado Jacintillo en familiaridad casi amorosa con la señorita, y, sin embargo, la pobre madre y sobrina frecuentaba la casa lo menos posible. Conviene[623] indicar que María Remedios se deseñoraba bastante (pase la palabra) junto a doña Perfecta[624], y esto le era desagradable, porque también en aquel espíritu suspirón había, como en todo lo que vive, un poco de orgullo... ¡Ver a su hijo casado con Rosarito; verle rico y poderoso; verle emparentado con doña Perfecta, con la señora!... ¡Ay!

---

618 «sofoco casi intolerable que»

619 Término del derecho romano que significa algo así como «pérdida de estado»: hoy diríamos «un complejo de inferioridad».

620 «altanerías»   621 «sentía hacia ella un cariño verdaderamente fraternal:»

622 De Consejo Áulico, el supremo consejo del Emperador en el Santo Imperio Romano.

623 «Es preciso»   624 «en casa de doña Perfecta,»

esto era para María Remedios la tierra y el cielo, esta vida y la otra, el presente y el más allá, la totalidad suprema de la existencia. Años hacía[625] que su pensamiento y su corazón se llenaban de aquella dulce luz de esperanza. Por esto era buena y mala; por esto era religiosa y humilde o terrible y osada; por esto era todo cuanto hay que ser, porque sin tal idea María, verdadera encarnación de su proyecto, no existiría.

En su físico, María Remedios no podía ser más insignificante. Distinguíase por una lozanía sorprendente, que aminoraba en apariencia el valor numérico de sus años, y vestía siempre de luto, a pesar de que su viudez era ya cuenta muy larga.

Habían pasado cinco días desde la entrada de Caballuco en casa del señor Penitenciario. Principiaba la noche. Remedios entró con la lámpara encendida en el cuarto de su tío, y después de dejarla sobre la mesa se sentó frente al anciano, que desde media tarde permanecía inmóvil y meditabundo, en su sillón, cual si le hubieran clavado en él. Sus dedos sostenían la barba, arrugando la morena piel, no rapada en tres días.

—¿Vendrá Caballuco[626] a cenar aquí esta noche? —preguntó a su sobrina.

—Sí, señor, vendrá. En estas casas respetables es donde el pobrecito está más seguro.

—Pues yo no las tengo todas conmigo, a pesar de la respetabilidad de mi domicilio[627] —repuso el Penitenciario—. ¡Cómo se expone el valiente Ramos!... Y me han dicho que en Villahorrenda y su campiña hay mucha gente..., ¡qué se yo cuánta gente!... ¿Qué has oído tú?

—Que la tropa está haciendo barbaridades...

—¡Es milagro que esos caribes no hayan registrado mi casa! Te juro que si veo entrar uno de los de pantalón encarnado, me caigo sin habla.

—¡Buenos, buenos estamos! —dijo Remedios, echando en un suspiro la mitad de su alma—. No puedo

[625] «Hacía años» [626] «¿Caballuco dijo que vendría» [627] «de mi casa»

apartar de mi mente la tribulación en que se encuentra la señora doña Perfecta... ¡Ay, tío!, debe usted ir allá.

—¿Allá esta noche?... Andan las tropas por las calles. Figúrate que a un soldado [628] se le antoja... La señora está bien defendida. El otro día registraron la casa y se llevaron los seis hombres armados que allí tenía; pero después se los han devuelto. Nosotros no tenemos quien nos defienda en caso de un atropello.

—Yo he mandado a Jacinto allá para que acompañe un ratito a la señora [629]. Si Caballuco viene, le diremos que vaya también... [630] Nadie me quita de la cabeza que alguna gran fechoría preparan esos pillos contra nuestra amiga. ¡Pobre señora, pobre Rosarito!... Cuando uno piensa que esto podía haberse evitado con lo que propuse a doña Perfecta hace dos días...

—Querida sobrina —dijo flemáticamente el Penitenciario—, hemos hecho todo cuanto en lo humano cabía para realizar nuestro santo propósito... Ya no se puede más. Hemos fracasado, Remedios. Convéncete de ello, y no seas terca: Rosarito no puede ser la mujer de nuestro idolatrado Jacintillo. Tu sueño dorado, tu ideal dichoso, que un tiempo nos pareció realizable, y al cual consagré yo las fuerzas todas de mi entendimiento, como buen tío, se ha trocado ya en una quimera, se ha disipado como el humo. Entorpecimientos graves, la maldad de un hombre, la pasión indudable de la niña y otras cosas que callo, han vuelto las cosas del revés. Íbamos venciendo, y de pronto somos vencidos. ¡Ay, sobrina mía! Convéncete de una cosa: hoy por hoy, Jacinto merece mucho más que esa niña loca.

—Caprichos y terquedades —repuso María con displicencia bastante irrespetuosa—. ¡Vaya con lo que sale usted ahora, tío! Pues las grandes cabezas están [631] luciendo... Doña Perfecta con sus sublimidades, y usted con sus cavilaciones, sirven para cualquier cosa. Es lástima que Dios me haya hecho a mí tan tonta, y dádome

---

[628] «soldadote»   [629] «a casa de la señora para que la acompañe un ratito.»   [630] «que pase también para allá...»   [631] «se están»

este entendimiento de ladrillo y argamasa, como dice la señora, porque si así no fuera, yo resolvería la cuestión.

—¿Tú?

—Si ella y usted me hubieran dejado, resuelta estaría ya.

—¿Con los palos?

—No asustarse ni abrir tanto los ojos, porque no se trata de matar a nadie... ¡vaya!

—Eso de los palos —dijo el canónigo sonriendo— es como el rascar... ya sabes.

—¡Bah!... diga usted también que soy cruel y sanguinaria...; me falta valor para matar un gusanito, bien lo sabe usted... Ya se comprende que no había yo de querer la muerte de un hombre.

—En resumen, hija mía: por más vueltas que le des, el señor don Pepe Rey se lleva a la niña[632]. Ya no es posible evitarlo. Él está dispuesto a emplear todos los medios, incluso la deshonra. Si la Rosarito... ¡cómo nos engañaba con aquella carita circunspecta y aquellos ojos celestiales! ¿eh?... si la Rosarito, digo, no le quisiera... vamos... todo podría arreglarse; pero ¡ay! le ama como ama el pecador al demonio; está abrasada en criminal fuego; cayó, sobrina mía, cayó en la infernal trampa libidinosa. Seamos honrados y justos; apartemos[633] la vista de la innoble pareja, y no pensemos más en el uno ni en la otra.

—Usted no entiende de mujeres, tío —dijo Remedios con lisonjera hipocresía—; usted es un santo varón; usted no comprende que lo de Rosarito no es más que un caprichillo de esos que pasan, de esos que se curan con un par de refregones en los morros o media docena de azotes.

—Sobrina —dijo don Inocencio grave y sentenciosamente—, cuando han pasado[634] cosas mayores, los caprichillos no se llaman caprichillos, sino de otra manera.

—Tío, usted no sabe lo que dice— repuso la sobrina, cuyo rostro se inflamó súbitamente—. Pues qué, ¿será usted capaz de suponer en Rosarito...? ¡Qué atrocidad!

---

[632] «se lleva la niña.»   [633] «volvamos»   [634] «ha habido»

Yo la defiendo, sí, la defiendo... Es pura como un ángel...
Vamos, tío, con esas cosas se me suben los colores a la
cara y me pone usted soberbia.

Al decir esto, el semblante del buen clérigo se cubría
de una sombra de tristeza, que en apariencia le envejecía
diez años.

—Querida Remedios —añadio—: hemos hecho todo
lo humanamente posible y todo lo que en conciencia
podía y debía hacerse. Nada más natural que nuestro
deseo de ver a Jacintillo emparentado con esa gran familia, la primera de Orbajosa; nada más natural que
nuestro deseo de verle dueño de las siete casas del pueblo,
de la dehesa de Mundogrande, de las tres huertas del
cortijo de Arriba, de la Encomienda y demás predios
urbanos y rústicos que posee esa niña. Tu hijo vale
mucho, bien lo saben todos. Rosarito gustaba de él y él
de Rosarito. Parecía cosa hecha. La misma señora, sin
entusiasmarse mucho, a causa sin duda de nuestro
origen, parecía bien dispuesta a ello, a causa de lo mucho [635] que me estima y venera, como confesor y amigo...
Pero de repente se presenta ese malhadado joven. La señora me dice que tiene un compromiso con su hermano
y que no se atreve a rechazar la proposición por éste
hecha. ¡Conflicto grave! Pero ¿qué hago yo en vista
de esto? ¡Ay! no lo sabes tú bien. Yo te soy franco: si
hubiera visto en el señor de Rey un hombre de buenos
principios [636], capaz de hacer feliz a Rosario, no habría
intervenido en el asunto; pero el tal joven me pareció una
calamidad, y como director espiritual de la casa debí [637]
tomar cartas en el asunto, y las tomé. Ya sabes que le
puse la proa, como vulgarmente se dice. Desenmascaré
sus vicios; descubrí su ateísmo; puse a la vista de todo
el mundo la podredumbre de aquel corazón materiali-
zado, y la señora se convenció de que entregaba a su
hija [638] al vicio... ¡Ay qué afanes pasé! La señora vaci-
laba; yo fortalecía su ánimo indeciso; aconsejábale los

---

[635] «por lo mucho»   [636] «de principios,»   [637] «debía»   [638] «entregaba su hija»

medios lícitos que debía emplear contra el sobrinejo para alejarle sin escándalo; sugeríale ideas ingeniosas, y como ella me mostraba a menudo su pura conciencia llena de alarmas, yo la tranquilizaba demarcando hasta qué punto eran lícitas las batallas que librábamos contra aquel fiero enemigo. Jamás aconsejé medios violentos ni sanguinarios, ni atrocidades de mal género, sino sutiles trazas que no contenían pecado. Estoy tranquilo, querida sobrina. Pero bien sabes tú que he luchado, que he trabajado como un negro. ¡Ay! cuando volvía a casa por las noches y decía: «Mariquilla, vamos bien, vamos muy bien», tú te volvías loca de contento y me besabas las manos cien veces, y decías que era yo[639] el hombre mejor del mundo. ¿Por qué te enfureces ahora, desfigurando tu noble carácter y pacífica condición? ¿Por qué me riñes? ¿Por qué dices que estás soberbia, y me llamas en buenas palabras *Juan Lanas?*

—Porque usted —dijo la mujer sin cejar en su irritación— se ha acobardado de repente.

—Es que todo se nos vuelve en contra, mujer. El maldito ingeniero, favorecido por la tropa, está resuelto a todo. La chiquilla le ama; la chiquilla... no quiero decir más. No puede ser; te digo que no puede ser.

—¡La tropa! Pero ¿usted cree, como doña Perfecta, que va a haber una guerra, y que para echar de aquí a don Pepe se necesita que media nación se levante contra la otra media?... La señora se ha vuelto loca, y usted allá se le va.

—Creo lo mismo que ella. Dada la intimidad[640] de Rey con los militares, la cuestión personal se agranda... Pero ¡ay! sobrina mía, si hace dos días tuve esperanza de que nuestros valientes echaran de aquí a puntapiés a la tropa, desde que he visto el giro que han tomado las cosas; desde que he visto que la mayor parte son sorprendidos antes de pelear, y que Caballuco se esconde y que esto se lo lleva la trampa, desconfío de todo. Los buenos principios no tienen aún bastante fuerza material para

---

639 «yo era»   640 «la íntima conexión de»

hacer pedazos a los ministros y emisarios del error...
¡Ay!, sobrina mía, resignación, resignación.

Apropiándose entonces don Inocencio el medio de expresión que caracterizaba a su sobrina, suspiró dos o tres veces ruidosamente. María, contra todo lo que podía esperarse, guardó profundo silencio. No había en ella, al menos aparentemente, ni cólera, ni tampoco el sentimentalismo superficial de su ordinaria vida; no había sino una aflicción profunda y modesta. Poco después de que el buen tío concluyera su perorata, dos lágrimas rodaron por las sonrosadas mejillas de la sobrina; no tardaron en oírse algunos sollozos mal comprimidos, y poco a poco, así como van creciendo en ruido y forma la hinchazón y tumulto de un mar que empieza a alborotarse, así fue encrespándose aquel oleaje del dolor de María Remedios, hasta que rompió en deshecho llanto.

XXVII

El tormento de un canónigo

—¡Resignación, resignación! —volvió a decir don Inocencio.

—¡Resignación, resignación! —repitió ella, enjugando sus lágrimas—. Puesto que mi querido hijo ha de ser siempre un pelagatos, séalo en buen hora. Los pleitos escasean; bien pronto llegará el día en que lo mismo será la abogacía que nada. ¿De qué vale el talento? ¿De qué valen tanto estudio y romperse la cabeza? ¡Ay! Somos pobres. Llegará un día, señor don Inocencio, en que mi pobre hijo no tendrá una almohada sobre que reclinar la cabeza.

—¡Mujer!

—¡Hombre!.... Y si no, dígame: ¿qué herencia piensa usted dejarle cuando cierre el ojo? Cuatro cuartos, seis libruchos, miseria y nada más... Van a venir unos tiempos... ¡Qué tiempos, señor tío!... Mi pobre hijo, que se está poniendo muy delicado de salud, no podrá trabajar...; ya se le marea la cabeza desde que lee un libro; ya le dan

bascas y jaqueca siempre que estudia[641] de noche...
Tendrá que mendigar un destinejo; tendré yo que ponerme a la costura, y quién sabe, quién sabe... como no
tengamos que pedir limosna.

—¡Mujer!

—Bien sé lo que digo... Buenos tiempos van a venir
—añadió la excelente mujer, forzando más el sonsonete
llorón con que hablaba—. ¡Dios mío! ¿Qué va a ser
de nosotros? ¡Ah! Sólo el corazón de una madre siente
estas cosas... Sólo las madres son capaces de sufrir
tantas penas por el bienestar de un hijo. Usted ¿cómo
ha[642] de comprender? No; una cosa es tener hijos y pasar
amarguras por ellos, y otra cosa es cantar el *gori gori*
en la catedral y enseñar latín en el Instituto... Vea usted
de qué le vale a mi hijo el ser sobrino de usted y el haber
sacado tantas notas de sobresaliente, y ser primor[643] y la
gala de Orbajosa... Se morirá de hambre, porque ya
sabemos lo que da la abogacía, o tendrá que pedir a los
diputados un destino en La Habana, donde le matará
la fiebre amarilla...

—¡Pero, mujer!...

—No, si no me apuro; si ya callo; si no le molesto
a usted más. Soy muy impertinente, muy llorona, muy
suspirosa[644], y no se me puede aguantar, porque soy
madre cariñosa y miro por el bien de mi amado hijo.
Yo me moriré, sí, señor; me moriré en silencio y ahogaré
mi dolor; me beberé mis lágrimas para no mortificar al
señor canónigo... Pero mi idolatrado hijo me compren-
derá, y no se tapará los oídos como usted hace en este
momento... ¡Ay de mí! El pobre Jacinto sabe que me
dejaría matar por él, y que le proporcionaría la felicidad
a costa de mi vida. ¡Pobrecito niño de mis entrañas!
Tener tanto mérito y vivir condenado a un pasar media-
no, a una condición humilde, porque no, señor tío, no
se ensoberbezca usted... Por más que echemos humos,
siempre será usted el hijo del tío Tinieblas, el sacristán
de San Bernardo..., y yo no seré nunca más que la hija

---

[641] «trabaja»   [642] «lo ha»   [643] «el primor»   [644] «suspirona»

de Ildefonso Tinieblas, su hermano de usted, el que vendía pucheros, y mi hijo será el nieto de los Tinieblas... que tenemos un tenebrario en nuestra cesta [645], y nunca saldremos de la oscuridad, ni poseeremos un pedazo de terruño donde decir: «Esto es mío», ni trasquilaremos una oveja propia, ni ordeñaremos jamás una cabra nuestra [646], ni meteré mis manos hasta el codo en un saco de trigo trillado y aventado en nuestras eras...; todo esto a causa de su poco ánimo de usted, de su bobería y corazón amerengado...

—¡Pero... pero... mujer!

Subía más de tono el canónigo cada vez que repetía esta frase, y puestas las manos en los oídos, sacudía a un lado y otro la cabeza con doloroso ademán de desesperación. La chillona cantinela de María Remedios era cada vez más aguda, y penetraba en el cerebro del infeliz y ya aturdido clérigo como una saeta. Pero de repente transformóse el rostro de aquella mujer; mudáronse los plañideros sollozos en una voz bronca y dura; palideció su rostro; temblaron sus labios; cerráronse sus puños; cayéronle sobre la frente algunas guedejas del desordenado cabello; secáronse por completo sus ojos al calor de la ira que bramaba en su pecho; levantóse del asiento, y no como una mujer [647], sino como una arpía, gritó de este modo:

—¡Yo me voy de aquí, yo me voy con mi hijo!... Nos iremos a Madrid; no quiero que mi hijo se pudra en este poblachón. Estoy cansada de ver que mi Jacinto [648], al amparo de la sotana, no es ni será nunca nada. ¿Lo oye usted, señor tío? ¡Mi hijo y yo nos vamos! Usted no nos verá nunca más; pero nunca más.

Don Inocencio había cruzado las manos y recibía los furibundos rayos de su sobrina con la consternación de un reo a quien la presencia del verdugo quita ya toda esperanza.

---

[645] «casta» (un obvio error tipográfico)
[646] Se omite la frase.
[647] «como mujer»   [648] «hijo»

—Por Dios, Remedios —murmuró con voz dolorida—; por la Virgen Santísima...

Aquellas crisis y horribles erupciones del manso carácter de la sobrina eran tan fuertes como raras, y se pasaban a veces cinco o seis años sin que don Inocencio viera a Remedios convertirse en una furia.

—¡Soy madre!... ¡Soy madre!... Y puesto que nadie mira por mi hijo, miraré yo, yo misma —rugió la improvisada leona.

—Por María Santísima, no te arrebates... Mira que estás pecando... Recemos un Padrenuestro y un Ave María, y verás cómo se te pasa eso.

Diciendo esto, el Penitenciario temblaba y sudaba. ¡Pobre pollo en las garras del buitre! La mujer transformada, acabó de estrujarle con estas palabras:

—Usted no sirve para nada; usted es un mandria... Mi hijo y yo nos marcharemos de aquí para siempre, para siempre. Yo le conseguiré una posición a mi hijo, yo le buscaré una buena conveniencia, ¿entiende usted? Así como estoy dispuesta a barrer las calles con la lengua, si de este modo fuera preciso ganarle la comida, así también revolveré la tierra para buscar una posición a mi hijo, para que suba y sea rico, y personaje, y caballero, y propietario, y señor, y grande, y todo cuanto hay que[649] ser, todo, todo.

—¡Dios me favorezca! —exclamó don Inocencio, dejándose caer en el sillón e inclinando la cabeza sobre el pecho.

Hubo una pausa, durante la cual se oía el agitado resuello de la mujer furiosa.

—Mujer —dijo al fin don Inocencio—, me has quitado diez años de vida, me has abrasado la sangre, me has vuelto loco... ¡Dios me dé la serenidad que para aguantarte necesito! Señor, paciencia, paciencia es lo que quiero; y tú, sobrina, hazme el favor de llorar y lagrimear y estar suspirando a moco y baba diez años, pues tu maldita maña de los pucheros, que tanto me enfada, es pre-

---

[649] «de»

ferible a esas locas iras. Si no supiera que en el fondo eres buena... Vaya, que para haber confesado y recibido a Dios esta mañana te estás portando.

—Sí; pero es por usted, por usted.

—¿Porque en el asunto de Rosario y de Jacinto te digo «resignación»?

—Porque cuando todo marcha bien, usted se vuelve atrás y permite que el señor Rey se apodere de Rosarito.

—¿Y cómo lo voy a evitar? Bien dice la señora que tienes entendimiento de ladrillo. ¿Quieres que salga por ahí con una espada, y en un quítame allá estas pajas haga picadillo a toda la tropa, y después me encare con Rey y le diga: «O usted me deja en paz a la niña o le corto el pescuezo»?

—No; pero cuando aconsejé a la señora que diera un susto a su sobrino, usted se ha opuesto, en vez de aconsejarle lo mismo que yo.

—Tú estás loca con eso del susto.

—Porque «muerto el perro, se acabó la rabia».

—Yo no puedo aconsejar eso que llamas susto y que puede ser una cosa tremenda.

—Sí, porque soy una matona, ¿no es verdad, tío?

—Ya sabes que los juegos de manos son juego de villanos. Además, ¿crees que ese hombre se dejará asustar? ¿Y sus amigos?

—De noche sale solo.

—¿Tú qué sabes?

—Lo sé todo, y no da un paso sin que yo me entere, ¿estamos? La viuda de Cuzco me tiene muy al corriente [650].

—Vamos, no me vuelvas loco. ¿Y quién le va a dar ese susto?... Sepámoslo.

—Caballuco.

—¿De modo que él está dispuesto...?

—No; pero lo estará si usted se lo manda.

—Vamos, mujer, déjame en paz. Yo no puedo mandar tal atrocidad. ¡Un susto! ¿Y qué es eso? ¿Tú le has hablado ya?

---

[650] «tiene al tanto de todo.»

—Sí, señor; pero no me ha hecho caso; mejor dicho, se niega a ello. En Orbajosa no hay más que dos personas que puedan decidirle con una simple orden: usted o doña Perfecta.

—Pues que se lo mande la señora, si quiere. Jamás aconsejaré que se empleen medios violentos y brutales. ¿Querrás creer que cuando Caballuco y algunos de los suyos estaban tratando de levantarse en armas, no pudieron sacarme una sola palabra incitándoles a derramar sangre? No, eso no... Si doña Perfecta quiere hacerlo...

—Tampoco quiere. Esta tarde he estado hablando con ella dos horas, y dice que predicará la guerra favoreciéndola por todos los medios; pero que no mandará a un hombre que hiera por la espalda a otro. Tendría razón en oponerse si se tratara de cosa mayor..., pero yo no quiero[651] que haya heridas; yo no quiero más que un susto.

—Pues si doña Perfecta no se atreve a ordenar[652] que se den sustos al ingeniero, yo tampoco, ¿entiendes? Antes que nada es mi conciencia.

—Bueno —repuso la sobrina—. Dígale usted a Caballuco que me acompañe esta noche... no le diga usted más que eso.

—¿Vas a salir tarde?

—Voy a salir, sí, señor. Pues qué, ¿no salí también anoche?

—¿Anoche? No lo supe; si lo hubiera sabido, me habría enfadado, sí, señora.

—No le diga usted a Caballuco sino lo siguiente: «Querido Ramos: le estimaré mucho que acompañe a mi sobrina a cierta diligencia que tiene que hacer esta noche, y que la defienda si acaso se ve en algún peligro.»

—Eso sí lo puede hacer. Que te acompañe... que te defienda. ¡Ah, picarona! Tú quieres engañarme, haciéndome cómplice de alguna majadería.

—Ya... ¿Qué cree usted? —dijo irónicamente María

---

[651] «pero no quiero»   [652] «no quiere ordenar»

Remedios—. Entre Ramos y yo vamos a degollar mucha gente esta noche.

—No bromees. Te repito que no le aconsejaré a Ramos nada que tenga visos de maldad. Me parece que está ahí...

Oyóse ruido en la puerta de la calle. Luego sonó la voz de Caballuco que hablaba con el criado, y poco después el héroe de Orbajosa penetró en la estancia.

—Noticias, vengan noticias, señor Ramos —dijo el clérigo—. Vaya, que si no nos da usted alguna esperanza en cambio de la cena y de la hospitalidad... ¿Qué hay en Villahorrenda?

—Alguna cosa —repuso el valentón, sentándose con muestras de cansancio—. Pronto se verá si servimos para algo.

Como todas las personas que tienen importancia o quieren dársela, Caballuco mostraba gran reserva.

—Esta noche, amigo mío, se llevará usted, si quiere, el dinero que me han dado para...

—Buena falta hace... Como lo huelan los de tropa no me dejarán pasar —dijo Ramos riendo brutalmente.

—Calle usted, hombre... Ya sabemos que usted pasa siempre que se le antoja. ¡Pues no faltaba más! Los militares son gente de manga ancha... y si se pusieran pesados, con un par de duros, ¿eh? Vamos, veo que no viene usted mal armado... No le falta más que un cañón de a ocho. Pistolitas, ¿eh?... También navaja.

—Por lo que pueda suceder —dijo Caballuco, sacando el arma del cinto y mostrando su horrible hoja.

—¡Por Dios y la Virgen! —exclamó María Remedios, cerrando los ojos y apartando con miedo el rostro—. Guarde usted ese chisme. Me horrorizo sólo de verlo.

—Si ustedes no lo llevan a mal —dijo Ramos cerrando el arma—, cenaremos.

María Remedios dispuso todo con precipitación para que el héroe no se impacientase.

—Oiga usted una cosa, señor Ramos —dijo don Inocencio a su huésped cuando se pusieron a cenar—. ¿Tiene usted muchas ocupaciones esta noche?

—Algo hay que hacer —repuso el bravo—. Esta es la última noche que vengo a Orbajosa, la última. Tengo que recoger algunos muchachos que quedan por aquí, y vamos a ver cómo sacamos el salitre y el azufre que está en casa de Cirujeda.

—Lo decía —añadió bondadosamente el cura, llenando el plato de su amigo—, porque mi sobrina quiere que la acompañe usted un momento. Tiene que hacer no sé qué diligencia, y es algo tarde para ir sola.

—¿A casa [653] de doña Perfecta? —preguntó Ramos—. Allí estuve [654] hace un momento; no quise detenerme.

—¿Cómo está la señora?

—Miedosilla. Esta noche he sacado los seis mozos que tenía en la casa.

—Hombre, ¿crees que no hacen falta allí? —dijo Remedios con zozobra.

—Más falta hacen en Villahorrenda. Entre cuatro paredes [655] se pudre la gente valerosa, ¿no es verdad, señor canónigo?

—Señor Ramos, aquella vivienda [656] no debe estar nunca sola —dijo el Penitenciario.

—Con los criados basta y sobra. ¿Pero usted cree, señor don Inocencio, que el brigadier se ocupa de asaltar casas ajenas?

—Sí; pero bien sabe usted que ese ingeniero de tres mil docenas de demonios...

—Para eso... en la casa no faltan escobas —manifestó Cristóbal jovialmente—. Si al fin y al cabo no tendrán más remedio que casarlos... Después de lo que ha pasado...

—Cristóbal [657] —añadió [658] Remedios súbitamente enojada—, se me figura que no entiendes [659] gran cosa en esto de casar a la gente.

—Dígolo porque esta noche, hace un momento, vi que la señora y la niña estaban haciendo al modo de una reconciliación. Doña Perfecta besuqueaba a Rosarito, y todo era echarse palabrillas tiernas y mimos.

---

[653] «¿Va a casa»   [654] «he estado»   [655] «Dentro de las casas»
[656] «casa»   [657] «Señor Ramos»   [658] «dijo»   [659] «entiende usted»

—¡Reconciliación! Con eso [660] de los armamentos has perdido [661] la chaveta... Pero, en fin, ¿me acompañas [662] o no?

—No es a la casa de la señora donde [663] quiere ir —dijo el clérigo—, sino a la posada de la viuda de Cuzco. Estaba diciendo que no se atreve a ir sola, porque teme ser insultada...

—¿Por quién?

—Bien se comprende. Por ese ingeniero de tres mil o cuatro mil docenas de demonios. Anoche mi sobrina le vio allí y le dijo cuatro frescas, por cuya razón no las tiene todas consigo esta noche. El mocito es vengativo y procaz.

—No sé si podré ir... —indicó Caballuco—; como ando ahora escondido, no puedo desafiar al don José Poquita Cosa. Si yo no estuviera como estoy, con media cara tapada y la otra medio descubierta, ya le habría roto treinta veces el espinazo. Pero ¿qué sucede si caigo sobre él? Que me descubro; caen sobre mí los soldados, y adiós Caballuco. En cuanto a darle un golpe a traición, es cosa que no sé hacer, ni está en mi natural, ni la señora lo consiente tampoco. Para solfas con alevosía no sirve Cristóbal Ramos.

—Pero, hombre, ¿estamos locos?... ¿Qué está usted hablando? —dijo el Penitenciario con innegables muestras de asombro—. Ni por pienso le aconsejo yo a usted que maltrate a ese caballero. Antes me dejaré cortar la lengua que aconsejar una bellaquería. Los malos caerán, es verdad; pero Dios es quien debe fijar el momento, no yo. No se trata tampoco de dar palos. Antes recibiré yo diez docenas de ellos, que recomendar a un cristiano la administración de tales medicinas. Sólo digo a usted una cosa —añadió, mirando al bravo por encima de los espejuelos—, y es que como mi sobrina va allá, como es probable, muy probable, ¿no es eso, Remedios?... que tenga que decir algunas palabritas [664] a ese hombre, recomiendo

---

[660] «Usted con eso»   [661] «ha perdido»   [662] «me acompaña usted»   [663] «a donde»   [664] «palabrejas»

a usted que no la desampare en caso de que se vea insultada...

—Esta noche tengo que hacer —repuso lacónica y secamente Caballuco.

—Ya lo oyes, Remedios. Deja tu diligencia para mañana.

—Eso sí que no puede ser. Iré sola.

—No, no irás, sobrina mía. Tengamos la fiesta en paz. El señor Ramos no puede acompañarte. Figúrate que eres injuriada por ese hombre grosero...

—¡Insultada... insultada una señora por ese!... —exclamó Caballuco—. Vamos, no puede ser.

—Si usted no tuviera ocupaciones... ¡Bah, bah! ya estaría yo tranquilo.

—Ocupaciones tengo —dijo el Centauro, levantándose de la mesa—; pero si es empeño de usted...

Hubo una pausa. El Penitenciario había cerrado los ojos y meditaba.

—Empeño mío es, señor Ramos —dijo al fin.

—Pues no hay más que hablar. Iremos, señora doña María.

—Ahora, querida sobrina —dijo don Inocencio entre serio y jovial—, puesto que hemos concluido de cenar, tráeme la jofaina.

Dirigió a su sobrina una mirada penetrante, y acompañándolas de la acción correspondiente, profirió estas palabras:

—Yo me lavo las manos [665].

---

[665] Las palabras de Poncio Pilatos cuando entregó a Cristo a quienes deseaban crucificarle (San Mateo, cap. XXVII, 24).

XXVIII

De Pepe Rey a don Juan Rey

Orbajosa, 12 de abril.

«Querido padre: perdóneme usted si por primera vez le desobedezco no saliendo de aquí ni renunciando a mi propósito. El consejo y ruego de usted son propios de un padre bondadoso y honrado; mi terquedad es propia de un hijo insensato; pero en mí pasa una cosa singular: terquedad y honor se han juntado y confundido de tal modo, que la idea de disuadirme y ceder me causa vergüenza. He cambiado mucho. Yo no conocía estos furores que me abrasan. Antes me reía de toda obra violenta, de las exageraciones de los hombres impetuosos, como de las brutalidades de los malvados. Ya nada de esto me asombra, porque en mí mismo encuentro a todas horas cierta capacidad terrible para la perversidad. A usted puedo hablarle como se habla a solas con Dios y con la conciencia; a usted puedo decirle que soy un miserable, porque es un miserable quien carece de aquella poderosa fuerza moral contra sí mismo, que castiga las pasiones y somete la vida al duro régimen de la conciencia. He carecido de la entereza cristiana que contiene el espíritu del hombre ofendido en un hermoso estado de elevación sobre las ofensas que recibe y los enemigos que se las hacen; he tenido la debilidad de abandonarme a una ira loca, poniéndome al bajo nivel de mis detractores, devolviéndoles golpes iguales a los suyos, y tratando de confundirles por medios aprendidos en su propia indigna escuela. ¡Cuánto siento que no estuviera usted a mi lado para apartarme de este camino! Ya es tarde. Las pasiones no tienen espera. Son impacientes, y piden su presa a gritos y con la convulsión de una espantosa sed moral. He sucumbido. No puedo olvidar lo que tantas veces ma ha dicho usted, y es que la ira puede llamarse la peor de las pasiones, porque, transformando de improviso nuestro carácter, engendra todas las demás maldades y a todas les presta su infernal llamarada.

Pero no ha sido sola la ira, sino un fuerte sentimiento expansivo, lo que me ha traído a tal estado: el amor profundo y entrañable que profeso a mi prima, única circunstancia que me absuelve. Y si el amor no, la compasión me habría impulsado a desafiar el furor y las intrigas de su terrible hermana de usted, porque la pobre Rosario, colocada entre un afecto irresistible y su madre, es hoy uno de los seres más desgraciados que existen sobre la tierra. El amor que me tiene y que corresponde al mío, ¿no me da derecho a abrir como pueda, las puertas de su casa y sacarla de allí, empleando la ley hasta donde la ley alcance, y usando la fuerza desde el punto en que la ley me desampare? Creo que los rigurosos escrúpulos morales de usted no darán[666] una respuesta afirmativa a esta proposición; pero yo he dejado de ser aquel carácter metódico y puro, formado[667] en su conciencia con la exactitud de un tratado científico. Ya no soy aquél a quien una educación casi perfecta dio pasmosa regularidad en sus sentimientos; ahora soy un hombre como otro cualquiera; de un solo paso he entrado en el terreno común de lo injusto y de lo malo. Prepárese usted a oír cualquier barbaridad, que será obra mía. Yo cuidaré de notificar a usted las que vaya cometiendo.

Pero ni la confesión de mis culpas me quitará la responsabilidad de los sucesos graves que han ocurrido y ocurrirán, ni ésta, por mucho que argumente, recaerá toda entera sobre su hermana de usted. La responsabilidad de doña Perfecta es inmensa, seguramente. ¿Cuál será la extensión de la mía? ¡Ah, querido padre! No crea usted nada de lo que oiga respecto a mí, y aténgase tan sólo a lo que yo le revele. Si le dicen que he cometido una villanía deliberada, responda que es mentira. Difícil,

<hr>

[666] «que la rigurosísima escrupulosidad moral de usted no dará»
[667] «conformado»

muy difícil me es juzgarme a mí mismo en el estado de turbación en que me hallo; pero me atrevo a asegurar que no he producido el escándalo deliberadamente[668]. Bien sabe usted a dónde[669] puede llegar la pasión favorecida en su horrible crecimiento invasor por las circunstancias.

Lo que más amarga mi vida es haber empleado la ficción, el engaño y bajos disimulos. ¡Yo que era la verdad misma! He perdido mi propia hechura... Pero ¿es esto la perversidad mayor en que puede incurrir el alma? ¿Empiezo ahora o acabo? Nada sé. Si Rosario, con su mano celeste, no me saca de este infierno de mi conciencia, deseo que venga usted a sacarme. Mi prima es un ángel, y padeciendo por mí me ha enseñado muchas cosas que antes no sabía.

No extrañe usted la incoherencia de lo que escribo. Diversos sentimientos me inflaman. Me asaltan a ratos ideas dignas verdaderamente de mi alma inmortal; pero a ratos caigo también en desfallecimiento[670] lamentable, y pienso en los hombres débiles y menguados, cuya bajeza me ha pintado usted con vivos colores para que les aborrezca. Tal como hoy me hallo, estoy dispuesto al mal y al bien. Dios tenga piedad de mí. Ya sé lo que es la oración: una súplica grave y reflexiva, tan personal, que no se aviene con fórmulas aprendidas de memoria; una expansión del alma, que se atreve a extenderse hasta buscar su origen; lo contrario del remordimiento, que es una contracción de la misma alma, envolviéndose y ocultándose, con el ridículo empeño[671] de que nadie la vea[672]. Usted me ha enseñado muy buenas cosas; pero ahora estoy en prácticas, como decimos los ingenieros; hago estudios sobre el terreno, y con esto mis conocimientos se ensanchan y fijan... Se me está figurando ahora que no soy tan malo como yo mismo creo. ¿Será así?

Concluyo esta carta a toda prisa. Tengo que enviarla con unos soldados que van hacia la estación de Villa-

---

[668] «deliberadamente el escándalo.»   [669] «adonde»   [670] «un desfallecimiento»   [671] «la ridícula pretensión»   [672] «le vea»

horrenda, porque no hay que fiarse del correo de esta
gente.»

....

14 de abril.

«Le divertiría a usted, querido padre, si pudiera hacerle comprender cómo piensa la gente de este poblachón.
Ya sabrá usted que casi todo este país se ha levantado
en armas. Era cosa prevista, y los políticos se equivocan
si creen que todo concluirá en un par de días[673]. La hostilidad contra nosotros y contra el Gobierno la tienen
los orbajosenses en su espíritu, formando parte de él
como la fe religiosa. Concretándome a la cuestión particular con mi tía, diré a usted una cosa singular, la pobre
señora[674], que tiene el feudalismo en la médula de los
huesos, ha imaginado que voy a atacar su casa para
robarla su hija, como los señores de la Edad Media
embestían[675] un castillo enemigo para consumar cualquier desafuero. No se ría usted, que es verdad; tales son
las ideas de esta gente. Excuso decir a usted que me tiene
por un monstruo, por una especie de rey moro herejote,
y los militares con quienes hice[676] amistad aquí no le
merecen mejor concepto. En la sociedad de doña Perfecta[677] es cosa corriente que la tropa y yo formamos una
coalición diabólica y antirreligiosa para quitarle a Orbajosa sus tesoros, su fe y sus muchachas. Me consta que
su hermana de usted cree a pie juntillas que yo voy[678]
a tomar por asalto su vivienda[679], y no es dudoso que
detrás de la puerta habrá alguna barricada.

Pero no puede ser de otra manera. Aquí privan[680] las
ideas más anticuadas acerca de la sociedad, de la religión,
del Estado, de la propiedad. La exaltación religiosa, que
les impulsa a emplear la fuerza contra el Gobierno, por

---

[673] «que es cosa de un par de días.»   [674] «y es que la pobre
señora.»   [675] «atacaban»   [676] «he hecho»   [677] «En casa de doña Perfecta»   [678] «de voy»   [679] «la casa»   [680] «tienen»

defender una fe que ataca[681] y que ellos no tienen tampoco, despierta en su ánimo resabios feudales, y como resolverían sus cuestiones por la fuerza bruta y a fuego y sangre[682], degollando a todo el que como ellos no piense[683], creen que no hay en el mundo quien emplee otros medios.

Lejos de intentar yo[684] quijotadas en la casa de esa señora, he procurado evitarle algunas molestias, de que no se libraron los demás vecinos. Por mi amistad con el brigadier no les han obligado a presentar, como se mandó, una lista de todos los hombres de su servidumbre que se han marchado con la facción; y si se le registró la casa, me consta que fue por fórmula; y si le desarmaron los seis hombres que allí tenía, después ha puesto otros tantos, y nada se le ha hecho. Vea usted a lo que está reducida mi hostilidad a la señora.

Verdad es que yo tengo el apoyo de los jefes militares; pero lo utilizo tan sólo para no ser insultado o maltratado por esta gente implacable. Mis probabilidades de éxito consisten en que las autoridades recientemente puestas por el jefe militar son todas amigas. Tomo de ellas mi fuerza moral, e intimido a los contrarios[685]. No sé si me veré en el caso de cometer alguna acción violenta; pero no se asuste usted, que el asalto y toma de la casa es una ridícula[686] preocupación feudal de su hermana de usted. La casualidad me ha puesto en situación ventajosa. La ira, la pasión que arde en mí, me impulsarán a aprovecharla. No sé hasta dónde iré.»

17 de abril.

«La carta de usted me ha dado un gran consuelo. Sí; puedo conseguir mi objeto, usando tan sólo los recursos de la ley, de indudable eficacia[687]. He consultado a las

---

[681] «nadie ha atacado»   [682] «a sangre y fuego,»   [683] «no piense como ellos,»   [684] «ser mi intento hacer»   [685] «y les intimido.» [686] «una pura y loca»   [687] «eficaces completamente para esto.»

autoridades de aquí, y todas me confirman en lo que usted me indica. Estoy contento. Ya que he inculcado en el ánimo de mi prima la idea de la desobediencia, que sea al menos al amparo de las leyes sociales. Haré lo que usted me manda, es decir, renunciaré a la colaboración un tanto incorrecta del amigo[688] Pinzón; destruiré la solidaridad aterradora que establecí con los militares; dejaré de envanecerme con el poder de ellos; pondré fin a las aventuras, y en el momento oportuno procederé con calma, prudencia y toda la benignidad posible. Mejor es así[689]. Mi coalición, mitad seria, mitad burlesca, con el ejército, ha tenido por objeto ponerme al amparo de las brutalidades de los orbajosenses y de los criados y deudos de mi tía. Por lo demás, siempre he rechazado la idea de lo que llamamos *intervención armada*.

El amigo que me favorecía ha tenido que salir de la casa; pero no estoy en completa incomunicación con mi prima. La pobrecita demuestra un valor heroico en medio de sus penas, y me obedecerá ciegamente.

Viva[690] usted sin cuidado respecto a mi seguridad personal. Por mi parte, nada temo, y estoy muy tranquilo.»

                                        20 de abril.

«Hoy no puedo escribir más que dos líneas. Tengo mucho que hacer. Todo concluirá dentro de unos días. No me escriba usted más a este lugarón. Pronto tendrá el gusto de abrazarle su hijo

                                        PEPE.»

---

688 «un poco fea de»   689 «Mejor así.»   690 «Esté»

XXIX

De Pepe Rey a Rosario Polentinos

«Dale a Estebanillo la llave de la huerta, y encárgale que cuide del perro. El muchacho está vendido a mí en cuerpo y alma. No temas nada. Sentiré mucho que no puedas bajar, como la otra noche. Haz todo lo posible por conseguirlo. Yo estaré allí después de medianoche. Te diré lo que he resuelto y lo que debes hacer. Tranquilízate, niña mía, porque he abandonado todo recurso imprudente y brutal. Ya te contaré. Esto es largo y debe ser hablado. Me parece que veo tu susto y congoja al considerarme tan cerca de ti. Pero hace ocho días que no nos hemos visto[691]. He jurado que esta ausencia de ti concluirá pronto, y concluirá. El corazón me dice que te veré. Maldito sea yo si no te veo.»

XXX

El ojeo

Una mujer y un hombre penetraron después de las diez en la posada de la viuda de Cuzco, y salieron de ella dadas las once y media.

—Ahora, señora doña María —dijo el hombre—, la llevaré a usted a su casa, porque tengo que hacer.

—Aguárdate, Ramos[692], por amor de Dios —repuso ella—. ¿Por qué no nos llegamos al Casino a ver si sale? Ya has oído[693]... Esta tarde estuvo hablando con él Estebanillo, el chico de la huerta.

—Pero ¿usted busca a don José? —preguntó el Centauro de muy mal humor—. ¿Qué nos importa? El no-

---

[691] «que no te he visto.»   [692] «Aguarde usted, señor Ramos,»
[693] «Ya ha oído usted...»

278

viazgo con doña Rosario paró donde debía parar, y ahora no tiene la señora más remedio que casarlos [694]. Esa es mi opinión.

—Eres [695] un animal —dijo Remedios con enfado.

—Señora, yo me voy.

—Pues qué, hombre grosero, ¿me vas [696] a dejar sola en medio de la calle?

—Si usted no se va pronto a su casa, sí, señora.

—Eso es... me dejas [697] sola, expuesta a ser insultada... Oye [698], Ramos: don José saldrá ahora del Casino [699], como de costumbre. Quiero saber si entra en su casa o sigue adelante. Es un capricho, nada más que un capricho.

—Yo lo que sé es que tengo que hacer, y van a dar las doce.

—Silencio —dijo Remedios—: ocultémonos detrás de la esquina... Un hombre viene por la calle de la Tripería Alta. Es él.

—Don José... Le conozco en el modo de andar.

Se ocultaron y el hombre pasó.

—Sigámosle —dijo María Remedios con zozobra—. Sigámosle a corta distancia, Ramos.

—Señora...

—Nada más sino hasta ver si entra en su casa.

—Un minutillo nada más, doña Remedios. Después me marcharé.

Anduvieron como treinta pasos, a regular distancia del hombre que observaban. La sobrina del Penitenciario se detuvo al fin, y pronunció estas palabras:

—No entra en su casa.

—Irá a casa del brigadier.

—El brigadier vive hacia arriba, y don Pepe va hacia abajo, hacia la casa de la señora.

—¡De la señora! —exclamó Caballuco, andando a prisa [700].

---

[694] «no hay más remedio sino que la señora tiene que casarlos.»
[695] «Usted es»   [696] «me va usted»   [697] «me deja usted»   [698] «Oiga usted, señor»   [699] «saldrá del casino,»   [700] «aprisa»

Pero se engañaban: el espiado pasó por delante de la casa de Polentinos, y siguió adelante.

—¿Ve usted cómo no?

—Cristóbal [701], sigámosle —dijo Remedios oprimiendo convulsamente la mano del Centauro—. Tengo una corazonada.

—Pronto hemos de saberlo, porque el pueblo se acaba.

—No vayamos tan de prisa... puede vernos... Lo que yo pensé, señor Ramos: va a entrar por la puerta condenada de la huerta.

—¡Señora, usted se ha vuelto loca!

—Adelante, y lo veremos.

La noche era oscura, y no pudieron los observadores precisar dónde [702] había entrado el señor de Rey; pero cierto ruido de bisagras mohosas que oyeron, y la circunstancia de no encontrar al joven en todo lo largo de la tapia, les convencieron de que se había metido dentro de la huerta. Caballuco miró a su interlocutora con estupor. Parecía lelo.

—¿En qué piensas?... ¿Todavía dudas? [703]

—¿Qué debo hacer? —preguntó el bravo, lleno de confusión—. ¿Le daremos un susto...? No sé lo que pensará la señora. Dígolo, porque esta noche estuve a verla, y me pareció que la madre y la hija se reconciliaban.

—No seas bruto... ¿Por qué no entras? [704]

—Ahora me acuerdo de que los mozos armados ya no están ahí, porque yo les mandé salir esta noche.

—Y aún duda este marmolejo lo que ha de hacer. Ramos, no seas cobarde y entra [705] en la huerta.

—¿Por dónde, si han cerrado la puertecilla?

—Salta por encima de la tapia... ¡Qué pelmazo! Si yo fuera hombre...

—Pues arriba... Aquí hay unos ladrillos gastados por donde suben los chicos a robar fruta.

---

[701] «Señor Ramos,»   [702] «por dónde»   [703] «¿En qué piensa usted?... ¿Todavía duda?»   [704] «entra»   [705] «no sea usted cobarde y entre»

—Arriba pronto. Yo voy a llamar a la puerta principal para que despierte la señora, si es que duerme.

El Centauro subió, no sin dificultad. Montó a caballo breve instante sobre el muro, y a poco[706] desapareció entre la negra espesura de los árboles. María Remedios corrió desalada hacia la calle del Condestable, y cogiendo el aldabón de la puerta principal, llamó... llamó tres veces con toda el alma y la vida.

XXXI

Doña Perfecta

Ved con cuánta tranquilidad se consagra a la escritura la señora doña Perfecta. Penetrad en su cuarto, sin reparar en lo avanzado de la hora, y la sorprenderéis en grave tarea, compartido su espíritu entre la meditación y unas largas y concienzudas cartas, que traza a ratos con segura pluma y correctos perfiles. Dale de lleno en el rostro, busto y manos la luz del quinqué, cuya pantalla deja en dulce penumbra el rostro de la persona y la pieza casi toda. Parece una figura luminosa evocada por la imaginación en medio de las vagas sombras del miedo.

Es extraño que hasta ahora no hayamos hecho una afirmación muy importante: allá va. Doña Perfecta[707] era hermosa, mejor dicho, era todavía hermosa, conservando en su semblante rasgos de acabada belleza. La vida del campo, la falta absoluta de presunción, el no vestirse, el no acicalarse, el odio a las modas, el desprecio de las vanidades cortesanas, eran causa de que su nativa hermosura no brillase o brillase muy poco. También la desmejoraba la intensa amarillez de su rostro[708], indicando una fuerte constitución biliosa.

Negros y rasgados los ojos, fina y delicada la nariz,

_____

706 «después»   707 «importante, y es que doña Perfecta»   708 «que tenía en su rostro»

ancha y despejada la frente, todo observador la consideraba como acabado tipo de la humana figura; pero había en aquellas facciones cierta expresión de dureza y soberbia que era causa de antipatía. Así como otras personas, aun siendo feas, llaman, doña Perfecta despedía. Su mirar, aun acompañado de bondadosas palabras, ponía entre ella y las personas extrañas la infranqueable distancia de un respeto receloso; mas para las de casa, es decir, para sus deudos, parciales y allegados, tenía una singular atracción. Era maestra en dominar, y nadie la igualó en el arte de hablar el lenguaje que mejor cuadraba a cada oreja.

Su hechura biliosa, y el comercio excesivo con personas y cosas devotas, que exaltaban sin fruto ni objeto su imaginación, habíanla [709] envejecido prematuramente, y siendo joven, no lo parecía. Podría decirse de ella que con sus hábitos y su sistema de vida se había labrado una corteza, un forro pétreo, insensible, encerrándose dentro, como el caracol en su casa portátil. Doña Perfecta salía pocas veces de su concha.

Sus costumbres intachables y la bondad pública [710] que hemos observado en ella desde el momento de su aparición en nuestro relato, eran causa de su gran prestigio en Orbajosa. Sostenía además relaciones con excelentes damas de Madrid, y por este medio consiguió la destitución de su sobrino. Ahora, como se ha dicho, hallámosla [711] sentada junto al pupitre, que es el confidente único de sus planes y el depositario de sus cuentas numéricas con los aldeanos, y de sus cuentas morales con Dios y la sociedad. Allí escribió las cartas que trimestralmente recibía su hermano; allí redactaba las esquelitas para incitar al juez y al escribano a que embrollaran los pleitos de Pepe Rey; allí armó el lazo en que éste perdiera la confianza del Gobierno; allí conferenciaba largamente con don Inocencio. Para conocer el escenario de otras

---

[709] «la habían»   [710] «y aquella bondad pública»   [711] «Ahora, en el momento presente de nuestra historia, la hallamos»

acciones cuyos efectos hemos visto, sería preciso seguirla al palacio episcopal y a varias casas de familias amigas.

No sabemos cómo hubiera sido doña Perfecta amando. Aborreciendo, tenía la inflamada vehemencia de un ángel tutelar de la discordia entre los hombres[712]. Tal es el resultado producido en un carácter duro y sin bondad nativa por la exaltación religiosa, cuando ésta, en vez de nutrirse de la conciencia y de la verdad revelada en principios tan sencillos como hermosos, busca su savia en fórmulas estrechas que sólo obedecen a intereses eclesiásticos. Para que la mojigatería sea inofensiva, es preciso que exista en corazones muy puros. Es verdad que, aun en este caso, es infecunda para el bien. Pero los corazones que han nacido sin la seráfica limpieza que establece en la tierra un Limbo prematuro, cuiden bien de no inflamarse mucho con lo que ven en los retablos, en los coros, en los locutorios y en las sacristías, si antes no han elevado en su propia conciencia un altar, un púlpito y un confesonario.

La señora, dejando a ratos la escritura, pasaba a la pieza inmediata donde estaba su hija. A Rosarito se le había mandado que durmiera; pero ella, precipitada ya por el despeñadero de la desobediencia, velaba.

—¿Por qué no duermes? —le preguntó su madre—. Yo no pienso acostarme en toda la noche. Ya sabes que Caballuco se ha llevado los hombres que teníamos aquí. Puede suceder cualquier cosa, y yo vigilo... Si yo no vigilara, ¿qué sería de ti y de mí?...

—¿Qué hora es? —preguntó la niña.

—Pronto será media noche... Tú no tendrás miedo... yo lo tengo[713].

Rosarito temblaba; todo[714] indicaba en ella la más negra congoja. Sus ojos se dirigían al cielo como cuando se quiere orar; miraban luego a su madre, expresando un vivo terror.

—¿Pero qué tienes?

---

[712] «del odio y la discordia entre los hombres.»   [713] «pero yo lo tengo.»   [714] «temblaba, y todo»

—¿Ha dicho usted que era medianoche?

—Sí.

—Pues... ¿Pero es ya medianoche?

Quería Rosario[715] hablar, sacudía la cabeza, encima de la cual se le había puesto un mundo.

—Tú tienes algo... a ti te pasa algo —dijo la madre clavando en ella los sagaces ojos.

—Sí... quería decirle a usted —balbució la señorita—, quería decir... Nada, nada: me dormiré.

—Rosario, Rosario. Tu madre lee en tu corazón como en un libro —dijo[716] doña Perfecta con severidad—. Tú estás agitada. Ya te he dicho que estoy dispuesta a perdonarte si te arrepientes; si eres niña buena y formal...

—Pues qué, ¿no soy buena yo? ¡Ay, mamá, mamá mía, yo me muero!

Rosario prorrumpió en llanto congojoso y dolorido.

—¿A qué vienen esos lloros? —dijo su madre abrazándola—. Si son lágrimas del[717] arrepentimiento, benditas sean.

—Yo no me arrepiento, yo no puedo arrepentirme —gritó la joven, con arrebato de desesperación que la puso sublime.

Irguió la cabeza y en su semblante se pintó súbita, inspirada energía. Los cabellos le caían sobre la espalda. No se ha visto imagen más hermosa de un ángel dispuesto a rebelarse.

—¿Pero te vuelves loca, o qué es esto? —dijo doña Perfecta, poniéndole ambas manos sobre los hombros.

—¡Me voy, me voy! —exclamó[718] la joven con la exaltación[719] del delirio.

Y se lanzó fuera del lecho.

—Rosario, Rosario... Hija mía... ¡Por Dios! ¿Qué es esto?

—¡Ay! mamá, señora —prosiguió la joven, abrazándose a su madre—. Áteme usted.

—En verdad, lo merecías... ¿Qué locura es ésta?

---

[715] «Rosario quería»   [716] «exclamó»   [717] «de»   [718] «dijo»
[719] «expresandose con la exaltación»

—Áteme usted... Yo me marcho, me marcho con él.

Doña Perfecta sintió borbotones de fuego que subían de su corazón a sus labios. Se contuvo, y sólo con sus ojos negros, más negros que la noche, contestó a su hija.

—¡Mamá, mamá mía, yo aborrezco todo lo que no sea él! —exclamó Rosario—. Óigame usted en confesión, porque quiero confesarlo a todos, y a usted la primera.

—Me vas a matar, me estás matando.

—Yo quiero confesarlo, para que usted me perdone... Este peso, este peso que tengo encima no me deja vivir...

—¡El peso de un pecado!... Añádele encima la maldición de Dios, y prueba a andar con ese fardo, desgraciada... Sólo yo puedo quitártelo.

—No, usted no; usted no —gritó Rosario con desesperación—. Pero óigame usted, quiero confesarlo todo, todo... Después arrójeme usted de esta casa, donde he nacido.

—¡Arrojarte yo!...

—Pues me marcharé.

—Menos. Yo te enseñaré los deberes de hija que has olvidado.

—Pues huiré; él me llevará consigo.

—¿Te lo ha dicho, te lo ha aconsejado, te lo ha mandado? —preguntó la madre, lanzando estas palabras como rayos sobre su hija.

—Me lo aconseja... Hemos concertado casarnos. Es preciso, mamá, mamá mía querida. Yo amaré a usted... Conozco que debo amarla... Me condenaré si no la amo.

Se retorcía los brazos, y cayendo de rodillas, besó los pies a su madre.

—¡Rosario, Rosario! —exclamó doña Perfecta con terrible acento—. Levántate.

Hubo una pequeña pausa.

—¿Ese hombre te ha escrito?

—Sí.

—¿Has vuelto a verle [720] después de aquella noche?

---

[720] «¿Le has vuelto a ver»

—Sí.

—¡Y tú...!

—Yo también le escribí. ¡Oh! señora. ¿Por qué me mira usted así? Usted no es mi madre.

—Ojalá no. Gózate en el daño que me haces. Me matas, me matas sin remedio —gritó la señora con indecible agitación—. Dices que ese hombre...

—Es mi esposo... Yo seré suya, protegida por la ley... Usted no es mujer... ¿Por qué me mira usted de ese modo que me hace temblar? Madre, madre mía, no me condene usted.

—Ya tú te has condenado, basta. Obedéceme y te perdonaré... Responde: ¿cuándo recibiste cartas de ese hombre?

—Hoy.

—¡Qué traición! ¡Qué infamia! —exclamó la madre, antes bien rugiendo que hablando—. ¿Esperábais veros?

—Sí.

—¿Cuándo?

—Esta noche.

—¿Dónde?

—Aquí, aquí. Todo lo confieso, todo. Sé que es un delito... Soy una infame; pero usted, que es mi madre, me sacará de este infierno. Consienta usted... Dígame usted una palabra, una sola.

—¡Ese hombre aquí, en mi casa! —gritó doña Perfecta, dando algunos pasos que parecían saltos hacia el centro de la habitación.

Rosario la siguió de rodillas. En el mismo instante oyéronse tres golpes, tres estampidos, tres cañonazos. Era el corazón de María Remedios que tocaba a la puerta, agitando la aldaba. La casa se estremecía con temblor pavoroso. Hija y madre[721] se quedaron como estatuas.

Bajó a abrir un criado, y poco después, en la habitación de doña Perfecta, entró María Remedios, que no

---

721 «Madre e hija»

era mujer, sino un basilisco envuelto en un mantón. Su rostro, encendido por la ansiedad, despedía fuego.

—¡Ahí está, ahí está! —dijo al entrar—. Se ha metido en la huerta por la puertecilla condenada...

Tomaba aliento a cada sílaba.

—Ya entiendo —repitió doña Perfecta con una especie de bramido.

Rosario cayó exánime al suelo y perdió el conocimiento.

—Bajemos —dijo doña Perfecta, sin hacer caso del desmayo de su hija.

Las dos mujeres se deslizaron por la escalera como dos culebras. Las criadas y el criado estaban en la galería sin saber qué hacer. Doña Perfecta pasó por el comedor a la huerta, seguida de María Remedios.

—Afortunadamente tenemos ahí a Ca... Ca... Caballuco —dijo la sobrina del canónigo.

—¿Dónde?

—En la huerta también... Sal... sal... saltó la tapia.

Exploró doña Perfecta [722] la oscuridad con sus ojos llenos de ira. El rencor les daba la singular videncia de la raza felina.

—Allí veo un bulto —dijo—. Va hacia las adelfas.

—Es él —gritó Remedios—. Pero allá aparece Ramos... ¡Ramos!

Distinguieron perfectamente la colosal figura del Centauro.

—¡Hacia las adelfas! ¡Ramos, hacia las adelfas!...

Doña Perfecta adelantó algunos pasos. Su voz ronca, que vibraba con acento terrible, disparó estas palabras:

—Cristóbal, Cristóbal... ¡mátale!

Oyóse un tiro. Después otro.

---

[722] «Doña Perfecta exploró»

XXXII

De don Cayetano Polentinos a un su amigo de Madrid

Orbajosa, 21 de abril.

«Querido amigo: Envíeme usted sin tardanza la edición de 1562 que dice ha encontrado entre los libros de la testamentaría de Corchuelo. Pago ese ejemplar a cualquier precio. Hace tiempo que lo busco inútilmente, y me tendré por mortal dichosísimo poseyéndolo. Ha de hallar usted en el colophón[723] un casco con emblema sobre la palabra *Tractado*, y la X de la fecha MDLXII ha de tener el rabillo torcido. Si en efecto concuerdan estas señas con el ejemplar, póngame usted un parte telegráfico, porque estoy muy inquieto... aunque ahora me acuerdo de que el telégrafo, con motivo de estas importunas y fastidiosas guerras, no funciona. A correo vuelto espero la contestación.

Pronto, amigo mío, pasaré a Madrid con objeto de imprimir este tan esperado trabajo de los *Linajes de Orbajosa*. Agradezco a usted su benevolencia[724]; pero no puedo admitirla en lo que tiene de lisonja. No merece mi trabajo, en verdad, los pomposos calificativos con que usted lo encarece; es obra de paciencia y estudio; monumento tosco, pero sólido y grande, que elevo a las grandezas de mi amada patria[725]. Pobre y feo en su hechura, tiene de noble la idea que lo ha engendrado, la cual no es otra que convertir los ojos de esta generación descreída y soberbia hacia los maravillosos hechos y acrisoladas virtudes de nuestros antepasados. ¡Ojalá que la

---

[723] «colofón»   [724] «su benevolencia, mi querido amigo;»   [725] «a la grandea de mi amada Patria.»

juventud estudiosa de nuestro país diera este paso a que con todas mis fuerzas la incito! ¡Ojalá fueran puestos en perpetuo olvido los abominables estudios y hábitos intelectuales introducidos por el desenfreno filosófico y las erradas doctrinas! ¡Ojalá se emplearan exclusivamente nuestros sabios en la contemplación de aquellas gloriosas edades, para que, penetrados de la sustancia y benéfica savia de ellas los modernos tiempos, desapareciera este loco afán de mudanzas y esta ridícula manía de apropiarnos ideas extrañas, que pugnan con nuestro primoroso organismo nacional! Temo mucho que mis deseos no se vean cumplidos, y que la contemplación de las perfecciones pasadas quede circunscrita al estrecho círculo en que hoy se halla, entre el torbellino de la demente juventud que corre detrás de vanas utopías y bárbaras novedades. ¡Cómo ha de ser, amigo mío! Creo que dentro de algún tiempo ha de estar nuestra pobre España tan desfigurada, que no se conocerá ella misma ni aun mirándose en el clarísimo espejo de su limpia historia.

No quiero levantar mano de esta carta sin participar a usted un suceso desagradable: la desastrosa muerte de un estimable joven, muy conocido en Madrid: el ingeniero de caminos don José de Rey, sobrino de mi cuñada. Acaeció este triste suceso anoche en la huerta de nuestra casa, y aún no he formado juicio exacto sobre las causas que pudieron arrastrar al desgraciado Rey a esta horrible y criminal determinación. Según me ha referido Perfecta esta mañana cuando volví de Mundogrande, Pepe Rey, a eso de las doce de la noche, penetró en la huerta de esta casa y se pegó un tiro en la sien derecha, quedando muerto en el acto. Figúrese usted la consternación y alarma que se producirían en esta pacífica y honrada mansión. La pobre Perfecta se impresionó tan vivamente, que nos dio un susto [726]; pero ya está mejor, y esta tarde hemos logrado que tome un sopicaldo. Empleamos todos los medios de consolarla,

---

[726] «que nos hemos asustado;»

y como es buena cristiana, sabe soportar con edificante resignación las mayores desgracias.

Acá para entre los dos, amigo mío, diré a usted que en el terrible atentado del joven Rey contra su propia existencia, debió de influir grandemente una pasión contrariada, tal vez los remordimientos por su conducta y el estado de hipocondría amarguísima en que se encontraba su espíritu. Yo le apreciaba mucho; creo que no carecía de excelentes cualidades; pero aquí estaba tan mal estimado, que ni una sola vez oí hablar bien de él. Según dicen, hacía alarde de ideas y opiniones extravagantísimas; burlábase de la religión; entraba en la iglesia fumando y con el sombrero puesto; no respetaba nada, y para él no había en el mundo pudor, ni virtudes, ni alma, ni ideal, ni fe, sino tan sólo teodolitos, escuadras, reglas, máquinas, niveles, picos y azadas. ¿Qué tal? En honor de la verdad debo decir que en sus conversaciones conmigo siempre disimuló tales ideas, sin duda por miedo a ser destrozado por la metralla de mis argumentos; pero de público se refieren de él mil cuentos de herejías y estupendos desafueros.

No puedo seguir, querido, porque en este momento siento tiros de fusilería. Como no me entusiasman los combates ni soy guerrero, el pulso me flaquea un tantico. Ya le impondrá a usted de ciertos pormenores de esta guerra su afectísimo, etc., etc.»

22 de abril.

«Mi inolvidable amigo: hoy hemos tenido una sangrienta refriega en las inmediaciones de Orbajosa. La gran partida levantada en Villahorrenda ha sido atacada por las tropas con gran coraje. Ha habido muchas bajas por una y otra parte. Después se dispersaron los bravos guerrilleros; pero van muy envalentonados, y quizá[727] oiga usted maravillas. Mándalos, a pesar de estar herido

---

[727] «quizás»

en un brazo, no se sabe cómo ni cuándo, Cristóbal Caballuco, hijo de aquel egregio Caballuco que usted conoció
en la pasada guerra. Es el caudillo actual hombre de grandes condiciones[728] para el mando, y además honrado y
sencillo. Como al fin hemos de presenciar un arreglito
amistoso, presumo que Caballuco será general del Ejército español, con lo cual uno y otro ganarán mucho.

Yo deploro esta guerra, que va tomando proporciones
alarmantes; pero reconozco que nuestros bravos cam-
pesinos no son responsables de ella, pues han sido pro-
vocados al cruento batallar por la audacia del Gobierno,
por la desmoralización de sus sacrílegos delegados, por
la seña[728bis] sistemática con que los representantes del Estado atacan lo más venerando[729] que existe en la conciencia de los pueblos: la fe religiosa y el acrisolado españolis-
mo, que por fortuna se conservan en lugares no infestados
aún de la asoladora pestilencia. Cuando a un pueblo
se le quiere quitar su alma para infundirle otra; cuando
se le quiere descastar, digámoslo así, mudando sus sentimientos, sus costumbres, sus ideas, es natural que ese
pueblo se defienda, como el que en mitad de solitario
camino se ve asaltado de infames ladrones. Lleven a las
esferas del Gobierno el espíritu y la salutífera sustancia
de mi obra de los *Linajes* (perdóneme usted la inmo-
destia), y entonces no habrá guerras.

Hoy hemos tenido aquí una cuestión muy desagradable. El clero, amigo mío, se ha negado a enterrar en
sepultura sagrada al infeliz Rey. Yo he intervenido en
este asunto, impetrando del señor obispo que levantara
anatema de tanto peso; pero nada se ha podido conseguir.
Por fin hemos empaquetado el cuerpo del joven en un
hoyo que se hizo en el campo de Mundogrande, donde
mis paciénzudas exploraciones han descubierto la riqueza
arqueológica que usted conoce. He pasado un rato muy
triste, y aún me dura la penosísima impresión que recibí.
Don Juan Tafetán y yo fuimos[730] los únicos que acom-

---

728 «Es el caudillo actual de grandes condiciones
728bis *sic*, por «saña»
729 «venerado»   730 «somos»

pañaron el fúnebre cortejo. Poco después fueron allá (cosa rara) esas que llaman aquí las Troyas, y rezaron largo rato sobre la rústica tumba del matemático. Aunque esto parecía una oficiosidad ridícula me conmovió.

Respecto de la muerte de Rey, corre por el pueblo el rumor de que fue asesinado. No se sabe por quién. Aseguran que él lo declaró así, pues vivió como hora y media. Guardó secreto, según dicen, respecto a quién fue su matador. Repito esta versión sin desmentirla ni apoyarla. Perfecta no quiere que se hable de este asunto, y se aflige mucho siempre que lo tomo en boca.

La pobrecita, apenas ocurrida una desgracia, experimenta otra que a todos nos contrista mucho. Amigo mío, ya tenemos una nueva[731] víctima de la funestísima y rancia enfermedad connaturalizada en nuestra familia. La pobre Rosario, que iba saliendo adelante gracias a nuestros cuidados, está ya perdida de la cabeza. Sus palabras incoherentes, su atroz delirio, su palidez mortal, recuérdanme a mi madre y hermana. Este caso es el más grave que he presenciado en mi familia, pues no se trata de manías, sino de verdadera locura. Es triste, tristísimo, que entre tantos yo sea el único que ha logrado escapar conservando mi juicio sano y entero, y totalmente libre de ese funesto mal.

No he podido dar sus expresiones de usted a don Inocencio, porque el pobrecito se nos ha puesto malo de repente, y no recibe a nadie ni permite que le vean sus más íntimos amigos. Pero estoy seguro de que le devuelve a usted sus recuerdos, y no dude que pondrá mano al instante en la traducción de varios epigramas latinos que usted le recomienda... Suenan tiros otra vez. Dicen que tendremos gresca esta tarde. La tropa acaba de salir.»

Barcelona, 1 de junio.

«Acabo de llegar aquí, después de dejar a mi sobrina Rosario en San Baudilio de Llobregat. El director del

---

[731] «ya ha hecho una nueva»

establecimiento me ha asegurado que es un caso incurable. Tendrá, sí, una asistencia esmeradísima en aquel alegre y grandioso manicomio. Mi querido amigo, si alguna vez caigo yo también, llévenme a San Baudilio. Espero encontrar a mi vuelta pruebas de los *Linajes*. Pienso añadir seis pliegos, porque sería gran falta no publicar las razones que tengo para sostener que Mateo Díez Coronel, autor del *Métrico Encomio*, desciende por la línea materna de los Guevaras y no de los Burguillos, como ha sostenido erradamente el autor de la *Floresta amena*.

Escribo esta carta principalmente para hacer a usted una advertencia. He oído aquí a varias personas hablar de la muerte de Pepe Rey, refiriéndola tal como sucedió efectivamente. Yo revelé a usted este secreto cuando nos vimos en Madrid, contándole lo que supe algún tiempo después del suceso. Extraño mucho que no habiéndolo dicho yo a nadie más que a usted, lo cuenten aquí con todos sus pelos y señales, explicando cómo entró en la huerta, cómo descargó su revólver sobre[732] Caballuco cuando vio que éste le acometía con la navaja, cómo Ramos le disparó después con tanto acierto que le dejó en el sitio... En fin, mi querido amigo, por si inadvertidamente ha hablado de esto con alguien, le recuerdo que es un secreto de familia, y con esto basta para una persona tan prudente y discreta como usted.

Albricias, albricias. En un periodiquillo he leído que Caballuco ha derrotado al brigadier Batalla.»

Orbajosa, 12 de diciembre.

«Una sensible noticia tengo que dar a usted. Ya no tenemos Penitenciario, no precisamente porque haya pasado a mejor vida, sino porque el pobrecito está desde el mes de abril tan acongojado, tan melancólico, tan taciturno, que no se le conoce. Ya no hay en él ni siquiera

---

[732] «contra»

dejos de aquel humor ático, de aquella jovialidad correcta y clásica que le hacía tan amable. Huye de la gente, se encierra en su casa, no recibe a nadie, apenas toma alimento, y ha roto toda clase de relaciones con el mundo. Si le viera usted no le conocería, porque se ha quedado en los puros huesos. Lo más particular es que ha reñido con su sobrina y vive solo, enteramente solo en una casucha del arrabal de Baidejos. Ahora dice que renuncia a su silla en el coro de la catedral y se marcha a Roma. ¡Ay! Orbajosa pierde mucho, perdiendo a su gran latino. Me parece que pasarán años tras años y no tendremos otro. Nuestra gloriosa España se acaba, se aniquila, se muere.»

Orbajosa, 23 de diciembre.

«El joven que recomendé a usted en carta llevada por él mismo es sobrino de nuestro querido Penitenciario, abogado con puntas de escritor. Esmeradamente educado por su tío, tiene ideas juiciosas. ¡Cuán sensible sería que se corrompiera en ese lodazal de filosofismo e incredulidad! Es honrado, trabajador y buen católico, por lo cual creo que hará carrera en un bufete como el de usted... Quizás le llevará su ambioncilla (pues también la tiene) a las lides políticas, y creo que no sería mala ganancia para la causa del orden y la tradición, hoy que la juventud está pervertida por los *de la cáscara amarga*. Acompáñale su madre, una mujer ordinaria y sin barniz social, pero de corazón excelente [733] y acendrada piedad. El amor materno toma en ella la forma algo extravagante [734] de la ambición mundana, y dice que su hijo ha de ser ministro. Bien puede serlo.

Perfecta me da expresiones para usted. No sé a punto fijo qué tiene; pero ello es que nos inspira cuidado. Ha perdido el apetito de una manera alarmante, y, o yo no entiendo de males, o allí hay un principio de ictericia.

---

[733] «pero que tiene un corazón excelente»   [734] «abigarrada»

Esta casa está muy triste desde que falta Rosario, que la alegraba con su sonrisa y su bondad angelical. Ahora parece que hay una nube negra encima de nosotros. La pobre Perfecta habla frecuentemente de esta nube, que cada vez se pone más negra, mientras ella se vuelve cada día más amarilla. La pobre madre halla consuelo a su dolor en la religión y en los ejercicios del culto, que practica cada vez con más ejemplaridad y edificación. Pasa casi todo el día en la iglesia, y gasta su gran fortuna en espléndidas funciones, en novenas y manifiestos brillantísimos. Gracias a ella el culto ha recobrado en Orbajosa su esplendor de otros días. Esto no deja de ser un alivio [735] en medio de la decadencia y acabamiento de nuestra nacionalidad...

Mañana irán las pruebas... Añadiré otros dos pliegos, porque he descubierto un nuevo orbajosense ilustre. Bernardo Amador de Soto, que fue espolique del duque de Osuna, le sirvió durante la época del virreinato de Nápoles, y aun hay indicios de que no hizo nada, absolutamente nada, en el complot contra Venecia.»

XXXIII

Esto se acabó. Es cuanto por ahora podemos decir de las personas que parecen buenas y no lo son.

FIN DE DOÑA PERFECTA

Madrid, abril de 1876.

---

[735] «un consuelo»